公元787年，唐封疆大吏马总集诸子精华，编著成《意林》一书6卷，流传至今

意林：始于公元787年，距今1200余年

Mini Miss 出品

纯正+阳光+向上

中国女生文学第一品牌

我们是小淑女

优雅，聪慧，阳光，快乐，甜蜜，
勤奋，包容，恬静，浪漫，唯美，璀璨。
善解人意，才华横溢，从容淡定，
独立有主见，时常感恩，心怀美好。
爱学习，爱阅读，爱幻想，睿智有深度，独具品位。

意林励志 · Mini Miss 荣誉出品
小 MM 品牌书系 · 淑女文学馆 · “女生时代”系列第二季

淑女文学馆
“女生时代”系列第二季
Mini Miss 出品

意林 小小姐》编辑部◎编

现在是女生时代！②

我们闺蜜吧

淑女文学馆
女生时代 系列第二季
小小姐 Mini Miss出品

吉林摄影出版社
· 长春 ·

MiniMiss 出品

图书在版编目（CIP）数据

现在是女生时代！2 我们闺蜜吧 / 《意林·小小姐》编辑部编. --
长春:吉林摄影出版社, 2014.12
（淑女文学馆 “女生时代” 系列第二季）
ISBN 978-7-5498-2244-7
Ⅰ. ①我… Ⅱ. ①意… Ⅲ. ①中篇小说－小说集－中国－当代 Ⅳ. ①I247.5
中国版本图书馆CIP数据核字(2014)第281694号

现在是女生时代！②·我们闺蜜吧
Xianzai Shi Nüsheng Shidai! ②·Women Guimi Ba

出版人　孙洪军
顾　问　杜　务
总策划　阿　朱
执行策划　词　词
责任编辑　朱薏楠
图书统筹　绿　茶　彭　彭
特约编辑　侯京玮　靳　丽
封面绘图　新　野
书籍装帧　胡静梅
美术编辑　李　月
开　本　700mm×1000mm　1/16
字　数　310千字
印　张　15
版　次　2014年12月第1版
印　次　2017年3月第3次印刷

出　版　吉林摄影出版社
发　行　吉林摄影出版社
地　址　长春市泰来街1825号
邮编：130062
电　话　总编办：0431-86012616
发行科：0431-86012602
网　址　www.jlsycbs.net
经　销　全国各地新华书店
印　刷　北京市兆成印刷有限责任公司

书　号　ISBN 978-7-5498-2244-7　　定价：28.80元

步入女生时代，我们一起闺蜜吧！

文◎词 词

一年前，小MM编辑部为全世界的女生们量身定制了一本主题书：《现在是女生时代！》，它向女生们展示了一个绚丽烂漫的世界，给女生们建立了一个能够大声宣言的平台。在女生们的热烈支持下，它成了傲视全年图书热销榜单的超级畅销书，从年头热到年尾，并且有愈来愈热之势。而现在，经过大半年的策划与筹备，我们满怀着幸福与感激，为女生们奉上“女生时代”系列的第二季——《现在是女生时代！②·我们闺蜜吧》。

如果说第一季为女生们构建了一个专属于自己的世界，让女生们能够自信、优雅地做自己，那么第二季就是女生们的“狂欢派对”，让女生们一起疯、一起玩，找到一个最贴近自己的存在，牵着彼此的手，书写一份最纯真、最美好的友谊。两本书虽然同属一个系列，但最爱创新的小编们怎能甘心平淡？即使是一个系列也要本本不同、各有特色，于是小编们各出奇招，务必要给大家呈现一种完全不同的“悦读”感受：

小MM短篇小说金牌作家短发夏天和薏苡薇这对甜美闺蜜档，这次为淑女们特别定制了两篇“闺蜜对对碰”中篇小说，一篇浪漫成长，一篇唯美古风，总有一篇是你的菜；一年没动笔杆子的懒惰小编们发愤图强，再次书写“王牌编辑秀”，围绕着各自心中的闺蜜深情讲述（杜撰），故事一经曝光，差点儿引发编辑部的“世纪之战”；另有众多人气明星前来加盟“明星直播间”，爆料自己跟闺蜜的故事，让这本书更加星光闪耀！

女孩天生怕寂寞，有了闺蜜相伴，才能勇敢坚定地在成长路上昂首挺胸向前走。闺蜜会在你快乐的时候陪你笑，在你伤心的时候替你拭干泪水，在你迷茫的时候为你出谋划策，在你遇到困难时帮你排忧解难……闺蜜，是世界上最美好的存在。现在，小编们就为大家献上这本精心制作的“闺蜜”主题书，希望你和你的闺蜜一起阅读哦，也真诚地祝愿你们的友情就像书中那些绚丽多彩的故事一样，永远真情满满，永远甜蜜美妙！

目录
CONTENTS

暖心绘物语

002 闺蜜是一种颜色 / 夏川山

010 闺蜜衣橱 / 绿　茶　　彭　彭

明星直播间

019 王源 & 王俊凯：竹马时代，永不过期 / 爱　喜

024 杨幂 & 唐嫣：水果糖与菠萝蜜 / 茶　花

028 邓家佳 & 娄艺潇：一个像夏天，一个像秋天 / 清　尧

强档对对碰

034 邮寄一个拥抱给闺蜜 / 短发夏天

094 公主天下 / 薏苡薇

王牌编辑秀

162 最后一张明信片 / 阿　朱

172 幸福转角遇到你 / 词　词

186 少年，请别看镜头 / 欧阳夏飞

196 唯一百花盛开的国度 / 绿　茶

206 青春有颗酸涩的“心” / 彭　彭

闪亮星转盘

218 真心话麻辣大考问

222 人气作家秀（卖）闺蜜

228 淑女们的闺蜜下午茶

暖心绘物语

浪漫多彩的主题插画，

青春时尚的穿搭指南

闺蜜是一种颜色

文◎夏川山　图◎猫　草

闺蜜有时是青色。
你们相遇时都很青涩，
就连打声招呼都要酝酿很久。
从开始的尴尬到渐渐无话不谈，
你们一起经历最初的美好，
每天醒来第一个就会想起你，
要立即打电话跟你问好才能安心。

闺蜜有时是粉色。
你们见证彼此的情窦初开，分享秘密心事。
陪伴彼此去看那抹令人动心的背影，
拼命给予对方勇气。
也许并不会真的发生什么，
但这就是你们乐此不疲的话题。
很多很多人在你们的世界里来了又去，
唯独闺蜜，永远在这里。

闺蜜有时是棕色。
就像紫藤萝的花茎，藏在芬芳之中不动声色，
总要等世界褪去斑斓的外衣才会让你看见它的默默守候。
棕色是一种保护色，
在你最脆弱的时候给你满满的安全感；
棕色是一种强大的力量，
替你抵挡一切的伤感和疼痛。

闺蜜有时是蓝色。
在你兴奋过头的时候给你提醒，
担忧你的安全；
在你悲伤大哭的时候替你擦干眼泪，
让你沉着冷静；
在你落寞的平淡日子，
陪伴在你心灵深处。

闺蜜有时是金色。
她是新生的阳光，
打扫干净你整个世界的灰暗。
她给你自信，
让你展现美好的自己，
并且甘愿做你的绿叶。
她为你所做的一切都没有任何目的，
仿佛有上天在指引。
她也不清楚，
为何每当看见你兴奋的泪水，
自己也会跟着露出微笑。

闺蜜有时是黄色。
黄色，是凋零的颜色。
你的一生不是所有的日子里都光鲜耀人。
人们会因为你的失败离去，
可闺蜜不会。
在她的陪伴下，
你的凋零会化为最绝美的风景；
人们不会看见你的泪水，
你只会留下华丽的身影。

闺蜜有时是蔷薇色。
她陪伴你领略了那么多的苦楚，
累积了这么多的幸福。
某天，当你们不能再朝夕相伴，
你也不会被孤单吞没。
从此以后，
有一个美好的人，
可以供你怀念。
蔷薇色的风景里，
她最想念你。
你最好的闺蜜。

更多的时候，闺蜜，是透明的。
透明并不代表不存在。
世界有了闺蜜这种颜色的点缀，
变得更加动人，
好似梅花上的冰晶。
不美好的事物因它变得温润美好，
美好的事物因它越发光艳明亮。

闺蜜，是一种颜色。
只有你的心才能准确地拼写出它的名字。

特约闺蜜主持人◎绿茶&彭彭

闺蜜衣橱

对于女孩们来说，最浪漫美好的事莫过于和最亲爱的她穿着闺蜜装，徜徉在午后暖意融融的街道上。而闺蜜们通常气质和穿衣风格都不相同，那么到底应该怎样搭配衣服才能既体现出两个人的迥异气质，又能让路人看出你们是闺蜜呢？下面，就让绿茶请来一大批明星闺蜜为我们独家展示"闺蜜穿搭秘籍"吧！

淑女温婉型+俏丽可爱型闺蜜（郑秀晶&崔雪莉）

韩国F（x）组合成员郑秀晶和崔雪莉，舞台上是默契十足的拍档，私下里也是形影不离的好闺蜜，两个人在一起永远是一道耀眼的风景线。

A 侧马尾的雪莉身着甜美温婉碎花连衣裙，而秀晶则用一身俏皮帅气的碎花连体裤与之相配，充分体现出两人一柔美一俏丽的气质，很适合同类型的闺蜜们借鉴哦。

B 俏丽帅气的秀晶诠释出了格子衬衫裙的青春自信。波点裙搭白衬衫在甜美可爱的雪莉身上则显得清新甜美，同样含有学院风的闺蜜穿搭烘托彼此又各自出彩。

C 即便你的闺蜜喜欢温婉秀雅的穿衣风格，而你更偏爱活泼帅气的随性装扮，你们也一样可以搭出和谐完美的闺蜜装。内搭同款连衣裙，只需要在衣服颜色和鞋子款型上稍做区分，便可轻松解决穿搭上的分歧，呈现出最美的自己。

D 同色系衣着是最容易让大家产生“她们是闺蜜”感觉的穿搭。而若是两人统一着装，又会显得单调没特色，甚至被彼此掩盖。不过呢，经过小编们考察，若是如右图般将上下装的颜色调换开，效果就会大不相同了哦！毛衣、礼帽轻松诠释出温柔甜美，而T恤、马丁靴则可以完美衬托出俏皮随性。

E 除了同款同色的服装之外，还有没有什么闺蜜穿搭妙招呢？当然有！那就是同花色啦！即便是款式、颜色稍有差异，只要花色相同，也可以瞬间让大家认出你们是闺蜜哦！淑女型的女生可以选择简单清纯的白色布鞋，而背心裙和凉鞋则是俏丽型女生的最好选择啦！

文静清纯型+活泼开朗型闺蜜：（Miko&Yumi）

每天腻在一起的新加坡超人气组合By2也是闺蜜派代表人物。Miko和Yumi这对外形甜美的孪生姐妹花，犹如天使般纯洁亲和。

A 同样的短纱裙内搭抹胸，同样的齐肩内扣卷发，虽然纱裙选择了浅粉和浅蓝两种颜色，却烘托出了同样淡雅清新的气质。刘海儿的区分鲜明凸显出两个女孩一个活泼，一个文静。

B 款式相同的棒球衫，却被两个女生穿出了不同的气质。蓝白的素雅和白红深蓝的热情搭配得相得益彰。图中满含安慰的拥抱也令人深受感动。

D 即使是颜色款式各不相同的休闲装，我们也一样可以穿出闺蜜的感觉，只要选择同一色系搭配就可以啦。比如，珊瑚红和深驼红，浅灰和深灰。浅色系长裙更显温暖淑女，而深色系更显活泼利落。

C 文静的女孩可以穿出长裙的优雅，而活泼的女孩则能穿出短裙的俏丽。清新简约款的闺蜜装轻而易举地穿出女孩们自然淡雅的气质。

E 淡蓝牛仔连衣裙更适合甜美文静的你，腰间系结的白布衫+牛仔短裤则更适合活泼可爱的她。穿着这样的闺蜜装漫步于阳光明媚的初夏午后，蓝天和绿树会成为最好的装饰品。

俏皮灵动型+温柔可人型闺蜜：（李晟&海陆）

在《新还珠格格》中，小燕子和紫薇是一对经典闺蜜，而现实生活里，小燕子的扮演者李晟和紫薇的扮演者海陆也因戏结缘，成了让人艳羡的好朋友。一起奋斗于演艺圈的她们，熟知彼此苦和乐，成了知心人，闺蜜之情根深蒂固。

A 镜头前的两人，一个俏皮一个清纯。纯色小礼服衬托出两个人的时尚与自然，湖蓝色裹胸蓬蓬裙，简单可爱；桃红色低领连衣裙则多了一份优雅和温柔。

B 同样的无袖洋装，艳丽的大红色轻易衬托出了“小燕子”的俏皮灵动，而浅浅的粉色则将“紫薇”映衬得更加温柔可人。

C 简单的白T恤搭配枣红色波点百褶裙，穿出乖巧可人的气质。波点背心裙搭配黑色露趾凉拖，瞬间打造出自然随意的俏皮灵动。是很适合女孩们夏天出门逛街、看电影、喝冷饮的闺蜜装扮哦。

D 如果你要和你的闺蜜一同去海边，那么小编们一定要推荐这两套波西米亚风的闺蜜装给你们。白色小衫搭配布满花朵的同色长裙，使得女孩飘逸清雅的气质显露无余；黑色紧身背心搭配渐变色大摆裙则可以穿出一份随性帅气。

E 每一年，学校里总免不了要组织大家春游或秋游，而这两套闺蜜装正是为那时准备的。条纹短袖衫、背带短裤和浅棕色凉鞋最适合清纯可人的女生，而条纹背心、破洞牛仔裤和帆布鞋则是活泼帅气的女生们的最爱。快穿上这样的闺蜜装，跑到全班同学面前“秀恩爱”吧！

简约大气+娇俏甜美型闺蜜 （薛凯琪&陈意涵）

《闺蜜》电影里的陈意涵和薛凯琪是亲密无间却个性各异的闺蜜，荧幕外的两个人也与电影里的角色十分相似：陈意涵单纯可爱，善良亲和；薛凯琪敢想敢做，雷厉风行。一部电影成就了两个女生的真实友情。

A 陈意涵娇俏甜美的气质，在经典百搭的黑色礼服的衬托下，小女人味十足。薛凯琪的白色礼服在围胸设计上做了大胆的提升，礼服不仅展现出层次感，还更显窈窕身材，强大的气场显露无余。颜色一深一浅的完美搭配，让两个人各放异彩！

B 粉色长裙似乎是所有女生的最爱哦，率真大方的薛凯琪穿起它来淑女气质中又多了一份随性自然；娇俏可爱的陈意涵则着剪裁简单的白色T恤和碎花裙，不仅和谐地与薛凯琪粉色长裙成功搭出了闺蜜的感觉，还将自己的特质完美呈现了出来。简单的电话道具，更是给闺蜜的“八卦”火花添加了完美的一笔。去逛街？去看电影？去吃大餐？只需一个电话，就打扮得美美的逛街吧！

C 每个女孩都应该和闺蜜有套蕾丝裙闺蜜装，深蓝色波浪条纹毛衣、蕾丝裙和白色船鞋轻松搭出率真亮丽的气质；浅绿色波点花瓣领毛衣、蕾丝裙和白色丁字皮鞋则搭出了甜美可爱的公主范儿。

D 复古学院风也是当下非常流行的装扮，格子衬衫和白毛衣展现出女孩柔和温馨的气质，好似一颗柔滑甜香的牛奶糖。而简约的白衬衫和灰毛衣则能衬托出女孩的干练随性，犹如口感香醇的咖啡糖。穿着这样的闺蜜装，无论出入校园还是漫步街头，都会成为最抢眼的那一对哦！

E 每个女孩心中都有一个甜蜜的糖果梦！那些甜甜的粉、淡淡的紫犹如蓬松柔软的棉花糖令人醉心。假如有一天，长大的你们需要参加一场盛大的舞会，那就去和你们的闺蜜找寻这样两套粉紫组合的闺蜜装，穿上它，将甜美和优雅进行到底。

明星直播间

花样明星闺蜜档，

暖心故事一见倾心。

王源&王俊凯：竹马时代，永不过期

策划◎本刊编辑部 撰文◎爱 喜

一、胆小鬼不低头

青春就像一架摩天轮，独自乘坐时只觉得缓慢无聊，只有与朋友同行，才能感受到那份乐趣。对于15岁的少年王俊凯来说，14岁的王源就是陪他乘坐摩天轮的“最佳拍档”。

2011年的一天，刚刚进入TF家族的王源被带到排练室，在那里，一个个子高高的男孩正挥汗如雨地练舞，俊逸的脸庞绷着几分酷劲儿——他便是王俊凯。见到有人进来，王俊凯停了下来，在王源小心翼翼地观察他的时候，王俊凯同样在打量着对面的少年：白皮肤、小眼睛，再配上一双招风耳，看起来格外可爱。两个人对视了一会儿，王俊凯竟不由自主“扑哧”笑出了声，这一笑可好，露出尖尖的小虎牙，一下子打破了王源对他“冷傲少年”的印象。“原来他还蛮随和的嘛！”王源心中松了口气，摸摸头发，也不好意思地笑起来。

“我比你大，我是大哥，你以后有什么事情都可以来找我。”面对王俊凯伸出的友好橄榄枝，王源心领神会地笑了。从这一刻开始，他们便注定了一起长大，并共享彼此最美好的竹马年华。

不久，他们首次合作翻唱了歌曲《一个像夏天，一个像秋天》，彼此的关系也真如歌中所唱：“第一次见面看你不太顺眼，谁知道后来关系那么密切……”在练习这首歌时，两个人每天都窝在练习室里。面对仅有的一架钢琴，王源笑着提议：“喂，你弹左手，我弹右手好不好？”小凯不假思索地点点头，钢琴旁两个少年并排坐着，手指跳跃，琴声舒缓，时不时相视一笑，又时不时搞起怪来。

熟络之后，他们的默契日益加深，玩游戏、看动漫时的喜好一致，开玩笑、恶作剧时的心有灵犀，甚至喜欢同一个偶像——周杰伦，这一切，都成了他们友情极速升温的催化剂。

有人说，好友会在你眼前显示与人前不一样的自己，随着日渐熟稔，王源隐藏在可爱外表下的“真实性格”便逐渐显露出来。让小凯没有想到的是，藏在王源安静外表下的另一面，竟是个喜欢碎碎念的“唠叨唐僧”。每到练习空当，王源就会滔滔不绝：刚才哪里练得不好啦，待会儿吃什么啦，昨天的动漫很好看啦……此时一旁的小凯只好满脸无奈，听也不是，不听也不是。后来他左思右想，终于找到了一个制止王源唠叨的秘诀，那就是：给王源讲鬼故事，保证立竿见影。

可惜，即使长期受到小凯的“鬼故事攻击”，王源胆小的毛病还是没有被治愈。

2013年，“二王组合”迎来了第三位成员易烊千玺，TFBOYS组合从此正式成立。很快，三位少年就打成了一片，时常凑在一起玩闹。在一个蝉鸣的盛夏夜里，录制完《Heart》（《心跳》）的MV（音乐录影带），百无聊赖的三个人开始找乐子放松，也不记得是谁提议：“不如大家来讲自己觉得最恐怖的鬼故事？”一向胆小的王源为了证明自己勇敢，竟然满脸不屑地点头赞同：“有什么嘛，讲就讲，who怕who（谁怕谁）！”

刚说完，王源的脸上就泛起红潮，其实刚说完他就后悔了，但又实在不愿意在小伙伴们心里留下“胆小鬼”的印象，便硬着头皮撑着。当听到一个刚好发生在酒店里的恐怖故事时，王源不由自主地想到了他们现在居住的酒店，真是太可怕了。他再也顾不上面子，“嗖”地一下跳起来，跃到了小凯的床上，不容分说抢过被子蒙上了头：“不行，不行，我要睡了，今天小凯陪我一起睡！”

那强装淡定却带着微微颤抖的语气，好像生怕别人听出来自己的恐慌似的，惹得身边的小凯在心中偷笑：嗯哼，刚刚是谁说自己不怕来着？

二、火星文与翻译机

“比如说有一块肉，英雄会把它分给别人，而海贼会拿它来开宴会。”这是动漫《海贼王》里很有名的一句台词，也是王源与小凯都喜欢的一句台词。这句话一定程度上反映出他们的“友情观”：永远都要记得与朋友分享，分享喜欢的事物，分享难过的心事，分享快乐的心情。

不过，朋友之间除了分享快乐，更要学会制造快乐，这一点，王源与小凯也做得十足到位。比如在有一次访谈节目中，当主持人问起小凯“王源最适合的动漫角色是谁”时，小凯毫不犹豫地回答：“柯南。”那个智商超高的万年小学生侦探柯南？众人一愣，便心领神会：果然是好朋友，小凯这是在夸王源机智聪明呢……但小凯紧接着幽幽补了一刀：“因为王源和柯南一样矮……”

众人闻声大笑，主持人继续调侃道：“那，平日里谁打篮球比较厉害啊？”

“我！我！当然是我了！”话音刚落，王源就急不可耐地抢着作答，而旁边的小凯明显地露出一个“不可能”的表情，漫不经心地回道：“拜托，那是因为上次我穿拖鞋跟你打的好吗？”王源立刻不服气起来：“哪有，明明是我穿拖鞋！”“是我好不好？”“是我！”……接下来的几分钟里，这两个孩子气的少年便以“拖鞋”两个字为开端，进行了漫长的游击战，你一言我一语，把好朋友间的快乐拌嘴表现得淋漓尽致。

看到这里，可能观众要怀疑了，这两个人真是好朋友吗？答案无疑是肯定的，虽然荧幕上的他们时常拌嘴、互黑，但现实中的他们却是百分百为对方考虑。

“我比你大，我是大哥，你以后有什么事情都可以来找我。”他们第一次见面时的这句承诺，即使到现在都没有过期。王源患支气管炎时，小凯想方设法哄他喝水；王源练舞蹈没进步时，小凯寸步不离陪他压腿；王源做作业遇到难题时，小凯总是一边说他笨一边耐心为他讲解难题。

一天，练习完毕的两个人路过零食店，吃货王源站在橱窗前死活不肯再挪脚步，他咽咽口水，眼巴巴地看着小凯：“我没有带钱……”小凯摇摇头，不理他，继续往前走。不久前那件“零食引发的血案”让他记忆犹新。那一次，王源因为贪吃零食吃坏了肚子，在床上躺了好几天，那“惨样”让他又气又心疼……不过，虽然小凯想狠心装作熟视无睹，但看着王源殷切的眼神，终究还是败下阵来，一边嘟囔着“胖死了还吃”，一边却进去零食店给他付了款。这样的事不是第一次，也不会是最后一次。

好朋友可能就是一台强大的翻译机，就算对方只流露出只言片语，在旁人眼里意味不明，他也一定能读懂你内心的火星文。

三、竹马时代不过期

提起《偶像手记》，TFBOYS的粉丝们一定不陌生。在录制前，节目组要求TFBOYS成员必须为彼此准备一件礼物。让大家跌破眼镜的是，小凯给王源买的礼物竟然是内裤！

“王源特别乱，特别爱丢东西，但这个东西如果丢了，把自己的借给他也不太好……”推着购物车的小凯，正在超市里四处找寻着小伙伴们出行的必备之物，说起这些时，甚至有点儿不好意思看镜头。好不容易找到放内衣的货架，他急忙冲过去，拿起一盒来，又触电般扔下：“咳，这是女生的，不合适。”小凯的脸上泛起羞涩的红晕，低下头继续挑选。因为实在太尴尬，最后小凯不管三七二十一，挑了一个最贵的：“嗯，就这个好了！”为什么是最贵的？那还用说嘛，给好朋友用的东西自然要最好的！

而与此同时，吃货王源正兴致勃勃地对着镜头解释道：“这个是我平时非常喜欢吃的糖霜麦片，和牛奶放在一起很好吃，所以呢，我就选它了。”说罢，还摸摸头发，很得意地点点头。这一画面实在让人有些啼笑皆非，又不禁觉得王源真是可爱——吃货是你自己，而不是小凯好吗？当然，想把自己最喜欢的东西送给朋友，也是可以理解的。

从两个人组成组合之后，王源的吃货形象就已经深入人心了，但为了好友的公众形象，小凯还是尽量替他遮掩着那“最贪玩、最贪睡、最爱哭、最爱臭美”的“四宗最”。

私底下，小凯会趁王源饮料洒了的瞬间，嘲笑他“尿裤子”，却在公开场合百分百维护他；打游戏时，小凯因为王源把号码弄丢，负气说“再也不共用一个号了”，却偷偷为他的游戏角色升级；出去玩时，小凯看到王源提着大包小包，埋怨着“干吗拿这么多东西”，却不自觉地伸出手为他分担。

而反过来，王源也是一样。夏天蚊子多，他就站在小凯身后不停地用“玄冥神掌”拍蚊子；小凯生气时，他就充分拿出自己的“犯二宝典”来逗他开心；两个人在一起吃饭时，王源总是挑出一些菜扔给小凯，并貌似不经意地说：“喏，你最喜欢的！”看，全世界只有你最懂我，比我自己还要了解我。

前不久，出生在初冬时的王源迎来了自己的十四岁生日。在王源事先毫不知情的“惊喜生日会”上，小凯拿出偷偷准备好的信念给王源听：“第一次见你是在2011年，那个时候你就像现在我们那些新的TF家族成员一样，参加了当时的一个节目。那时候我们出去吃饭，你就一个人安安静静地坐在一边吃。后来你开始跟我一起上声乐课后，我们慢慢熟悉起来……”听着小凯的声音，王源默默地红了眼眶。从初相识的礼貌客套到如今的打成一片，从录音棚里的梦想萌芽到舞台上的惺惺相惜，两个男孩一路走来的点点滴滴都成了彼此之间最美好的回忆。

其实，小凯本来没想写得这么煽情，却在某天晚自习后的回家路上突然意识到，原来有些话还是没说够，原来有些唠叨说一百遍都不嫌烦。于是他在现场又轻声叮嘱王源：“该跳舞的时候还是要好好跳舞，该吃饭的时候还是要好好吃饭，你不要嫌我唠叨……十四岁生日快乐，王源。其他的话，以后再慢慢地对你讲，我们还有一个十年，两个十年，三个十年，讲未来要说的话。”末了，小凯还是忍不住眨眨眼，贫嘴地说：“努力长个儿，但是呢，千万不要超过我，虽然你本来也超不过我。”

或许，正是他们这样不加修饰的真性情，再搭配上积极向上的正能量，才能俘获那么多四叶草的青睐。而能在这弥足珍贵的岁月中，与最好的朋友一起承担梦想的重量，共同闪耀青春的光芒，这首致少年的竹马赞歌就值得用一生去歌唱。

杨幂&唐嫣：水果糖与菠萝蜜

策划◎本刊编辑部　撰文◎茶　花

一、送祝福的乌龙姑娘

初见时，她是风姿绰约、冷艳傲然的紫萱，她是清秀可人、俏皮可爱的雪见。一个是女娲后人，一个是仙灵转世，不同背景下的两个角色却拥有同样炙热的特质：敢爱敢恨。于是，在《仙剑奇侠传3》这部电视剧里，唐嫣与杨幂这对并肩作战的“荧幕姐妹花”赢得了不少观众的青睐。

事实上，那个时候的唐嫣和杨幂还没有现在这么“熟”，在剧组里见面也仅仅是点点头、笑一笑就过去了。虽然唐嫣身上的倔强和剧中的紫萱可谓如出一辙，杨幂眼里的调皮也不比雪见少一分，但两个人并未像剧中人那样在初见后友情便火速升温。

两个人的关系发生质的转变，缘于一句“乌龙祝福”。

那天是唐嫣的生日，围坐在蛋糕旁的亲友为她唱起生日歌。黑暗中，在烛光的映照下，唐嫣甜美的脸庞泛起温柔的光泽。她微阖上眼，双手合十祈祷，愿望还不知有没有落入天使的耳朵，零点的钟声就已经随之而至——“叮当”。与此同时，唐嫣的手机也传来此起彼伏的铃声，似乎全世界的人都在等着祝福这个年轻姑娘。打开手机，映入眼帘的果然是“爱意满满”的祝福短信：“亲爱的，祝你生日快乐”“要继续幸福下去”“糖糖，做一颗正能量的水果糖”……正当唐嫣笑容满面地一条接一条回复时，一个陌生号码的祝福赫然出现：祝你生日快乐。

咦？这是谁发的短信呢？

一脸诧异的唐嫣左思右想，最后终于肯定自己没有见过这个手机号。唐嫣平日里有着固定的朋友圈子，虽说是明星，但生活中低调的她并不热衷于扩张交际圈，因此，突然收到神秘陌生号码的祝福，让她实在有些奇怪。再看看短信内容，寥寥数字，简单明快，和其他的祝福短信并无异样。生性属“好奇猫”的唐嫣索性决定问一问，在发送出“你是谁”后，没几分钟，那边便答复过来：“我是杨幂呀！”后面还加了个笑脸表情。

这猝然而至的可爱短信，让唐嫣掉入了棉花糖般的甜蜜中：“杨幂，杨幂，还真是个‘蜜’一样甜美的女孩……”自言自语着，唐嫣猛然想起，自己好像从未给过杨幂手机号呀？她并不知道，杨幂在无意中听到她即将过生日，便谨记于心，四处打听要到了她的手机号码，并默默等到了凌晨时分，及时发了祝福短信。

从那之后，在杨幂这枚“甜蜜炸弹”的攻击下，唐嫣的“水果硬壳”便被攻破，随着时光推移逐渐露出了内心的“纯真糖心”。

二、永远不会输给时间

如果说有一种感情永远不会输给时间，除了亲情，便只有闺蜜情了。

青梅枯萎，竹马老去，能在你青春里横行霸道、护你周全的那个人，一定是闺蜜。逛街试衣时互相吐槽，抢吃大餐时不顾形象，遇到开心的事情想和她分享，遭遇泼面的冷水只想倚靠在她温暖的肩头。在她面前，你从来不必担心出丑或狼狈，因为她是你最忠实的依靠。

有人说，“人生无闺蜜，生活少意义”。在繁华嘈杂的娱乐圈，想要觅得一个真心的闺蜜并不容易，也正因如此，唐嫣和杨幂之间的纯真友情就显得越发弥足珍贵。

没有钩心斗角，没有两面三刀，这两个怀揣着赤子之心的女孩凑到一起，和生活中最普通的闺蜜一样，会打闹、会腻歪，会在对方最无助的时候默默相伴，会在对方最艰难的时候挺身而出。彻底熟起来的她们，也总是尽量挤出工作之余的时间来约着逛街、喝咖啡，偶尔也会上传几张羡煞旁人的卖萌自拍。对她们来说，最重要的日子，总是要留给对方，与对方一起度过才有意义。比如2012年的圣诞节，在全世界情侣扎堆浪漫的日子里，她们却聚到一起。定格在镜头里的唐嫣戴着黑帽子，杨幂戴着蓝帽子，同样的黑色大镜框更显率真可爱。这还不够，“幂幂”还在随后的微博上写了“圣诞节就是要和爱人过二人世界嘛”的“晒幸福标语”。

而2013年秋天，这对“闺蜜淘”更是兵分两路同时远赴美国参加纽约时装周。唐嫣在这边街拍的同时，杨幂在另一边拍写真，虽然工作日程安排得满满的，但聪慧的她们总能抽出一两分钟来发微信：“你那边怎么样啊？”“我要累死了，你呢，可一定要注意身体哦！”……温馨的问候通过文字传递给了对方，连同着的，还有那言语背后的真诚关怀。好不容易等到工作结束，杨幂便匆匆赶到了唐嫣这边。鲜花、红酒、蛋糕，早已为闺蜜准备妥当的唐嫣，正靠在桌子旁含笑不语——这一天很特别，是杨幂的生日。面对闺蜜精心为自己准备的一切，身在美国的杨幂有了回家的感觉。

“My dear，happy birthday！（亲爱的，生日快乐！）这一年我们又一同走过，在异国他乡的今天，我们一起泡面、一起聊天，愿我们不离不弃一辈子。”唐嫣如此煽情的话语，自然让寿星杨幂热泪盈眶。她回复道：“好朋友就是半夜陪你聊天、给你送礼物、陪你吃泡面。我爱你，我们就这样好一辈子可以吗？可以的。”

可以吗？可以的。闺蜜就是这样，不需要疑问句，答案早已笃定在心里。

三、将友情永久珍藏

有人说：“好闺蜜不一定要形影不离，但一定要惺惺相惜；不一定要锦上添花，但一定要雪中送炭；不一定要天天见面，但一定要放在心里。”这段话，被唐嫣和杨幂表现得淋漓尽致。

2014年年初，在海风微醺的巴厘岛上，杨幂与刘恺威举行了浪漫的婚礼。杨幂身穿一袭洁白的蕾丝婚纱，气质复古唯美，而唐嫣作为杨幂唯一的伴娘，穿了一件杨幂亲自挑选并参与设计的天蓝色礼服，两个人手挽着手一起拍照，白蓝搭配，纯净美好得如同一对天使，连身旁的新郎刘恺威都被比下去了几分。在接下来的“抛捧花”环节，杨幂郑重其事地说：“今天这个捧花，其实我早已想好要送给谁了。”说罢，便转过身，递给了身边的唐嫣，“我把我所有的桃花运都送给你，我亲爱的伴娘。”一脸诧异的唐嫣在接过捧花后，顷刻间潸然泪下。这一幕，不仅感动了在场嘉宾，也惹得网友高呼她们为“中国好闺蜜”：“最让我感动的，不是杨幂终于嫁给了刘恺威，而是杨幂的伴娘是唐嫣，且只是唐嫣。”

“我最欣赏杨幂的地方是，当朋友从来不用猜测对方心里到底想什么，永远有话直说。”唐嫣在公开场合多次提到这句话，或许在她心里，杨幂早就如同那酥甜可口的“菠萝蜜”般，一口咬下去，沁人心脾，芳香四溢。而另一边，杨幂也曾贴心地表示：“无论唐嫣什么时候需要我，想跟我讲话，我都会第一时间回应她，随时随地，大半夜都没问题。”

闺蜜是面镜子，你笑她就笑，用最得意的口气在别人面前说起你，就像在夸耀我自己般得意，或许这就是闺蜜间的秘密。

不久前，在某场风尚盛典上，“水果糖”和“菠萝蜜”再次牵手现身大秀“闺蜜情”。唐嫣笑言：“希望二十年后的我们，还能一起走红毯。”杨幂便接道：“这是我们爱的宣言。”

的确，能跟随时光的脚步日渐浓烈的友情，势必会被永远珍藏在青春的抽屉里。而抽屉里将有一张珍贵的照片，照片上的两个女孩明眸皓齿，一个有着水果糖般的纯真，一个有着菠萝蜜般的甜蜜，吃下去，都是满满的幸福味道。

邓家佳&娄艺潇：一个像夏天，一个像秋天

策划◎本刊编辑部 撰文◎清 尧

一、多年闺蜜成习惯

2010年，邓家佳第一次来到《爱情公寓2》剧组。这是一个冬日的午后，天气很冷，她有些局促地搓搓手，整个剧组她几乎一个人都不相识，百无聊赖之下，她索性站在一旁看同组的演员搭戏。当时正在拍哪场戏，邓家佳已经记不清了，只记得面前是一个很漂亮的女孩，妆容精致，眉眼有点儿像混血儿。不过她的穿着与精致的外貌反差巨大，笨重的红色羽绒服配运动裤，头上贴着假刘海儿，有点儿像村姑的造型让人有些忍俊不禁。这就是邓家佳和娄艺潇的第一次相遇——局促的剧组新人和搞笑的羽绒服少女。

让邓家佳没想到的是，虽然戏中穿羽绒服的少女是个性格泼辣的高学历霸气姐，可戏外的她却是一个甜美的小女生，性格温顺得很。而另一边，谈起第一次见到邓家佳时的感想，娄艺潇几乎不假思索便脱口而出："我看到她的第一眼，觉得她是个很小很柔弱的女孩，让人莫名地产生了一种保护欲。"

就这样，两个人因为《爱情公寓》相识，从那之后便结下了深厚的友谊。

每逢拍摄《爱情公寓》，她们便有三四个月的时间朝夕相处，熟络起来后的两个人很快开启“损友模式”：互叫对方“胖佳”“肥潇”以鞭策对方减肥。

几个月的拍摄时间看似漫长，可也终归有分别的时候。各自接了新戏后，两个人要很久才能见一面。不见面的日子里，电话成了彼此最常用的联系方式。煲电话粥的时候，她们无话不聊，像认识了几十年的老朋友。一有机会，两人便会去对方的剧组探班，剧组里的其他演员时常揶揄：“向来只有男演员探女演员的班，你们倒好！”

这种时候，两个人便会得意地相视一笑：“嘿，男女之情怎么比得上我们姐妹情深？”

她们的“姐妹情深”到了什么程度呢？有时候拍完一部戏，娄艺潇下了飞机后第一时间不是回家，而是去邓家佳的家里。认识不久后，两人就有了对方家里的钥匙。这座城市太大，一个女孩儿独自生活常会感到孤单，但自从有了对方，她们便再也不畏惧这里的生活了。

闲下来的时候，艺潇便会搬去和邓家佳一起住，在她看来，邓家佳太酷了，简直就是个完美的“暖男”，换灯泡、修水龙头这些事在她眼里根本不足挂齿。与她住在一起娄艺潇时常感觉像回到了自己家，邓家佳像“父母”一般给予她温暖，让她在这座城市扎根。

一起逛街，一起吃饭，一起护肤……那些一起做的事已经成了习惯，以致后来，每每独自出门购物，她们都会习惯性地买两件——一件自用，一件给对方。

做演员，总要满世界颠簸奔走，这些年她们各自塑造了无数的角色，成为过各式各样的“人”，可有一件事从未改变：不管身在何处，她们都记挂着对方。

二、从朋友变世交

在娄艺潇看来，能和邓家佳成为好朋友，是命中注定的事。

两个女孩，年龄相仿，职业相近，喜欢着同样的东西，有着同样的爱好，做着同样的梦，畅想着同样的未来，照这样看来，两个人真的是注定成为闺蜜的。

因此，她们从朋友变成世交也不令人意外。

这件事的曝光，始于一次采访，被询问到跟娄艺潇的友情时，邓家佳语出惊人：“我们俩都互相见过家长了……”面对记者们吃惊的表情，俏皮的邓家佳方才说出实情：两个人关系日益亲密，两家家长都很开心。女儿独自在城市打拼，能够交到这样一个好朋友，做父母的自然也多了几分放心，两家人的关系也逐渐熟络起来，私下里一起见过面、一起吃过饭，贴心的娄妈妈更是经常给邓家佳邮寄小礼物，俨然已经把邓家佳当成了另一个女儿。

最让人意外的是，有段时间，两个女孩都在外面拍戏，时间紧张，与家人没多少时间联系。由于担心父母独自在家会很无聊，两个人一拍完戏便回家看望父母，没想到扑了个空——两家父母居然在这段时间偷偷组织了一次西双版纳旅游。如果说在此之前她们还只是关系好的闺蜜，而今的她们俨然已经成了世交，两家人彼此之间多了一份亲人之间才有的默契。

因为一部剧结缘，如今成为娱乐圈中难得的闺蜜，真的让人十分羡慕——有些人，相识了一辈子也只是相识，有些人，认识不久却能成为挚友。友情的深厚与相识时间长短无关，朋友不仅需要缘分，更需要一种来自本能的默契。

三、等你老了我们还是闺蜜

2014年5月17日，娱乐圈的头条是“邓家佳与娄艺潇公布恋情”，一时间众人哗然。其实事情的起因不过是因为娄艺潇发布了一条微博：爱你的话不想多说，就这样吧，挺好的。随后邓家佳转发道：相爱后几乎每个生日都在一起，这样真的挺好的。

娄艺潇说，她们维持友情的“秘籍”之一，就是时不时地向对方“告白”。

在过去的几年里，娄艺潇给邓家佳写过很多段感人肺腑的话，其中有一段非常有名："我穿过海的距离来找你，没有热闹的寒暄，不需浮夸的狂欢，只是凝固在安静的小小世界里，不言不语，不理不睬，却能清楚地看进彼此的心里，快乐、悲伤、秘密，此刻都是那么清晰。"这不只是对她们的友情的最美诠释，甚至可以称为是对所有闺蜜的完美解读。

2014年11月20日，邓家佳终于与相恋十年的男友踏进婚姻的殿堂，而默默陪伴在身边的最佳"绯闻女友"娄艺潇则成为她唯一的伴娘。唯美浪漫的婚礼上，媒体捕捉的每一张照片里，娄艺潇都站在邓家佳的身边，脸上尽是明媚的笑意，眼中却闪烁着泪光，带着一丝不舍却又真心诚意地为她祝福。

这样的眼神让人何其眼熟。

还记得在2011年的《舞林大会》节目上，娄艺潇参赛，平时经常美甲、对脚很爱惜的她，为了练习舞蹈，一双漂亮的脚几乎毁了。连评委们都说："娄艺潇最拼命，做各种动作几乎都不要命。"娄艺潇没有多么深厚的舞蹈基础，由于参赛期间还有新戏要拍，她必须一边拍戏一边排练。因为被她的努力所感动，参加《舞林大会》时，当时新戏导演甚至放话："只要潇潇进决赛，大家都到场伴舞！"最终，她不负众望挺进决赛，取得了不错的成绩。主持人宣布成绩的刹那，镜头扫过台下娄艺潇的亲友团，以邓家佳为首的一众好友在台下表情充满了惊喜，镜头再拉近，竟发现邓家佳已经是热泪盈眶。

邓家佳站在那里，安静地看着台上耀眼的女孩，那个女孩已经不是当初那个穿着羽绒服、贴着假刘海儿的纯真姑娘，如今的她变得越发闪耀，可她一点儿都不嫉妒，因为她知道，这个女孩怎么变，都永远是她最好的闺蜜。

很多人在遇到一个人之前，都不会轻易地相信"永远"这个词。如今的娄艺潇和邓家佳，接受采访时被问及彼此间的友情，总是笑着说，希望老了的时候，即使满头白发，也还能陪在对方身边。

即便是老掉了牙，也可以一起窝在家里敷面膜、玩自拍，彼此可以熟稔地打开对方家里的冰箱，彼此在看惯了世事的变迁之后，依旧是最好的——闺蜜。

强档对对碰

人气作家来报到，

打造精彩纷呈的闺蜜中篇

youji yige yongbao gei guimi

邮寄一个拥抱给闺蜜

文◎短发夏天

图◎虚镜游灵

第一章 youyi yige yongbao gei guimi 【我们都在城市的另一边】

1

孟果果还记得跟沈嘉禾相识的那一天，6月6日，高考的第一天，全市的非高三学生全都开始放假。初夏，天气却已经开始热了，空调扇在艳阳下高速运转着，天是一种透明的蓝，映着窗外的绿树，让人觉得心旷神怡。孟果果刚刚午睡醒来，喝了杯水后，二话不说就打开电脑开始上网。

那时她家里刚刚买了笔记本电脑，虽然比别的同学都晚了几年，但总算是有一台了。就像所有好奇且热情的孩子一样，她很快就体会到互联网的乐趣，一天不上网就觉得手心发痒。她的父母也像所有担心孩子会学坏的父母一样，限制她上网的时间，功课没做完坚决不能上网，所以一逮到机会孟果果就会偷偷打开电脑，全身心地投入网络中。

那一天也没有例外，趁妈妈还没下班回家，她登录QQ（一种网络即时聊天工具），打开音乐播放器，从一个网页浏览到另一个网页，手指在键盘上不停地敲击，一会儿对着电脑傻笑，一会儿又紧皱眉头，表情丰富极了。

这是互联网最大的魅力，坐在家里连门也不用出，面前就是一个浩瀚而广阔的世界，但是通过关键词你又能迅速找到一批与自己有相同爱好的人。像所有从童年过渡到少年的女孩一样，那个时候的孟果果爱上了电影、小说，以及音乐。她常去一些同龄人爱去的网站看大家讨论电影和音乐，虽然不怎么发言，但光是观看，也能获得很大的满足。

然后那个帖子就进入了孟果果的视野，是在音乐区的一个讨论帖，题目叫作：*你们怎么看中学就化妆的女生？*

孟果果素来不喜欢那些小小年纪就打扮得花枝招展的女生，化学连考试及格都做不到，偏要天天在那里研究护肤品的成分，虚伪！做作！

于是她点开那个题目，原本也只是想看看大家是怎么批判那些女孩子的，可是看着看着，话题却被一个叫“伊莎贝拉”的人改变了方向：可是怎样才算化妆呢？涂眼线和睫毛固然不对，但BB霜（护肤品）和唇膏算不算呢？防晒霜和隔离霜又算不算呢？

这句话一出，底下的人就说：当然不算啦！

孟果果却有些不高兴，因为她自己也用防晒霜和唇膏，她皮肤有些黑，一直想变白一点儿。但防晒霜和BB霜怎么能相提并论呢？防晒霜是基础的护肤品呀！

于是她“噼里啪啦”地在电脑上敲打，对伊莎贝拉道：你是在混淆概念，我们在说的明明是那些化浓妆上课的学生，你却把防晒霜和这些化妆品归到一起，它们怎么能算一类呢？防晒霜只是保护人的皮肤不被晒伤，BB霜之类却是彻底改变了一个人的容貌，性质差别大了。

这番话一出，不一会儿就有叫好声，孟果果颇有些得意，仿佛只有自己一个人发现了伊莎贝拉的语言漏洞似的。她一直等着看她怎么回应，但伊莎贝拉半晌都没有反应。孟果果以为她在忙别的事情，趁机翻了翻她的资料。她的头像似乎是一幅油画的截图，一个穿蓝色衣服的女人，瘦长的脸，但并不漂亮。注册资料显示她十八岁，双子座，居住地是上海。

那时十三岁的孟果果不屑地想：都十八岁的老女人了，当然喜欢化妆。

在十三岁的人看来，十八岁已经是一个很大的年纪了，然而等到十八岁的时候你才发觉，那依然是个很小的年纪。五年的时间，说长不长，说短不短，可是在青春期里也不过倏忽一下就过去了。人在年纪很小的时候总是会说一些看起来很愚蠢的话，回头想想都会忍俊不禁，那个时候却是真心实意这样认为的。

孟果果回复完那个帖子就跑到妈妈的房间里研究了一下她的化妆品，拧开粉底液的盖子涂一点儿在脸上，顿时整张脸都变白了，像唱戏的演员一样。在路上偶尔也能看到这样的女生，自以为很漂亮，殊不知在别人眼里多么滑稽。

她对着镜子笑了笑，接着才去洗手间洗掉。

闹钟忽然响起，是妈妈下班的时间，孟果果连忙关掉电脑去吃东西，过了半个小时回来摸了摸电脑，发现已经冷却了，这才松了一口气，坐下来开始装模作样地做功课。她的书桌正对着窗户，小城的傍晚，红霞满天，虽然已经看了许多年，她却总也看不腻，写一会儿，就停下来看一会儿天空，心里想，等自己长到十八岁，不知道天空会不会变得不一样。

2

此刻，在另一座城市，有个女孩也在望着天空发呆。

沈嘉禾对着上海那片暗蓝色的天空发了一会儿呆，才低下头继续吃饭。保姆陈姨把一块排骨夹到她碗里说："你要多吃一点儿，瞧你瘦的，像只小鸡似的！"

妈妈却又从她碗里把那块肉夹出来说："不能再吃了，这个年纪吃胖了以后减不下来的。"说完她又低头看了一眼手机，拨通了一个号码说："我明天早上八点的飞机，中午十点左右到，你让那边派名司机给我，我来不及去酒店，得找人帮我放东西。"

挂断了这个电话后她接着拨了一个号码道："明天下午三点彩排，安德森那边怎么样了？航班停滞？那换个地方转机啊！这种事还需要我教你吗？我限你半个小时内搞定，不管用什么方法！"

沈嘉禾呆滞地看着妈妈，她讲电话时根本不像一个正常人，语速飞快，眉头紧皱，还很容易激动。已经开饭二十分钟了，她却几乎连筷子也没有动过一下，一直在打电话，她想不明白妈妈怎么会有那么多电话可打。

陈姨敲了敲她的碗，她这才抬起头来，歉意地对陈姨笑了笑。陈姨安慰似的看着她，小声说："你别听她的，你一点儿都不胖。"

他们老一辈的人看小孩子就是这样，只要不是人都成了球形，那就都是太瘦了。沈嘉禾有时候也会听到同学这样抱怨自己的父母，但沈嘉禾没有遇到过，她妈妈向来要求她按照营养结构饮食，所以她从来没有胖过，但也说不上太瘦，就是那种很平常的身材。她只是想不明白，这个世界上因为担心女儿太胖而不肯让她吃排骨的妈妈又有多少呢？

开门声响起，沈嘉禾转过头，看到爸爸回来，立即就站起来说："我吃饱了！"然后逃也似的跑回了房间。

果然门刚关上就听到妈妈说："我明天的飞机，后天才能回来，嘉禾的事我们后天再说。"

"后天我没空。"爸爸说，"今天不行吗？"

"我晚上还得回公司一趟，哪来的时间？"

"那我就有时间了？你就算不顾及我也就算了，可是好歹你是个当妈的，连孩子都不管算怎么回事？"

"我不管？难道你就管过？我整天忙得死去活来的，你就不能为我想一想？"

沈嘉禾连忙扑到床上戴上耳机，打开iPod。铺天盖地的音乐声传来，总算盖过了他们的争吵声。总是这样，两个人每天见面的时间连三个小时都不到，可是三个小时他们又全部花在了吵架上面。吵架的原因也无非是一个忙，另一个也忙；一个嫌做妈妈的没有尽到责任，一个又嫌对方不肯为自己着想……

跟别人家不同，沈嘉禾家里是妈妈的收入比爸爸高，几年前爸爸失业，家里一度靠妈妈支撑，她升了职，结果意味着更忙。爸爸失业之后就开始创业，也忙，就这样，两个大忙人都没空理沈嘉禾。

也不知道过了多久陈姨才推门进来，见到沈嘉禾匆匆收耳机线便笑了，说："被你妈妈发现迟早要没收。"

"所以我一直很小心呀！"嘉禾微微笑一下，也只有跟陈姨在一起的时候她的话才多一些。她问："他们散了？"

"嗯，总算是又散了，你妈妈回公司了，你爸爸在洗澡，你赶紧换衣服去上补习班。"

"好。"

沈嘉禾又跑去换衣服，整理好了书包，这才一个人出门。每天傍晚会有一辆出租车按时等在小区门口，先送她去上数学补习班，再送她去上英文补习班，然后还要去小提琴补习班。她总觉得父母是想让自己更忙碌似的，仿佛这样才能不用每天见到对方，然后因为各种小事大吵一番。她其实并不讨厌他们，但，怎么说呢？好像也不怎么喜欢他们……

这真是太悲哀了，她想，不喜欢自己的父母，很糟糕不是吗？

等回到家里时已经是深夜了，她脱了衣服上床睡觉，可是翻来覆去怎么也睡不着，只好爬起来上网。浏览了几个网页之后她准备找点儿音乐来听，这才发现常去的那个论坛有人回复了她的发言，点开，看到会跳舞的鱼说了那番斗志昂扬的话，顿时就忍不住笑了起来，也开始回复：**如今很多防晒霜是有修饰肤色的功能的，照你这么说防晒霜也会改变人的容貌喽？很多BB霜也有防晒的功能，那么防晒霜岂不是你所说的保护皮肤而已？既然两者都能让人肤色更好看并且同时保护皮肤，那为什么不能相提并论？**

她自己其实并不怎么在意这些东西，每天起床洗把脸就出门了，有体育课的时候才涂一下防晒霜，可是不太喜欢一些人对另一些人这么刻薄，忍不住要多说几句。

会跳舞的鱼的头像倒真的是一条鱼，胖乎乎的，游在海中央，看起来还是个小孩子的样子。她点开她的个人资料，才发现年纪一栏写着十三岁，顿时忍不住笑了，还真是个小孩子呀！

3

接下来，孟果果和沈嘉禾谁都没想到，对方会一直坚持自己的观点，以至于在论坛上争论了几天，争论的范围也从化妆品到了穿着打扮上。如果以隐藏自己真实的容貌为标准的话，特意剪一个刘海儿遮住自己的额头算不算呢？挑选好看的书包算不算呢？如果挑选自己喜欢的书包不算，为什么挑选自己喜欢的裙子就算呢？

两个女孩其实都是朴素的人，却不知道为什么因为这种与她们不相干的事情吵了起来。她们回头想起的时候才觉得这就是所谓的缘分，隔得那么远，还是有办法把她们两个扯到一起，让她们结识，除了缘分之外，没有任何东西能解释。

但三天过去了，争论还是没个结果，论坛上倒是多出了许多看热闹的人，一部分站在孟果果这边，一部分站在沈嘉禾那边。评论忽然变得越来越长，吵架的内容也越来越偏离原本的题目，已经产生了很多分支，比如，一、女孩子正处在爱美的年纪，让自己看起来更漂亮一些有什么错呢？二、既然人人都说大人跟小孩儿是平等的，为什么大人打扮自己就没有问题，小孩子打扮却是肤浅？吵到了最后，两位当事人却仿佛插不进嘴了一般。孟果果和沈嘉禾在各自的电脑前都目瞪口呆地看着众人争论，那些人显然比她们更有空，也更有精力，随便逮住一个人说话的漏洞追着不放，一吵就是一个下午，话题早已偏离了两个人争论的内容，她们都不知道该说什么好。

眨眼三天假期就要结束了，孟果果觉得这个话题要是没有个结果的话她连课都上不好，于是干脆很神经质地对伊莎贝拉说：把你电话号码告诉我，有种我们当面说！

不久伊莎贝拉回复：已发站内信给你。

孟果果点开，果然看到一串数字，是手机号码。孟果果对着那串号码犹豫要不要打过去，论坛上的人却都兴奋起来，一个接一个地说：快打！打完了报告给我们听！

依旧是下午三点，窗外有蝉鸣声，令这个夏日显得格外寂静。孟果果在电话前思索了好久，才一个一个地按下那串数字。她无比紧张，天知道这是她第一次打电话给网友，在等待接通的时候她一遍遍地在脑子里想，那个人的声音是怎样的呢？她的长相是怎样的呢？她讲话会不会有口音？她会不会是骗子呢？

这个时候电话接通了，那边传来了一个极其甜美的声音：“您好，我是沈嘉禾。”

孟果果怔在那里，网络忽然变成了现实，就让人有种错觉。最糟糕的是她没有办法把这个声音跟在论坛上那个骄傲自大的人联系在一起，那女孩的声音很美，甜丝丝的，带着娇俏。她想了好久才结结巴巴地说：“我……我是……我是会跳舞的那个……会跳舞的鱼……”

电话那头传来了一阵清脆的笑声，说：“没想到你真打过来了呀！你的声音真好听！”

“哪里，你的声音才好听呢！”孟果果害羞了起来，她一直觉得自己的声音很粗，有点儿男孩子气，第一次被人这样夸奖，一时间还不太适应。她问：“沈嘉禾是你的名字吗？连你的名字都很好听。”

“是呀，那你叫什么名字？”

“孟果果。”

“好可爱。”

孟果果再次害羞起来，她难得扭捏，说：“你的声音一点儿也不像十八岁。”

“哪有，我十三岁，资料是瞎填的，你呢？”

“我也十三岁！上初一，你呢？”

“跟你一样。”

她们仿佛都忘记了吵架的事，一句接一句地聊着，从年纪聊到功课，从功课聊到自己的父母，又从父母聊到爱好和家境。孟果果渐渐也不紧张了，她用衣服擦了擦手心的汗，听到沈嘉禾说：“所以，我们要在电话里讨论一下适当的修饰究竟有没有问题吗？”

“不用了……不用了，”孟果果笑嘻嘻地说，“你不说我都快忘了我为什么打电话给你了。”

“哈哈！”沈嘉禾说，“不过我没想到你真的会打给我。”

“我也没想到我真的会打给你，”孟果果说，“其实这是我第一次打电话给网友。”

“我也是第一次接到网友的电话。”沈嘉禾顿了一下，问，“那个，我们可以做好朋友吗？”

孟果果呆了一下，被一个没见过面的人这样要求，她也不知道该怎么答复，想了一会儿才说：“当然。”

“那，我该挂断了，以后再聊。”

“好的。再见！”

“再见。”

话筒里“咔嚓”一声，孟果果呆呆地放下话筒，总觉得像做梦一样，看看时间，才惊诧地发现半个小时已经过去了。怎么会跟她聊了那么久呢？她惊讶极了，可是也高兴极了。

当然那个时候她们都没有想到，后来她们真的成了一对好朋友。

最好的朋友。

4

孟果果一走进学校就看到了收发室的布告栏上写着自己的名字，她走进去，拿出自己的学生证，收发室的老头儿才把一个包裹递给她。回到教室，她的同学们都围了上来，问："是什么呀？"

孟果果拆开包裹，才发现里面是两支崭新的钢笔，一支是苹果绿的，一支则是柠檬黄的。漂亮的钢笔装在盒子里面，一看就很精致、昂贵。除了钢笔还附着一盒同品牌的墨水，以及一张卡片，上面写着：生日快乐，我最亲爱的孟果果。

孟果果一下子就激动了起来，她当然知道礼物是谁送的，但没想到她真的送了。那是一个月前，她跟沈嘉禾在网上聊天的时候无意间提起那些在网络上流行了很久的文具。孟果果说："我还没见过那种钢笔呢，我们这里连专卖店都没有，大家又说网上假货很多，所以也不敢买。"

"不会吧？"沈嘉禾发了一个惊讶的表情，然后说，"那我送你一个吧！刚好快到你生日了。"

"真的？"孟果果一点儿都没跟她客气，说，"那太好了！"

然后她就真的收到了。有几名同学也认得那支钢笔，一打开就大叫："名牌啊，是正品吗？"

"多少钱买的？"

"可不可以借我试一下？"

孟果果毫不犹豫地拒绝："不借！"

"小气死了！"

她们翻着白眼，孟果果却佯装没有看到，拆开盒子，照着说明书吸墨水，之后在本子上试着画了几下，其实并不比她平时用的那些便宜的钢笔好到哪里去，但心理上还是觉得用起来极其舒服，下水流利，拿在手里也相当有质感。黑色的墨迹在本子上画出来的线格外漂亮，她不舍得用太多墨水，又连忙装起来，低头看着华丽的盒子想：谢谢你啊，沈嘉禾。

放学后，她飞快地跑回家里打开电脑，登录QQ给沈嘉禾留言：快点儿打电话给我！

不消几秒电话就响了起来，孟果果迅速接起大叫："我收到你的礼物了！"

"喜欢吗？"沈嘉禾熟悉的声音传过来。

孟果果高兴地说："喜欢！"

沈嘉禾就笑了起来。

那个时候她们已经认识了大半年，成了一对真正的好朋友。

每个周末她们都按时登录QQ，聊聊音乐，聊聊梦想，也聊聊日常生活中的琐碎小事。她们的同学其实人人都有几个关系不错的网友，但孟果果总觉得她跟沈嘉禾是不一样的，她们是真的朋友。

她们常常通电话，也常常写e-mail（电子邮件）给对方——是的，e-mail，沈嘉禾说："我上网时间实在很少，所以我们写信吧！"

就这样她们开始写信，孟果果一开始只能写几句，因为不知道可以说什么，但后来也可以写很长很长的信了。

她说：我从来没有去过大城市，每次在电视上看到上海都在想，你会不会忽然出现在镜头里呀！你有没有去过东方明珠？我们老师说东方明珠是中国最高的建筑物，我好想看一眼。

沈嘉禾就回复：现在好像已经不是最高的了，我小时候去过一次，不过觉得没什么意思。上海很大的，我也不常出门，所以你应该不会在电视上看到我的。等你将来来上海了可以住在我家里，我家很大，我爸妈常常都不在家，只有我跟陈姨两个人，陈姨肯定很喜欢你！

就这样，一封一封，渐渐知道了对方是一个怎样的人。

沈嘉禾的生活对孟果果来说遥不可及，她从来没有见过三十层的高楼，也从来不知道生活中有保姆是怎样的感觉，但一想到可以不用自己打扫房间就羡慕极了。

5

孟果果不知道沈嘉禾也羡慕着她，羡慕她跟同学相处得都很好，羡慕春节的时候她爸爸妈妈陪她一起玩。

沈嘉禾既没有父母的陪伴，也没有关系要好的同学，那一年春节她过得极其寡淡，爸爸妈妈原本打算带她去巴厘岛度假，但临行前不知道为什么又吵了起来，最终哪里也没去。

不能出去旅行，就意味着沈嘉禾不得不每天都去补课。

其实她的成绩并不算太差，但不知道为什么妈妈总是不满意，一遍一遍地说："你知不知道你现在不好好念书的话将来连工作都找不到？今年有六百多万人参加高考，你知道六百万是什么意思吗？将来你是要跟这六百万人竞争的呀！"

沈嘉禾不知道该说什么好，她很怕自己的妈妈，因为好像无论说什么她都有办法让自己的观点毫无意义。她每天背着沉重的书包出入一个又一个补习班，直到深夜十二点还在做功课。有一天她实在受不了了，出门前跟妈妈说："妈妈，我求你了，让我休息一天行不行？就一天。"

妈妈却义正词严地说："不行，你今天偷懒了明天就还会想要偷懒，不能给自己找任何借口知道吗？妈妈都是为了你好。"

"可是妈妈，我真的好累……"她几乎快要跪下来恳求妈妈了。

一旁的爸爸终于也看不下去了，说："你就让她休息一下呗，才刚过完年，玩几天又怎么了？"

妈妈的矛头立即转到爸爸身上，道："你就知道偏袒她！你知道她这学期排名多少吗？二十三！比上个学期下降了三个名次！再这样下去迟早得变成倒数！"

"倒数又怎么了？她才几岁？现在考不好有什么了不起的？"

"有什么了不起的？你说得倒是轻松！"

……

就这样，爸爸妈妈又吵起来了，忽然之间沈嘉禾也说不清楚出去补习更辛苦，还是待在家里更辛苦。

她默默地整理好书包拉开门走出去，可是一进电梯就哭了起来，从口袋里掏出手机拨打了孟果果的电话，结果却是孟果果的妈妈接的，她说："果果跟同学出去玩了，要晚一点儿才回来，你有什么事吗？要不要我晚一点儿让果果打给你？"

"不用了，我就是问一下功课，你跟果果说沈嘉禾给她打过电话就行了，谢谢阿姨。"

沈嘉禾挂了电话，从电梯里走出来，孤独地看着万家灯火，总觉得每个人都过得很热闹似的，只除了她自己。

半夜她写信给孟果果，说：我真想快一点儿长大，长大了就可以不用住在家里了。我会找一份工作，租一个小房间，节约一点儿的话好像也能过下去的。

正在写着，QQ却忽然响了起来，沈嘉禾点开，看到孟果果的头像跳了起来，说：我回来啦！我妈妈说你晚上打电话给我了是不是？我跟同学去看电影了，不好意思。

沈嘉禾的心情一下子就快乐了起来，所谓惊喜大概就是这样吧，当你在想念一个人的时候，那个人能恰好出现。

哪怕只是在网络上出现。

她说：我正在写信给你，我还在做功课，没想到你会突然出现啊！我以为你有什么事情找我，你怎么了？还好吗？

看到这句话，沈嘉禾的眼泪一下子就涌了出来，她差点儿就要跟她说"我不好"，但还是忍住了，说：没什么，就是忽然有点儿想你。

"我也想你。"

对话框里一句接一句的话跳了上来，孟果果说：今天看电影的时候我在想，你要是跟我在一个地方就好了，那样我们就可以一起看电影了。

孟果果说：真希望我们将来可以一起看电影。

沈嘉禾回复：将来，一定会的！

嗯！

第二章 youfi yige yongbao gei guimi【离开，让一切都变得简单】

1

孟果果并不了解沈嘉禾的烦恼，就像沈嘉禾其实也并不了解孟果果的烦恼。她们是两个完全不同的人，生活在两个完全不同的地方，只是恰好在网络上相遇了。

孟果果从来不觉得沈嘉禾是她一生之中最重要的朋友，把一名网友当最好的朋友，这实在有点儿滑稽不是吗？

直到她无意之间听到她现实生活里最好的朋友兼同学小鹿跟别人说："她真的当真了，哈哈哈，笑死我了，你看到她那副傻样了吗？"

另一名同学跑来问："谁呀谁？"

"孟果果呀，你没发现她最近天天穿同一件衣服来上学吗？"

"是啊，注意到了，怎么了？"

"温子明说有一天在商场看到孟果果，她穿着一条红色的裙子，温子明吓了一跳，不知道该怎么跟她打招呼，就说'你穿这件衣服蛮好看的'，结果孟果果就开始每天穿着那件衣服上学了。"

小鹿绘声绘色地讲着，好像人就在现场一般。孟果果几乎想象得到她神采飞扬的样子，她的表情一直很丰富，所以整个人看起来都充满活力。

温子明是她们的同班同学，一个很讨人喜欢的男生。他个子很高，长相也很俊朗，学校里有一大堆男生都把他当首领一样，下课了一起去打篮球。周末逛街的时候孟果果恰好碰到了他，当时她正在试一条红色的裙子，照镜子的时候一眼瞥见温子明站在身后，几乎吓得尖叫了起来。温子明却眼神怪异地看了她一眼，接着很快地走开了。

其实在小鹿一开始提到温子明的时候孟果果就知道她是在说自己了，但好像不确认一下就不踏实一样，所以一直站在那里静静地听着。那是一个楼梯的拐角，不知道为什么那里有一个很大的平台，下课时大家总是在那里聊天、玩。孟果果刚从洗手间出来，听到她们在谈论自己就停下了。她听到有人为自己辩解说："我觉得那条裙子的确蛮好看的呀！"

小鹿便说："什么呀！丑死了！她穿上那条裙子显得更像男生了，你没发现她小腿上的肌肉有多发达吗？好恶心！"

孟果果闭上眼睛，犹豫了半天，才从墙后面走出来。小鹿她们果然惊恐地睁大了眼睛，孟果果却若无其事地问："你们在聊什么？"

"没什么，我们在说上次看的那部电影。"小鹿眨了眨眼睛，像是真的在聊电影一般。

孟果果是在那个瞬间，才开始对小鹿失望的。她能忍受小鹿讲自己的坏话，能够忍受小鹿背地里嘲笑自己、挖苦自己，可是不能忍受她面无表情地撒谎。怎么会有这么虚伪的人呢？她才那么小，怎么就练就了这样一副面孔呢？她想不明白。

那天下午放学回家后她特意拿起镜子盯着自己的小腿看，她家里只有一面镜子，扇子般大小，外面包着一层塑料壳。镜子里的孟果果的确有一双粗壮的小腿，肌肉线条明显，显得非常突兀。她小学的时候因为个子高一直被老师选为长跑或短跑运动员，小的时候大家都把这种事情当荣誉，所以每个人都很努力，练了一身的肌肉。谁会想到几年后这却会成为身体的缺憾呢？孟果果难过地想，那个时候，为什么要这么努力地练习跑步呢？

她打开电脑，在给沈嘉禾的信里说：你知道我长得很丑吗？我长得像个男孩子，肩膀很宽，腿也很粗，妈妈为了省事一直给我剪很短的头发，所以我常常被人当成男孩子。但是学校里的女生都很喜欢我，有时候会故意说我是她们的"男朋友"，我一直以为自己很受欢迎，但是没想到……

她跟小鹿认识了整整七年，从小学一年级到初中，她们一直同班，自然而然地，关系就一直很好。她从来没有想过小鹿会这样伤害自己，她甚至没有想过会有人这么讨厌自己。为什么呢？她很想当面问问她，但是她不敢，因为她很怕一旦说了，她们就真的做不成朋友了。

十三四岁的友情就是这么脆弱，人人都有一颗敏感而柔软的心，像果冻一样，轻轻一碰就会碎。孟果果十八岁的时候跟小鹿依然常常见面，依然会一起出去看电影、聊天，可是孟果果从来没有跟她讲过，自从十三岁开始，她就已经不信任她了。她把那些信任全部交给了沈嘉禾，一个离她的生活无比遥远的女孩，因为遥远，所以沈嘉禾不会像小鹿一样伤害她。她怕了，怕再次受到那种伤害。

2

沈嘉禾却并不觉得孟果果丑，她央求了好久才问她要到照片，照片上是孟果果在运动会之后颁奖的情景，那个女孩穿着运动款的短裤和背心，头发被汗浸得湿漉漉的，大概是跑了太久，脸被太阳晒得通红，笑眯眯的，几乎看不到眼睛，却有一种说不出的爽朗和明媚。

孟果果跟沈嘉禾想象的不同，但好像又有一点点相同，她没办法形容那种感觉，只是说：我喜欢你这种长相！我觉得健康的女孩子看起来比较威武，不会被别人欺负，不像我。

沈嘉禾也发了自己的照片给孟果果，是一张很土的艺术照，沈嘉禾化着拙劣的妆，穿着戏剧化的大裙子，做作地举着扇子，是那种江南少女的风格，很秀气。沈嘉禾说：我很讨厌自己这么娇弱，我妈妈害怕我发胖，所以不肯给我吃太多东西，每次学校打扫卫生的时候老师都让我做比较轻松的事情，同学们就都很讨厌我，说我虚伪。

孟果果说：虚伪？小鹿才虚伪呢！又说：你妈妈好变态噢！

嘉禾说：是呀，你知不知道她有一次跑到我们学校跟老师说，‘你不需要关注我们家嘉禾的性格之类的东西，这些我自己会教，你们说的那些有多假相信你自己也知道，总之嘉禾成绩好就行了，别的你就不用管了，我一点都不关心她人缘好不好’。

孟果果发了一个吃惊的表情，问：那你们老师怎么说？

我们老师当时就吓坏了，后来我听到她跟办公室的其他老师说，“我当老师这么多年还第一次看到一个敢说实话的家长”！

说完孟果果和沈嘉禾就都哈哈大笑了起来，笑完了孟果果才说：大人真恐怖！

是呀！将来我才不会做这种大人！

我也是！

孟果果的QQ好久都没有了动静，就在沈嘉禾以为她已经下线的时候她的头像才跳起来，沈嘉禾看到孟果果说：有你陪着我真好，谢谢你肯听我说这些。

沈嘉禾怔了一下，她知道孟果果不常说这种话，于是说：哪里，我谢谢你才是。

好像就是在那个时候她们才变成了最好的朋友，沈嘉禾关上电脑，准备去厨房找牛奶喝，刚打开门就看到妈妈还在书桌前对着电脑工作。妈妈转过头看了她一眼问：“功课做完了吗？”

“还没有，不过就剩几道题了。”沈嘉禾迟疑了一会儿，像是鼓足了勇气说，“妈妈，我有了一个很好的朋友。”

“是吗？”沈妈妈仿佛一点儿都不关心的样子。

沈嘉禾却不在意她是不是关心，她倒了一杯牛奶给自己，心情很好地回到房间继续做功课。上海的夜晚比白天更好看，颜色各异的灯连成一条条线，勾勒出这座城市繁盛而豪华的一面。

沈嘉禾看着窗外那些忽闪忽闪的霓虹灯，觉得它们就像星星一样。或许灯光跟星星有着本质的区别，但某些时候是可以彼此取代的。就像她的生活有时候太过虚幻，也没有关系，她可以用网络代替她的现实生活。

她比任何人都明白什么是孤独，当她一个人待在空荡荡的房间的时候、当她被所有的同学孤立的时候、当她坐在汽车里看着窗外结伴而行的同龄人的时候。本来她早就习惯了，可是跟孟果果的亲近让她知道，拥有一个人的信任和关怀，是一件多么幸福的事。

谢谢你，孟果果。

3

在往后的时间里她们就这样彼此陪伴着渐渐长大，第一次觉得自己真的是一名少女了，第一次发觉男孩跟女孩是有本质的区别的，第一次穿胸衣，第一次喷香水……两个人的个子都高了一些，原本瘦弱的沈嘉禾一下长到一米六五，孟果果反而弱了一点儿，只长到了一米六。

两个人也都沉静了一些，不怎么在论坛上打转了，转去了一些更专业的网站。

她们依然写很多信，倾诉日常生活中的点点滴滴，孟果果每每打开信箱看到沈嘉禾的信都觉得幸福。沈嘉禾的信跟她的不同，她的信文字优美，却并不说具体的事情，只是告诉孟果果最近听了什么音乐、看了什么书、有什么感想。孟果果的则细致得多，她说：没想到高中了依然跟小鹿在一个班级，总觉得命运是在跟我们开玩笑似的。报名的那天她主动走过来跟我打招呼，跟新认识的同学介绍说我是她最好的朋友。我觉得很好笑，当时好想拆穿她啊。

沈嘉禾就回复说：也许，她真的没有恶意呢？也许，她真的不知道你会那么介意呢？我总觉得人与人之间的误解总是很容易产生的，最近在看村上春树的书，发现有几句话说得很对，那就是每个人都是残缺的，一个人永远也不可能了解另一个人。

如果换一个人说这样的话孟果果也许早就生气了，但因为是沈嘉禾，她觉得她其实是为自己好。她开始试着心平气和地跟小鹿交往，在学校里见到，淡淡地打一个招呼，不主动找她聊天，但如果她来找自己玩，她也不拒绝。

不只是小鹿，连温子明也再次和她成了同班同学。只能说小城太小，附近的学校就那么两三所，总是很容易碰到的。进入高中后他越发高了，矫健的身影总是活跃在篮球场。小学的时候孟果果总是与温子明一起参加体育比赛，才熟悉起来的。但青春期之后孟果果几乎再也没有运动过，也不穿裙子，总是穿着长裤遮住自己壮硕的小腿。温子明有一次纳闷地问："你不是一直喜欢运动的吗？"

"是吗？我不记得了。"孟果果摇摇脑袋走开了。

温子明困惑地望着孟果果的背影，想不明白她为什么忽然就不怎么搭理自己了，他想了好久才猛然想起，好像初中的时候有一次在商场里碰到孟果果，当时她在试穿一条红色的裙子。那是温子明第一次见到穿裙子的孟果果，吓了一跳，第二天就忍不住跟别人说："昨天在商场看到孟果果，她在买裙子，她穿裙子好奇怪呀！"

那个奇怪就是字面意思，不是褒义，也不是贬义，可是别人听到一定会误会的吧？

温子明自小就知道女生有时候会小气，而学校里总是一旦有人说了什么，第二天全校都会知道。那么孟果果不理自己是因为那件事喽？

想明白了之后他就去找孟果果道歉。那是做课间操的时候，大家熙熙攘攘地沿着走廊往操场上走，温子明看到孟果果，忍不住跑到她面前问："是不是因为那条裙子的事？"

"什么？"孟果果显然没反应过来。

"如果那时候伤害了你，请你原谅我，我不是故意的，我只是……第一次看到你穿裙子，被吓到了……"

孟果果这才明白他在说什么，心里想，有什么好吓的？但嘴上还是说："没有的事，你想多了。"

温子明这才松了一口气的样子，道："你不介意就好，我还以为你因为那件事不理我了呢！"

就是因为那件事不想理你了呀！男生真傻。孟果果想。

可是好像不知不觉地，孟果果也没那么讨厌温子明了。

人是什么时候长大的呢？第一次学会为了掩饰自己而撒谎？还是第一次学会了敷衍？孟果果不知道，她只知道成长是一件那么孤独的事，因为遇到了沈嘉禾，她才过得容易了一些。

可是沈嘉禾要走了，某天下午放学的时候，她忽然打来电话。那时候孟果果总算缠着妈妈给自己买了一部小巧的智能手机，因为没多少人打电话给她，铃声响起的时候她还愣了一下。过了一会儿她才接起，听到沈嘉禾说："我妈要送我出国留学！"

“什么？去哪里？”

“美国，我妈说现在很多小孩子都是高中就出国，这样能尽早习惯美国的生活。”

孟果果不知道该怎么作答，她还从未认识过一个出国的人，根本不能理解那是什么感觉。但她条件反射般地以为沈嘉禾不喜欢妈妈做这样的决定，于是安慰她说：“你不想去的话可以跟她商量一下的吧？求你爸爸帮忙怎么样？”

沈嘉禾却尖叫起来：“我愿意啊！我特别愿意啊！天知道能离开这个家我有多高兴！哪怕去非洲我都愿意！”

孟果果这才发现自己误解了她的意思，后来她想了好久，其实那个电话里，沈嘉禾的语气明明很兴奋，为什么自己一点儿都没听出来呢？

而那个时候她又为什么要做一件那么傻的事情呢？她竟然跟孟果果说：“你真没出息啊，为这么点儿事情就高兴成这样！”

沈嘉禾依旧喜滋滋地说：“我盼了好多年了，当然高兴啊。”

孟果果说：“鄙视你！”

说完，她挂了电话，继续走在路上。

可是没多久她就反应了过来，她干了什么？为什么会挂她的电话？为什么鄙视她？自己为什么一点儿都不高兴呢？她简直自己都不能理解自己了。

4

沈嘉禾听着电话里的“嘟嘟”声，一时间简直怀疑自己的耳朵。发生了什么事？她为什么要挂自己的电话？

她原本想打回去的，可是客厅里父母还在商量，她是借着去洗手间的机会才通知孟果果的。整理了一下衣服和头发，她重新回到客厅，看到父母正面对面地坐着，犹如商务谈判一般。茶几上放着一沓宣传册，妈妈说：“我不知道送她去留学哪里不对了，你为什么一直不同意呢？我好多朋友都把小孩儿送出国了，也没遇到过什么问题啊。”

爸爸却道：“我周围可没那么多狠心的父母！嘉禾才几岁？让她一个人跑

去一个陌生的地方你舍得吗？”

妈妈说：“我又不能把她留在家里一辈子！她迟早要一个人出去的，早一点儿有什么不好的呢？我十几岁的时候一个人去县城念书还不是过来了？再说现在都21世纪了，科技这么发达，能有什么问题？”

爸爸说：“从嘉禾出生你就一直这样，觉得她什么都行，什么都要她会！人家当妈妈的都是一秒都不舍得离开孩子身边，你倒好，月子坐完就去上班！我看你心里就没有嘉禾！”

沈嘉禾一听就心想，完了完了。

果然妈妈立即就把话锋转到了爸爸身上，她站起来大叫：“我去上班因为谁？你倒是说说因为谁？如果不是你失业我需要出去上班？你没本事赚钱养家还怪我？”

沈嘉禾忽然也不知道哪来的勇气，大叫一声：“别吵了！”

从小到大，这是沈嘉禾第一次打断他们吵架。两个人都愣了一下，转过头看着沈嘉禾，沈嘉禾这才小声说：“我想去。”

他们似乎都没有听清，沈嘉禾顿了一会儿才提高声音再次说：“我想去美国，我不怕的，爸爸，我知道你舍不得我，但是我很想去，因为从小到大你们两个都在吵架，我不想再听下去了……”

两个大人大眼瞪小眼地互相看了半天，才转头去做各自的事情。妈妈回到卧室，爸爸霸占了书房。沈嘉禾也回到自己的房间，坐在椅子上看着天花板静静地想着美国。她对美国的了解不外是一些小说和电影，夏威夷、纽约、好莱坞。她对那些地方并不关心，她只是在想象着一个人的生活，一个人，安安静静的，每天看书、做功课、听音乐，没有人吵架，没有人每天规定她必须要做什么，这样的生活，真好。

当即她就打开电脑写了一封信给孟果果，写完之后夜已经深了，她去洗手间洗漱的时候才发现爸爸坐在阳台上。她走过去，看到爸爸正在抽烟。爸爸其实没有抽烟的嗜好，她知道他是难过了，于是走过去，小声地叫了一声：“爸爸。”

爸爸转过头看着她，她坐在他旁边的位置上，把脑袋靠在他的肩膀上，爸爸便伸出手摸了摸她的脑袋。他问："你会不会一直觉得我跟你妈挺失败的？"

沈嘉禾想了一会儿才诚实地回答："我不知道，我有些同学家里也吵架，不过不知道是不是像你们这样天天吵。我觉得，你们可能都太急躁了，没办法坐下来认真地聊聊天，不然可能会好一些。"

爸爸叹了口气，道："其实是我对不起她，当初你刚生下来的时候我发过誓要让你们母女俩过得好一点儿的，所以才辞的职，没想到适得其反了。"

"妈妈是知道的吧，她只是太累了。"沈嘉禾懂事地说。

爸爸转过头来问她："你真的想去？"

沈嘉禾这次看着他的眼睛郑重地点了点头，说："就像妈妈说的，我也想早一点儿见识见识这个世界。"

爸爸想了一会儿便笑了，说："好，那么就去吧！"

她一直没有收到孟果果的回复，因为要去留学，她不得不又开始上托福班。生活日渐忙碌，她也就忘了孟果果的信，有一天忽然想起，以为孟果果出了什么事情，才打了电话过去。谁知道孟果果却把电话挂断了，半晌才发了一条短信过来，说：我一点儿都不为你高兴，我觉得你是逃避困难。

沈嘉禾惊讶地睁大了眼睛，不久忽然就生起气来，她说：我逃避困难？出国明明更困难好不好？我还以为你足够了解我了，没想到你居然这么看我，我真是瞎了眼睛！

手机提示音响起，她看到孟果果的回复：我就是了解你才这么说的，你就是仗着家里有钱，从来不试图去解决问题，这难道不是你一贯在做的事情？想想看你为什么没有朋友？为什么没办法跟父母融洽相处？醒醒吧你！

沈嘉禾一个字一个字地读完，只觉得头昏脑涨。她几乎是颤抖着在手机上打下了一行字，然后又一个一个地删掉了，再打下一行，最后心烦意乱，想也不想就打开窗户把手机扔了下去。

手机屏幕上还停留着她刚才打的字：就当我没有认识过你！

接着手机在空中划出一道优美的抛物线，"啪"的一声落在地上，屏幕瞬间碎了。

5

其实孟果果明白自己情绪那么激动的原因，因为不舍，因为不甘，因为一些或多或少的嫉妒。

我们都经历过那样的时候，原本稳定的世界忽然开了一条小缝，一些新的东西出现了，于是我们原本的习惯和阅历就没有办法支撑现有的一切了，所有的事情都被打乱，我们手忙脚乱、饥不择食，用本能把困扰我们的东西都推开，以为这样生活就能恢复原样。

就像在认识沈嘉禾之前，孟果果并不知道听音乐是要考虑作曲的、小提琴有时候是比房子还要贵的、美国是可以想去就去的。虽然在电视里她也看过类似的情景，但她知道电视里大部分事情都是假的，却没有想过电视剧也有可能是真的。

她习惯了小城里的生活，大家每天都是闲散的，傍晚的河堤上总是有很多人散步，穿着宽大的汗衫，手里拿着扇子边走边摇。她住的地方离所有想去的地方都很近，大部分时候走路只需要十分钟到二十分钟，抄近道还能快一点儿。从小到大她都没有坐过出租车，也不常坐公交车，有一次她父母带她去省城走亲戚，她惊讶于成都那么大，出入都要坐公交车。她甚至不知道该怎么记公交线路图，就更不要提地铁这样的东西了。

她想象不出来上海是什么样子，也想象不出来美国是什么样子。但她觉得出生在上海或者能去美国，听上去都是一件很高级的事情，至少比她这里高级。为什么人与人之间的差别会那么大呢？她想不明白。于是她潜意识里给自己找到了很好的借口，认为沈嘉禾是在上海没办法待下去了，才离开中国的。她就是懦弱，就是无能，因为如果换做她的话，她会买很多漂亮的衣服、去听演唱会，而不是把自己搞得那么孤独，惨兮兮的样子。

她不认为自己做错了什么，所以也没有打算跟沈嘉禾道歉。

冬天说来就来了，临近圣诞，她格外高兴，走在路上脸上都挂着笑容，别人问她为什么心情这么好，她就高兴地回答说：“因为就要过圣诞节了呀！”

但是，圣诞节为什么高兴呢？她想了好久，才反应过来，因为，每年圣诞，沈嘉禾都会送她一些小礼物，她已经过习惯了，有所期待，所以高兴。

就是在那个瞬间她意识到了什么，这么多年来，沈嘉禾从来没有因为自己家境好或者别的什么而瞧不起她，她们都知道两个人的环境是不对等的，所以沈嘉禾总是会付出多一些。比如，她会送给孟果果一些昂贵的、小城里没有的东西；比如，为了省钱，主动打电话的那个人从来都是沈嘉禾，而她只需要发一条短信让她打电话即可；比如，在说到孟果果可能不太明白的东西时，沈嘉禾会主动告诉她那是什么……沈嘉禾从容大方，用这样的方式尊重孟果果，可是孟果果却从来没有注意过。

天哪，孟果果，你究竟做了什么？她急得几乎快要哭了。

那个下午她坐在学校里的台阶上迟迟不肯离开，冬天的台阶总是很冷的，她却仿佛没有感觉到一般，始终盯着学校门口看，总觉得邮递员会忽然出现，拿着一堆包裹和邮件走进收发室，就像以往她习惯的那样。

但是没有，邮递员一直没有出现，沈嘉禾的电话也没有打过来。她掏出手机，挣扎了好久才拨了沈嘉禾的号码，可是电话那头传来的声音却是：对不起，您拨打的号码是空号。她已经走了吗？

忽然一个声音在她耳边问："你在这里干什么？怎么还没回家？"

孟果果回头，看到温子明，也不知道为什么一下子就哭了起来，她说："我最好的朋友要出国留学了，可是我跟她吵架了！"

温子明吓了一跳，问："谁？小鹿吗？"

"不是小鹿，不是她……"孟果果想要解释什么，可是忽然明白过来他不会懂的，不会有人明白她跟沈嘉禾的友情的，他们知道后一定会一如既往地嘲笑自己、挖苦自己。

这就是信任的意义，孟果果曾经被伤害过一次，就不愿意再信任别人了。那么同样，一直信任着自己的沈嘉禾，在收到那条短信的时候，大概也会觉得，自己一定信错了人对不对？

孟果果，你真是个笨蛋。

她在心里狠狠地骂着自己，同时站起来抓着书包走了，说："没什么，我走了，再见。”

温子明困惑地看着孟果果，想了很久也想不明白她到底怎么了。

当然啦，男孩子怎么会明白女孩子的心思呢？

6

而沈嘉禾也是在一年之后才发现孟果果其实并非对她充满误解，至少有几点她是说对了的，自己的确是仰仗着家境不错一直在逃避困难，而不是试图去解决问题。

明白这一点的时候她已经在美国待了半年，加州，其实远不如上海那么繁华，马路上到处都是懒洋洋的胖子，穿着宽大的T恤和短裤、人字拖，像一群笨重的河马一般，让人觉得时间格外慢。

最初的新鲜感早已被疲倦代替，美国的生活并不像她想象中那么自由，事实上，反而比在国内的时候更拘束了。

她寄宿在一对美国夫妇家里，丈夫彼得是警察，妻子苏珊是超市的收银员。两个人一个严肃、一个热情，起初她很喜欢他们，但后来发现进进出出都要佯装高兴太辛苦了，至少在家里她可以随心所欲地没有表情，但是在那里一旦她不高兴就会被追问是否发生了什么事。

沈嘉禾回答：“没有啊，但是也没有发生什么特别值得高兴的事。”

那对夫妇就震惊地看着她，好像发生了什么了不得的大事一般。

又过了一段时间她才明白，他们习惯了每个人都高兴，至少也要假装高兴，不然就是不正常的。

那之后她开始强打精神每天都让自己开心一些，其实她是个内向的人，但也不知道为什么好像不得不做一个外向的人。

所有的人都在担心她为什么忧郁、为什么不开心，她总是一遍遍地解释：“我没有不开心啊！”

后来她渐渐明白了，她的确是不开心，不开心自己的父母关系那么差，不开心除了孟果果之外她再也没有遇到一个可以交心的朋友，不开心自己总是无所适从的样子，不开心自己的功课，不开心自己的人际交往，不开心吃不到好吃的中餐。

她空前地想念陈姨，想念回到家之后就有可口的饭菜的日子，想念那些半夜功课做累了，对着电脑敲击键盘的时光。

她忍不住打开电脑，根据关键词搜索找到了当年她与孟果果相识的那个论坛，翻了很久，才发现那个帖子还在。不仅还在，之后的几年里还有人回复着。不停地有新人出现，也有人不断地离开，热热闹闹的，倒像是一出戏一般。沈嘉禾看到自己和孟果果的发言，先是被她们当初幼稚的发言逗笑了，接着又涌起一阵冲动，去翻她们之间的那些信件、日志、给彼此的留言……那些东西就像是证据一般，在浩瀚的网络上留下她们友情的证明。

沈嘉禾想到与孟果果认识的这些年，忍不住鼻子发酸。

忽然之间她忍不住跑下楼，看到苏珊正在厨房里准备晚饭，听到脚步声，她回头，照例绽放出毫无保留的笑容。沈嘉禾看着她问："可以跟你聊一会儿吗？"

大概是看到她认真的表情，苏珊怔了一下，之后才说："当然。"

那天晚上苏珊没有来得及准备晚饭，他们只好去外面吃。

在美国去餐厅吃饭是一件大事，他们三个衣冠楚楚地坐在那里吃着牛排、喝着葡萄酒。

沈嘉禾总觉得吃那顿饭的工夫把她一辈子想讲的话都讲完了，她的家庭、她的成长、她的孤独与寂寞。其实她的英文并没有那么好，可是他们都听明白了，然后他们夫妻两个对视一眼，苏珊伸出手握住她的手，很小声地问："我知道你们没有这个习惯，不过，你愿意试试去看心理医生吗？"

"愿意。"沈嘉禾说完那句话，眼泪忽然就掉了下来。她知道那是她积压了许多年的、含着委屈与孤寂的眼泪。

但是哭出来就好了，她安慰自己，还能哭，就不算那么糟糕是吗？

你看，如今我也学会去解决问题了，我比以前更成熟了，你能想得到吗，孟果果？而如果你能在的话该有多好，因为除了你之外，我再也想不到可以跟谁一起分享这样的时刻。

第三章 youji yige yongbao gei guimi 【这一刻最重要的事，是属于你最小的事】

1

沈嘉禾的积郁好了一些。

虽然她并不认为自己有心理问题，但做了咨询，还是让她明白了很多事情：比如内向是一回事，刻意压抑自己是另一回事；比如家里有问题是一回事，忽视或回避那些问题，则是另外一回事。

那半年她成长得飞快，也许是年纪小的缘故，很快就融入了美国这个大熔炉。周末的时候她也跟同学一起参加party（聚会），或者去纽约逛街、看展览。她不是很确定自己是不是已经忘记孟果果了，但，她开始尊重她不联系自己这件事情。

结果那年五月她父母离婚了，两个人分别打了一个电话给她，通知她这件事情。爸爸说：“法院把你判给你妈妈了，不过反正你人在国外，判给谁也没什么区别。”

妈妈说：“你跟我，我知道你不喜欢跟我一起过，但你不在国内，应该也无所谓，有什么事你还是可以跟你爸爸商量的。”

沈嘉禾唯一担心的问题却是：“陈姨呢？”

妈妈缄默了一会儿，才说：“她年纪大了，想退休，我就让她回去了，你不在家她一个人闲在家里也没事做。”

沈嘉禾有些伤心，但没有说出来，妈妈却像是知道她在想什么似的，叹了口气道：“你果然还是跟陈姨更亲。”

沈嘉禾忽然就忍不住了，说：“不怪我，是你主动放弃我的，我知道你对我好，可是不是我想要的那种好。”

电话那头的妈妈大概也能感觉到女儿成熟了吧，难得温和，小声地问：“还有机会吗？”

沈嘉禾想说，童年就是童年，没有了就是没有了，但于心不忍，只是含糊其词，道：“也许吧。”

“好好照顾自己。”

“你也是。”

挂了电话，沈嘉禾松了口气，好像这是人生第一次，她觉得自己能够平等地跟妈妈讲话，天知道这点儿小小的成就耗费了她多少努力。

然而还未来得及高兴，那边就有同学大声叫她了：“嘉禾！快过来看！”

她一直没有取英文名，就叫“jia he”，好在那两个音并不难发。她跑到同学周围，才看到大家正在用互联网看新闻，见到她来了，同学们都有点儿同情地让出位置给她，然后她就看到了那场地震的新闻。

同学主动点击地震区域给她看，她一个一个地看过去，越看脸色就越苍白。那些地址后面紧跟着附注着一串又一串的数字，是伤亡人数。有人主动按住她的肩膀给她安慰，到处都是叹息声。

不久之后沈嘉禾就看到那熟悉的名字，想也不想就掉头跑开。

“你去哪里？”同学大声问。

“我要回去！”沈嘉禾大叫。

那是沈嘉禾这辈子做过的最冲动的事，一个人，空着手，身上还穿着下午为了去健身房准备的运动服，打了一辆车到机场，买到了最快的回国的机票。

纽约到北京的航程整整有十四个小时，那几乎是沈嘉禾一生之中最长的夜晚，月亮就挂在窗外，仿佛伸手就可以够到一般，然而那种漆黑还是浓郁得让人绝望。所有的旅客都睡了，唯有沈嘉禾还坐在座位上静静地颤抖。

孟果果啊孟果果，请你一定一定，不要出什么事才好……

抵达北京的时候，她还穿着在美国的那身衣服，已经两天没有洗澡了，蓬头垢面地排在众人当中买票、等待航班。灾区的手机和电话信号已经中断，沈嘉禾不知道那边到底是什么状况，每个人都一脸焦灼，惶恐不安。

又是半天，沈嘉禾才总算上了飞机，到达成都的时候已经是傍晚了，机场上有很多救援队准备出发，沈嘉禾一个一个地打听，找到有一辆车要去孟果果所在的城市，他们倒是愿意捎她：“你去那里干吗？”

“我妹妹在那里！”沈嘉禾想也不想就喊。

司机动容，说：“你在后面挤一下吧，没有位置了，可能有点儿不舒服。”

“没关系。”沈嘉禾抹了把眼泪说。

人的一生之中能做几次这样的事情呢？为了一个人，千山万水。沈嘉禾并不觉得自己是一个很容易冲动的女孩，当然了，她也幻想过将来如果有了男朋友，如果两个人分隔两地，她一定想也不想就追随他而去。但现在，她把这个机会给了孟果果——一名网友。

可是，谁又能说网络上的真心会比现实里更少呢？谁又能说孟果果对她来说不是最重要的人呢？

2

当桌子上的笔掉落的时候孟果果还没意识到发生了什么，她只是觉得奇怪，好像所有的东西都跳了一下，开始还以为是自己贫血，等弯腰去捡的时候才发现桌子椅子都在晃动。这并不是幻觉，因为她清晰地听到一些“嗡嗡”的声音，接着许多人的课本和文具都掉在了地上。孟果果呆住，然后听到有人大喊：“地震啦！”

这并不是她第一次经历地震，以往有那么几次，她正在吃饭或正在睡觉的时候被什么东西惊醒，第二天看电视时才知道是地震了。但这次显然不一样，震感一直持续着，还是正在讲课的老师反应迅速，走到窗口看了一眼就大叫道：“快！出去！”

于是所有人都站起来“呼啦啦”地往外跑去。一开始只有孟果果所在的班级，渐渐其他班级也出来了，走廊上、楼梯上到处都是人，虽然经历过无数次的紧急演习，但真正遇到地震的时候大家还是慌了，有人不小心被撞倒，有人踩到了别人，还有人嘻嘻哈哈大笑着开着玩笑。跑到一半的时候孟果果忽然想到什么，赶紧掉头往回跑。所有人都往一个方向去，只有孟果果逆流而上，温子明忽然拉住她问："你去哪里？"

"我的钢笔还在教室里面！"

"都什么时候了，还管你的钢笔？快下去！"温子明大力地拖着孟果果往下走，孟果果却使出了自己都没想到的力气甩开了他说："不行，我得去拿回来！"

说完她转身，继续奋力地往前走。也不知道过了多久，周围的人都不见了，好像整栋楼只剩下了孟果果一个人。她一路小跑钻进教室，从文具盒里翻出那两支钢笔，看到它们安然无恙，这才松了口气。

就在这时大地再次晃荡了起来，孟果果连站都站不稳，只能一只手握着钢笔，另一只手扶着桌子，她看到沙石正从天花板上落下来，同时听到了楼下震耳欲聋的尖叫声。那一瞬间孟果果想，天哪，我该不会为了两支钢笔而死吧？老师怎么说的来着？我应该躲在课桌底下还是哪里？

这时有人冲了进来拉起她往外跑，两个人一路摇摇晃晃，在操场上的同学看到走廊上有人便再次尖叫了起来，所有的同学都大喊着，可是孟果果一个字也没有听清楚。她觉得自己好像在小时候玩过的那种蹦蹦床上走路一样，总觉得马上就要跌倒了，可是前面那只手始终用力地拉着她，让她不得不往前跑。身后有什么倒塌的声音，孟果果却连头也不敢回，一块砖头一样的东西忽然砸到了她身上，她本来就晕，那一刻只觉得头痛欲裂，希望这一切能够早点儿结束。幸好没过多久地震停止了，他们一路跑到了楼下，孟果果这才看清前面的人是温子明，正准备说"谢谢"，围上来的老师却叫道："快打120！"

但那个时候120哪里忙得过来呢？

几个小时后他们才知道发生了什么事，看到电视上一幢接一幢建筑物倒下、一座又一座山坍塌，一张接一张写满悲痛以及恐惧的脸、一滴又一滴的眼泪、一声又一声的呐喊……

孟果果这才发现自己捡了一条命回来，她脑袋上的伤口还没有好，像是死神留下的一个印记。她边扶着额头上的纱布边看电视，转过头看了看手边的文具盒，到了这时，才肯承认自己有多想念沈嘉禾。

学校停了两天的课，后来发现地震已经过去，于是不近人情地通知大家继续上课。那几天人人都心不在焉，一有什么事情就往操场跑，越来越多的同学开始请假，有的人是因为害怕，有的人是因为亲人去世，有的人只是想与父母待在一起。

孟果果也想请假，父母却不同意，说："你成绩本来就不算好，再落下几天课怎么行？"

孟果果只好继续上课。

然后有一天又地震了，其实这次震幅很小，但大家还是尖叫着跑到操场上去了。看到一点儿事都没有不知道为什么有人笑了起来，再接着，所有人都笑了起来。最近几天波折太多，大家都很疲倦，多少有些歇斯底里。笑完了，干脆也不上课了，就这样无所事事地席地而坐。后来不知道是谁先提出哀悼那些去世的人，大家又都纷纷跑去买蜡烛。天色渐渐暗了，一团团的火光亮了起来，所有人都静悄悄的，偶尔能听到轻微的抽泣声，孟果果静静地坐在那里，感受着自己的心跳、脉搏、呼吸……

这些，就是生命的力量，可是有些人失去了这种力量。

"生命"这个词第一次以一种广袤而郑重的姿态出现在孟果果面前，她回忆自己人生的点点滴滴，内心忽然有一种难以言说的寂静，就是在那一刻她明白了过来，在生死面前，一切都是小事。贫穷也好、小城也好、误解也好、爱恨也好……都变得不值一提。

她睁开眼睛，像是有心灵感应似的转过头，看到栏杆外面站着一个女孩。其实很多人都站在外面看着他们祈祷，但那个女孩格外醒目。她穿着很平常的运动服，个子高挑，气质特别，一看就不是属于这个小城的人。孟果果觉得她有点儿熟悉，正在思索在哪里见过的时候，前排的同学忽然唱起歌来，是《明天会更好》，孟果果就也跟着唱了起来。唱完了，那个女孩却已经不见了。

3

沈嘉禾走在这座陌生的小城，看着两边的小店与人群，心里想，这就是孟果果长大的地方。

典型的小城形象，矮矮旧旧的楼，马路上既没有太豪华的车子，也没有名牌服饰，每个人都穿着最朴素的衣服，一边扇着扇子一边聊着最近电视里的那些事。好多人的亲戚去世了，站在路边彼此安慰，更多的人则是庆幸劫后余生。沈嘉禾缓慢地走在马路中央，耳边还回荡着刚才的歌声：

轻轻敲醒沉睡的心灵，慢慢张开你的眼睛；

看看忙碌的世界是否依然孤独地转个不停；

春风不解风情，吹动少年的心；

让昨日脸上的泪痕随记忆风干了；

抬头寻找天空的翅膀，候鸟出现它的印记；

带来远处的饥荒无情的战火依然存在的消息；

……

这是沈嘉禾最喜欢的一首励志歌曲，它总是在无数个场合被无数个孩子一遍遍地演绎，最奇妙的是它从来没有被人演砸过，无论何时何地它都有一种神秘的力量，让人不知不觉就热泪盈眶，开始心怀怜悯地热爱这个世界。这个傍晚这首歌依然拥有那种力量，在这座小城恒久不散地飘在所有听到的人的心中，像一针镇定剂一样让人觉得一切真的会好起来。

尤其一想到那些歌声里有一个声音属于孟果果，她就越发觉得欣慰。她并没有找她，并非是不想，而是到了震区才想起自己根本没有孟果果的联系方式，当初她们吵架的时候她把手机扔了，自那之后她就换了新的号码，也没有跟孟果果再联系过。原本想着到达学校后再去打听，谁知道刚到，就看到所有的学生都因为余震拥到了操场上，几千名学生密密麻麻的，每个人脸上都惊慌失措，唯恐再发生什么事似的。

看着他们惊慌的面孔，沈嘉禾连上前问一句都做不到，他们真的再也经不起一点儿打扰了。

好在离开的时候沈嘉禾看到学校门口张贴了告示，大意是说本校人员并没有人因地震而遇难，少数同学在地震中受了些轻伤，但并无大碍。

看到这张告示的时候沈嘉禾才松了口气，没有人出事就好，沈嘉禾想，没有人出事，就代表孟果果也没有出事。但经过网吧的时候她还是忍不住钻了进去，打开邮箱，翻出以前孟果果发给自己的e-mail，点击回复，在一片肃穆中写了一封长长的信。网吧里没有多少人，沈嘉禾敲击键盘的声音格外清晰，写完了回头又看了一遍，才发现自己写得语无伦次，说到了在美国看到新闻时的经过，说到了在美国的生活，说到了路上的所见所闻。到底还是因为紧张，才恨不能把自己所经历的每一秒都告诉她。可是她们冷战了那么久，也不确定她是不是想听，于是沈嘉禾又把那一堆话都删除了，只说了一句：**我到了你的学校，看到了门口的告示，得知你没事就好。**

接着点击发送，关机，结账。走出来的时候她发现自己的现金所剩无几，这才打电话给妈妈，果然妈妈一听到她在四川就崩溃了，大喊道："你跑到四川去干什么？什么时候到的？为什么也不跟我说一声？"

"昨天。"沈嘉禾用力地握着公用电话，咬了咬嘴唇才说，"你还记得两年前有一次我告诉你我有了一位好朋友吗？你当时并没有兴趣，不过那个时候能交到这位朋友，对我来说是最重要的事，我不知道你能不能明白那种感情，我也不想说你对我照顾得不够好这样的话，但在当时，我的确很需要朋友。"

这次妈妈听明白了，她沉吟片刻，问："她在四川？"

"嗯。"

"还好吗？"

"无恙。"沈嘉禾有点儿感谢妈妈忽然变得这么开明，不过她也没有胆子大到告诉她对方是名网友这种事。她只是说："我想留下来做志愿者。"

出乎意料的是妈妈并没有生气，只是问："可是你能做什么呢？这种时候四川还是比较需要强壮的大人吧？"

"我在学校里学过一些紧急救援，兴许能用上。"

妈妈沉默了半天，才说："你想待在那里也行，不过要注意安全，钱够花吗？"

"不够，已经花完了。"

"那我现在转账给你。"

这真是沈嘉禾一生之中与妈妈相处最轻松的一次，挂掉电话后她结账，小卖部的人却说："你这么好心，不收你的钱啦！你要去哪里做志愿者啊？震区还蛮大的，我儿子他们也是志愿者，明天才出发，你要不要一起去？其实现在很缺女娃娃的，男娃娃都去干活，没有人做饭怎么行呢？你说是不是？”

沈嘉禾被“女娃娃”“男娃娃”这样的词逗笑了，她说：“我无所谓去哪里的，能帮上忙就行。”

“好孩子，老天爷会保佑你的。”那位老太太说。

4

沈嘉禾在震区待了一个星期左右才回到上海，那时越来越多的人来到震区参与重建工作，他们比沈嘉禾更能干、更专业，年纪也更大一些。她也没有想成为什么英雄，略尽绵力已经很知足。

回到上海时她瘦了不少，整个人犹如乞丐一样邋遢，回到家后连洗澡的精力都没有，躺下来足足睡了两天两夜。一直在做梦，梦里总是一片废墟，不时有个小女孩的胳膊露在外面，有时则是一只被压扁的玩具熊；总是有哭声、呐喊声；有人忙碌地跑来跑去，猎狗忽然大叫起来；卡车里是一箱又一箱的物资，沈嘉禾在分发的时候，一堆失去了父母的小孩儿便在一旁充满渴望地看着，他们一律灰头土脸，身上的衣服又脏又破，好像都忘记了怎么说话似的，也不开口，只是睁大了眼睛……这就是那一个星期内沈嘉禾所经历的一切，她总觉得那一周比她长这么大还要长似的，像是永远也没有尽头一般。但是万幸的是，她也会梦到孟果果，那所不知名的学校里，一大群孩子坐在操场上点着蜡烛、唱着歌。有时候梦里的孟果果会突然站起来冲着她微笑道：“嗨！沈嘉禾！”有的时候她看不到她，但一想到她就在那里，顿时又安心了。

第三天醒来的时候爸爸妈妈都在客厅里等待着她，看到她出门就说：“来，吃饭，你爸爸亲自下厨，味道当然是比不上陈姨啦，不过比我做得好。”沈嘉禾的妈妈边说着边从厨房里端出食物放在桌上，而爸爸正从厨房里走出来，解开了围裙随手丢到一边，笑着道：“在美国有没有学坏啊？要不要陪爸爸喝两杯？”

“你怎么跟孩子说话呢？小孩子喝什么酒？”妈妈虽然像以前一样表示不

满，但语气缓和了许多。沈嘉禾诧异两个人离婚之后才开始像朋友一样相处，三个人坐在餐桌前边吃着不那么好吃的饭菜边聊着天，沈嘉禾聊起了震区、聊起了美国，父母也在交换着各自的生活状态，简直有点儿像电视里那种完美的一家三口。晚饭结束后爸爸主动把餐具洗了，沈嘉禾去厨房帮忙，问："为什么你们现在相处得这么好？"

"因为已经离婚，她对我或者我对她就没什么要求了，不像以前，都希望对方能了解自己、支持自己，要得太多，所以失望也多。"

沈嘉禾困惑地问："这算是好事吗？"

爸爸笑了笑，道："谁知道呢？我们都不太想这些。"

"还有机会吗？"

爸爸不置可否地耸了耸肩。

待爸爸离去后，剩下沈嘉禾与妈妈两个人，她很认真地对妈妈说："谢谢你肯让我留在震区，也谢谢你肯捐那么多钱。"

——之前她去银行取钱的时候，才发现数目远比她想象中还要多，打电话过去问，妈妈说："那是捐给大家的。"

"没什么的，"妈妈说，"我们公司组织捐款，大家都出了不少，没想到这次的地震会死那么多人。"

"你叫爸爸来的？"

"嗯。"妈妈有点儿局促地看向一边道，"知道你在震区的时候我害怕得要死，可是又觉得你长大了，有权利做自己想做的事，我不知道该怎么办，擅自答应了你之后又打电话跟你爸爸商量，他也觉得还是支持你比较好。你回来后我看到你那么瘦觉得自己的心都要碎了，我现在跟你说这些，你也不会明白那种感觉的，将来你有了孩子可能会懂，我不敢一个人面对你，就叫他来陪着我。"

大概她也是难得说这么掏心掏肺的话，她一直没有看沈嘉禾，沈嘉禾却被感动了，伸手抱住她说："妈妈。"

妈妈却兀自说着："我知道我一直对你不好，不过我也不知道该怎么做好，让大人承认自己是失败的父母是很难的事，我只是想让你知道，你需要的

时候我还是在这里的，不管你领不领那个情，我都是你的妈妈……”

妈妈说着说着忽然哽咽了起来，沈嘉禾也哭了。很奇怪，她要到彻底成熟以后才能发现自己的父母有那么多的优点，可是从前她根本没有看到。究竟是离家的日子让她更为成熟了，还是灾难的侵袭让她们学会彼此珍爱了呢？沈嘉禾暂时还不知道答案，可是从此，她原谅她了。她再也不会恨她了。这对沈嘉禾来说，才是这次回来最大的收获。

几天以后她又回到了美国，这才发现当她在写信给孟果果的时候，孟果果也写了信给她，她们几乎是在同一时间发送了邮件给对方，这个巧合让沈嘉禾对着电脑屏幕微笑了起来。孟果果的第一封信是：我的家乡地震了，我不知道你有没有看到新闻，我们正在上课的时候桌子忽然摇晃了起来……而第二封信是回复沈嘉禾在网吧写的那封信的，她说：其实我看到你了！你站在栏杆外面穿着运动衣对不对？我当时就觉得你很眼熟！但从来没想过你会来我们这座小城！我本来以为那个女孩只是跟你长得像而已！为什么你没有告诉我你来这里了？你是为了我而来的吗？天哪，你该不会真的是因为我才来的吧？？？

那一连串的问号让沈嘉禾笑开了花，她回复道：没错，我是因为你而来的，我一看到消息就订了机票，当时也没有想那么多，到了国内才觉得自己简直像神经病一样。可是我没有后悔，确认你没事了之后我去了更严重的震区做志愿者，我得承认我被当时的那种氛围吓坏了，很想做点儿什么……这次的信，很长很长。而两个人的友情，终于在十六岁的时候恢复了。

第四章 【所有的怯弱与温柔】

youji yige yongbao gei guimi

1

等到孟果果和沈嘉禾第一次约定见面的时候，已经又一年过去了。孟果果的小舅舅被调去上海工作，孟果果一听就吵着闹着要去上海。妈妈拗不过果果，就放她去了。而沈嘉禾正值假期，人也恰好在上海，孟果果就很兴奋地说：快来请我吃饭！带我去玩！

沈嘉禾当然很高兴地回复：你要来上海了吗？一个人吗？住在哪里？到时候我去接你！

不用，我小舅舅在上海，到时候他会来接我的，等我安顿下来再去找你！

孟果果这样说，其实是因为她要坐火车去上海，她知道沈嘉禾出行都是坐飞机，不知道为什么不想让她知道自己坐火车。收拾了几件行李，她就出发了，这也是孟果果第一次出省。为了省钱，孟果果买的是硬座，火车上很多人，大家见孟果果一个小女孩就帮她搬行李、跟她聊天。孟果果天性热情，没多久就把妈妈嘱咐的“不要乱跟人说话”丢到脑后了，开开心心地跟大家打起牌来。

坐几十个小时的火车并不舒服，但因为年轻，孟果果并不觉得辛苦。沈嘉禾时不时发来消息，说：你真厉害啊，这么快就跟别人打成一片！那我不打扰你啦，先早点儿睡觉，养精蓄锐好接待你。

直到那个时候孟果果还是相当自豪的，她觉得自己机灵又讨人喜欢，一定不会有什么问题的。然而等到了上海才发现，她还是太天真了。火车一停下来大家就纷纷拿起自己的行李往外走，孟果果的背包被人不小心挤到了地上，孟果果顿时就生起气来，一抬头，才发现是刚才跟自己打牌的年轻男孩。他笑嘻嘻地跟孟果果道歉：“对不起啦！”说完就往外走。

下车的地方挤着很多人，很多行李，孟果果千辛万苦才挤出来，可是看着那么多人就茫然了起来，跟工作人员打听，对方不耐烦地指着一个方向说：“出站口在那里！”

等孟果果见到小舅舅的时候已经下车快一个小时了，孟果果迷路了，小舅舅打电话给她，她担心浪费电话费，就一直挂掉发短信。好不容易见到，小舅舅劈头盖脸地就骂她：“你怎么不接电话呢？电话费能贵到哪里去啊？要是出了什么事怎么办？”

孟果果沮丧地低着头，没办法跟小舅舅说，来的时候妈妈嘱咐过不许花小舅舅的钱了。她身上只有三百块钱，得省着花才行。又折腾了好久才终于到了小舅舅家，小舅舅刚搬过来不久，房间空荡荡的，他打开一个空的房间跟孟果果说："你先凑合着住一下，明天我再买床单被罩给你。"

那张床上除了床垫什么都没有，孟果果洗了个澡，又跟着小舅舅吃了些东西，夜晚就来临了。沈嘉禾发来短信问：怎么样？

不好，乱糟糟的一天。好累，又被小舅舅骂了。

为什么呀？

孟果果把原因解释了，不消一会儿就收到了手机充值一百块的信息，沈嘉禾发信息说：现在就不用怕没有电话费了。上海很大的，我自己都经常迷路，没有手机可不行。

因为这条短信，孟果果的心里暖了一下。虽然依旧躺在没有床单和被罩的床上，可是她的心情好了很多。房间里也没有窗帘，所以能看到上海那著名的夜景：到处都明晃晃的，比白天还要漂亮，各种各样的高楼，挂着广告牌的霓虹灯……这就是大城市了，孟果果一边感慨着自己的渺小，一边却又用力地呼吸，仿佛空气都带着繁华的味道一般。

渐渐地，她进入了梦乡，梦到了沈嘉禾，她带自己去高级餐厅吃饭，两个人都穿着漂亮的裙子，服务生端上热气腾腾的牛排，可是不知道为什么孟果果觉得特别冷，她对服务生说："麻烦把空调关小一点儿。"服务生却像没听到一样继续在忙，孟果果打了个喷嚏，结果就醒了。原来是房间里的空调太冷了啊，孟果果若有所思地看了看窗外，才发现天快亮了。

2

第二天小舅舅嘱咐了孟果果一些注意事项后就走了，他原本可以陪她逛一天的，可是孟果果拒绝了。她跟沈嘉禾约好了一起出去玩，她想要逛著名的南京路，沈嘉禾答应了下来，说：没问题，中午我们随便吃一点儿，下午带你去淮海路吃好吃的，晚上再去浦东看夜景！

沈嘉禾发消息向来很少用标点符号，但现在她几乎每句话的结尾都是感叹号，这让孟果果觉得，沈嘉禾是真的很高兴与自己见面呢！

南京路离孟果果住的地方很远，孟果果一个人研究交通线路图，又在路边问了好半天才终于找到地铁站。这是孟果果第一次坐地铁，一个人。

开头车厢里还是一些普通人，越靠近市区，衣着光鲜的人就越多了。那些女人都穿着精致的裙子和细细的高跟鞋，挽着看起来很名贵的手袋，一脸孤傲的样子。而与孟果果同龄的女孩则穿着各种各样的名牌，玩着各式各样的数码产品，孟果果诧异于同样是耳机和运动鞋，有的可以那么好看，而自己的再普通不过。孟果果不禁低下了头，心想，大城市就是不一样呢！

换线的时候她一时反应不过来，很茫然地站在地铁里发呆，有个行色匆匆的人撞到了她，孟果果叫了一声，回头，才发现那人朝自己翻了个白眼。孟果果很想跟那个人理论，一眨眼他早已不见了。等她准备重新研究地铁线路图的时候却又不小心撞到了别人，这次是一个年轻的女人，她好像是在赶时间，有些气急败坏地说："别在这里挡路啊！"

一拨又一拨的人从电梯里上来，一拨又一拨的人朝着孟果果走来。孟果果一时之间根本不知道站在哪里，举目四望，只看到一位老太太正站在墙边休息，孟果果上前去询问，老太太张口，却是一口的上海话，孟果果一个字也听不懂。过了好久才有位大叔跟她说："你跟着我走好了。"

大叔讲话有点儿四川口音，孟果果明白他一定是因为自己的四川口音才好心帮忙的，于是放心地跟了上去。在车里大叔跟孟果果聊天，问："你来旅游啊？一个人？要小心一点儿，上海好大的……"说着说着他开始倾诉自己的人生："上海物价太高了，每个月的工资还不够买一平方米的厕所，我都想回去啦！上海人啊，小气得很，又排外，待在上海一点儿都不比成都舒服……"

大叔说话声音太大了，孟果果看到周围有不少人都看着大叔，孟果果觉得尴尬，地铁恰好停下来，于是她连忙说："我到站了。"她不管不顾地下了车，接着耐心地等待下一班。沈嘉禾发来短信，问：到哪里了？

还要过一会儿。孟果果用力地按着手机键盘说，我不太懂换线，刚才耽误了。

没关系，慢慢来，有问题就发短信给我，我可以去接你。

上海人排外吗？孟果果心想，其实也没有那么夸张啦。

3

好久之后她才到达约定的地点，人民广场人来人往，可是孟果果还是一眼就看到了沈嘉禾，她站在一家专卖店的门口静静地等待着孟果果，一件白色的裙子，说不清是什么面料的，看起来像是打网球的人才穿的那种。同样白色的球鞋，可是鞋带是红色的，非常醒目。她背着一个红色的双肩包，戴着红色的耳机，看起来很朴素，却又有一种说不出来的精致。孟果果对于上一次见到沈嘉禾的印象已经模糊了，那时她长途跋涉，身上有一种风尘仆仆的气息，而这次却是准备好了的，所以有种静谧的美感。

即便在上海，沈嘉禾也显得如此出众，她的背挺得直直的，有一种家世很好的女孩才会有的姿态，脸上的表情从容愉悦，还有一种说不出的自信。孟果果看到不止一个人在经过沈嘉禾身边时特意看她一眼，她却好像已经习惯了似的，依旧一动不动地张望着。

就是在那一刻孟果果退却了，她转过头看到商店玻璃里自己的倒影，为了今天的见面她特意带了一件自己很喜欢的紫色的裙子，在背包里放久了，皱巴巴的。背包是那种黑色的尼龙包，上面印着一个山寨的LOGO（商标），粉色的旅游鞋，还露出一截黄色的袜子。连孟果果一直引以为傲的白皙皮肤此刻看起来都土气极了，沈嘉禾的肤色却是在美国晒的小麦色，健康且性感。身后的人来来去去，孟果果光是与他们对比一下都觉得自己的存在充满尴尬，就更难想象与沈嘉禾站在一起的样子了。她会不会失望？会不会瞧不起自己？会不会从此以后连网友都不会跟她做？

其实她知道答案，沈嘉禾不会的，可是那一刻她还是犹豫了。手机响起，孟果果打开，看到沈嘉禾的短信：还没到吗？

孟果果转过头去，看到沈嘉禾拿着一部最新款的苹果手机。孟果果第一次见到，隔着那么远，都能感觉到手机的质感。就像是有预感似的，沈嘉禾转过脑袋看向孟果果。

时间仿佛停滞了一般，上海不存在，白色的裙子也不存在，新潮的手机也不存在。孟果果只是想到了几年前的夏天，窗外是绿色的树，那个夏天连空气都仿佛带着绿意一般，电脑屏幕上蓝色的光符，键盘“嗒嗒嗒”地响，论坛里有新消息的提示音，沈嘉禾的头像，一个女人的脸，后来她才告诉自己那是意大利绘画大师莫迪里阿尼的油画……紧接着有更多的词汇钻进孟果果的脑袋：贝多芬、莫扎特、十七楼、波士顿、纽约、iPad（平板电脑）、国泰航空公司、哈根达斯、星巴克……这些孟果果一无所知的，却属于沈嘉禾的词汇。

高贵而精致的女孩——沈嘉禾。

小镇里来的姑娘——孟果果。

孟果果最后看了一眼沈嘉禾，接着低下头去，飞快地走开。孟果果仿佛听到了沈嘉禾在身后大叫她：“喂！孟果果！”

她的声音跟电话里听起来也不一样，有种青苹果的感觉，年轻、清脆。孟果果佯装听不到，一路小跑着钻进一个商场，然后躲在柱子后面望着大门。

沈嘉禾并没有追过来。孟果果松了一口气，可是隐隐地，又怅然起来。

4

到了傍晚沈嘉禾才收到孟果果的短信，她说：我一直在迷路，后来太晚了就先回去了，不好意思啊。沈嘉禾对着那条短信发了一会儿呆才回复：没关系，上海就是这样，很讨人厌的，你没事就好。

我妈妈赶着让我回去，所以最近几天应该没空见面了，下次吧。

好的，玩得开心！

沈嘉禾犹豫了一下，才删掉那个句号，换成了感叹号。

她放下手机，看着面前的一桌人。是妈妈的几位朋友，其中有一个带着自己的儿子。那个男孩名叫齐墨杨，即将去美国留学。他年纪虽然比沈嘉禾大，但在美国的经验不如沈嘉禾。齐墨杨的妈妈开玩笑地说：“人家都是让哥哥照顾妹妹，你瞧我，还得嘱咐妹妹照顾哥哥！嘉禾，我们家墨杨就交给你啦！”

一桌人都哈哈大笑起来，齐墨杨有些尴尬地看看沈嘉禾，沈嘉禾给了他一个“大人就是这样”的表情。吃完饭之后她们又换地方喝酒，沈嘉禾和齐墨杨也不算是小孩子了，于是也被带了过去。那是一家很高级的会所，装修豪华而典雅，一群打扮入时的女性喝酒聊天，沈嘉禾和齐墨杨端着杯子坐在外面看金鱼。齐墨杨道歉说：“你千万不要理我妈，她这个人就是喜欢开玩笑。”

“没什么的。”沈嘉禾笑笑说，“我很喜欢你妈妈那种性格，我有一位朋友就是这样，大大咧咧的，不过很可爱。”

“是吗？”

“是呀，有一次她们学校举行运动会，班里最被看好的那个男生百米赛跑输了，轮到她上去的时候她就拍了拍那个男生的肩膀说：‘别哭，我会为你报仇的！’”

沈嘉禾说着就忍不住笑了起来，齐墨杨也跟着笑，说：“Cool（酷）！她在美国吗？”

“不在。”沈嘉禾心里想，她现在在上海，不久就会回到四川。她是我最好的朋友，可是她连见我一面都不肯。

“太可惜了。”齐墨杨碰了碰她的杯子，“我很喜欢那种性格的女孩。”

“是吗？”沈嘉禾意外地扬了扬眉毛，特意看了齐墨杨一眼。齐墨杨说：“因为我太闷了嘛，所以女孩子活泼一点儿对我来说比较好相处。”

所以你才那么受欢迎吧，孟果果。你根本不知道自己有多好，但是你却不明白，始终都不明白。几天之后孟果果再次发来短信，说：我要走了。

一路顺风。沈嘉禾回复。过了好久手机才再次响起来，孟果果说：我们将来还有机会见面的是不是？

这条短信简直像分手短信一般，沈嘉禾忍不住笑了起来。她几乎想象得到电话那头孟果果犹疑、担心、懊恼、盼望的神态，在沈嘉禾的心里这样的孟果果就像一只猫咪一样可爱。因为这个，沈嘉禾不忍苛责她，她微笑着回复说：当然，我们会有很多很多的机会见面，并且将会有更多更多的机会见面。

手机那头的孟果果这才放心地笑了一下。

火车即将启动，她关掉手机，静静地看着窗外。学会了心照不宣地撒谎，就算是真正的长大了吧。她知道沈嘉禾明白自己是逃避了，可是不知道为什么，她相信她能够理解自己，懂得自己。等着我，沈嘉禾，孟果果在心里暗暗发誓，将来，我一定会以更好的姿态来见你，一定。

5

回到家乡之后孟果果就开始发狠一般地学习，她现在知道自己有多么渺小、自卑了，也许命运天生并不公平，可是她自信一样有机会穿过那窄窄的夹缝，成为一个很优秀的人。只要好好学习就能够考入好的大学，生活在大都市里，赚很多的钱，让自己也过上更好的生活，穿上更漂亮的衣服。人生有的时候，就是这么简单，只要肯努力，什么都可以得到。

去了一趟上海，她的眼界忽然就开阔了，在这座小城她从来不觉得自己是个异类，可是现在她知道自己差了什么，她要抓紧时间补回来。于是人人都发现孟果果像变了一个人一样，忽然不再聒噪了，总是坐在课桌前安安静静地学习。小鹿她们很诧异地说："孟果果，你干吗啊？怎么忽然这么努力了？"

"我要考到大城市去！"孟果果说，"我要考一所很好的学校才行。"

"可是现在才高一啊！"

"等高三就来不及啦！"孟果果大叫。

一旁的温子明听到，不禁微笑了起来。好像就是在忽然之间，孟果果变成一个大女孩了。温子明之前听她跟别人聊天的时候知道她暑假去了一次上海，或许是在那里发生了什么事改变了她？不对，比这更早之前，孟果果就已经变了，小学时那个总是跑来跑去的假小子已经不见了，取而代之的是这个看起来有点儿孤僻的又有点儿静谧的女孩子。她的头发长长了，脸颊消瘦了一些，一双乌溜溜的大眼睛总是转来转去的。虽然不经常说话，可是温子明能感觉到她身体里有什么东西在发着光，坚定、勇敢，像名女战士一般。

就像所有的女孩一样，孟果果的理科也不好，纵然是那么努力，成绩却总是不尽如人意。又一次测试的卷子发了下来，孟果果看着卷子上鲜红的叉，忍不住沮丧了起来。老师在讲台上讲解，她却一个字都没有听进去，只是觉得自己笨得无药可救，恨不得自己一头撞死。这一切温子明都看在了眼里，下课的时候他主动走过来说："这道题不是这样做的，老师不是讲过那个公式吗？你只要把那些公式背下来，再把数字代入进去就可以了。”

“可是我不知道该代入哪些数字。”

“我来教你。”温子明在她旁边坐了下来，一个一个地指点她，孟果果飞快地记着笔记，渐渐听明白了，眼睛骤然亮了起来。

经历了那场地震之后，孟果果跟温子明之间有了一种默契，仿佛一起经历过生死，就有了深刻的联系一般。虽然孟果果始终记恨着多年以前的红裙事件，但好像此刻，那些忽然变得不再重要了。

夜里孟果果在书桌前做功课，一做就是几个小时。摆在她手边的依然是沈嘉禾送给她的那两支钢笔，时间太久，已经有些旧了，可是孟果果珍惜如初。等她睡觉时往往已经是午夜，窗外的天空浓重得如同墨汁一般，偶尔，才能看到几颗星星。孟果果在心里安慰自己：唯有如此，才能变得更好，要坚持下去，咬牙坚持下去。

她依然写e-mail给沈嘉禾，但没以前那么频繁了，沈嘉禾其实也很忙，她也在准备考试。之前的高中是只要花钱就能上的社区学校，但现在她的英文更好了，就开始想要上更好的学校。两个人总是在e-mail里互相打气：想要变得更好是有代价的，为此辛苦一点儿也值得。我不想老了以后责怪自己当初为什么那么懒，不想一事无成地死去，为此，我们都要坚持下去。

我也是。沈嘉禾说。

6

唯一不同的是沈嘉禾并没有孟果果那么辛苦，美国的中学功课比国内容易，她很容易地就修够了学分，现在唯一要做的就是准备一些其他的考试。

齐墨杨所在的大学离沈嘉禾并不远，他一到美国就拿到了驾照，买了一辆旧车，时不时来找沈嘉禾一起出去玩。周末的时候他们一大群人开着车去德州的沙漠里开派对，沈嘉禾也跟着去了，一群年轻人围着篝火吃吃喝喝，在沈嘉禾短暂的人生里，那是十分难得的经历。

日子好像忽然就颠倒了过来，沈嘉禾变成了朋友比较多、生活比较丰富的那个，孟果果则变成了每天辛苦做功课、压力巨大的那个。沈嘉禾刻意不提起自己出去玩的经历，唯恐打扰孟果果。得知此事后齐墨杨却说："好像你们的友情有点儿不对等的样子。"

"可是，为什么一定要对等呢？"沈嘉禾说，"我有能力对她好，就会对她好；如果她有能力对我好，我相信她也一定会对我好的。"

齐墨杨只是笑笑，不说话。为此沈嘉禾在心里特意给他减掉了一分。

与此同时孟果果的信里也越来越多地提及一个男孩的名字，温子明。她说他成绩很好，个子很高，喜欢打篮球；说他在地震的时候救过自己，她一直心怀感激，可是很久以前他说过自己穿裙子很难看，为此她又心怀恨意，矛盾极了。沈嘉禾笑了起来，又是一个周末，她特意搭车去纽约，逛了一整天的街。她在为自己的毕业舞会挑选合适的衣服，买好了自己的之后又凭着对孟果果的记忆挑了一件红色的裙子，以及可以搭配的鞋子和首饰，包装好，填上孟果果的地址，并在卡片上写道：**亲爱的孟果果，你我都要十八岁了，从此我们都是大人了，这是送给你的成人礼，希望你用它为自己复仇。**

那两条裙子花了沈嘉禾一大笔钱，可是她一点儿都不在乎。那之后她去参加毕业舞会，一出场就引来了同学们的注意。以往沈嘉禾都是很朴素的，但那天她特意打扮过，如同一位小公主一般。齐墨杨看到她，愣了一下，继而微笑着走过去朝沈嘉禾伸出手道："可以跟我跳舞吗？"

沈嘉禾微笑："当然。"

音乐响起，沈嘉禾随着齐墨杨一起翩翩起舞。这是一个美好的夜晚，而沈嘉禾身处最好的年华。无论往日受过多少苦，至少今天是快乐的，就值得了。沈嘉禾心想：亲爱的孟果果，请你一定也要快乐。

孟果果的成人礼却是跟全校师生一起度过的，所有刚满十八岁的学生都齐刷刷地站在操场上，校长发言，老师发言，学生代表发言……相当无聊的仪式。可是这一天天气很好，孟果果抬头看着湛蓝的天空想，从此，我就是个成年人了呀。

直到放学的时候这一天才有了特别的意义，经过传达室的时候她看到了那个巨大的盒子，上面印着华丽的英文。孟果果又惊又喜地走过去，果然，上面写着自己的名字。她抱着那个盒子走出传达室，回到家后拆开，一打开就惊呆了。虽然盒子经过了半个地球之后已经被压扁了，可是里面的包装纸还是华美得像个梦境一般。她掀开那层半透明的印着花纹的纸，接着就看到了那条裙子，她几乎是颤抖着举起它，惊讶得几乎合不拢嘴巴。

盒子里还有一张小字条，上面写着：**有BB霜吗？涂完打一点儿腮红，头发记得梳起，露出耳环。口红一号和裙子是同色系的，如果不合适，换裸色的那个。香水是小样，我觉得很适合你……**

都想到了……什么都想到了……

孟果果的眼泪忽然之间就掉了下来，这是她收到的第一份成人礼，确切地说，也是唯一一份。整个世界只有沈嘉禾一个人记得这对她而言是一个特别的日子，整个世界，也只有她一个人知道红色裙子对她的意义。手机忽然响了起来，是小鹿打来的，她说："晚上我们要去唱歌，你去不去？"

本来孟果果打算今晚去补习班的，但忽然之间她改变主意了，她说："去，当然去！"

她照着沈嘉禾的指示打扮了自己，红色的蓬蓬裙，珍珠项链和耳环，头发梳起，涂上红色的唇膏，喷一点儿香水，换上高跟鞋，于是镜子里就出现了一个端庄美丽的女孩儿。孟果果看着镜子里的自己，一时间有些陌生，但没过多久她就笑了起来，对着镜子里的那个女孩儿说："今晚，你是最漂亮的。"

她的确是最漂亮的那个。大家习惯了孟果果平时邋遢随意的样子，忽然见到这样的孟果果，都吃惊地睁大了眼睛。紧接着所有人都尖叫起来，孟果果看到温子明惊讶的表情，有些自豪地抬起下巴走了过去。

已经成年了，就会做一些成年人才会做的事。KTV（指配有卡拉OK和电视设备的包厢）里人人都喝了一点儿啤酒，孟果果很快就有些醉了，她哈哈大笑着跟同学们一起唱歌、打闹。一眨眼已经是深夜，温子明送她回家，她害怕自己会挨骂，于是在一个小公园里坐了下来等待着酒醒。她的头发早已乱了，口红也褪了色，高跟鞋掉了一只，就丢在一边，可是看上去格外妩媚。她笑眯眯地摆弄自己的手机，温子明问她："你在干吗？"

"怎么发送e-mail？"孟果果迷迷糊糊地问。

“现在？”温子明说，“拿来给我，我帮你设置。”

他们花了一阵时间才弄好，孟果果在手机上打字：**我喝醉了，我很高兴，谢谢你。**

中国的晚上十二点是美国的中午，沈嘉禾正在吃午饭，手机响了起来，她点开，一看到那封信就笑了起来。她走到电话亭前，转接了好久才终于拨通孟果果的电话，孟果果看不到那个号码，但已经猜到是沈嘉禾打来的，于是转过头对温子明说：“你走开一点儿，我要接电话啦！”

温子明无奈地摊了摊手，但还是很老实地走到了远一些的地方，大声问孟果果：“现在可不可以？”

孟果果却已经忙着在讲电话了。

那个夜晚她们聊了些什么孟果果已经不记得了，沈嘉禾却一直记得。

孟果果聊起了上海，聊起了见到沈嘉禾的时候，她说：“我一个人在商场里逛了很久，所有的东西都买不起，后来我饿了，才开始后悔，心想如果当时走过去和你见面的话，我就可以吃到你请我吃的好吃的东西了。我不敢去餐厅，觉得太贵了，看到路边有人在吃小丸子，就问他们在哪里买的，我跟他们一样去便利店买鱼丸吃，结账的时候又吓了一跳，居然要十几块啊！在我们这里十几块买盒饭都花不完！掏钱的时候我都快哭了啊，长这么大都没有吃过这么贵的零食！”

沈嘉禾在电话这头哈哈大笑起来，孟果果讲话并不清晰，但沈嘉禾还是被她夸张的语气逗笑了。孟果果继续说：“我好嫉妒你啊，沈嘉禾，为什么你过得那么好呢？以前我从来不嫉妒长得比我漂亮或者比我有钱的女孩的，但不知道为什么我就是嫉妒你。我也想像你一样去美国，买漂亮的裙子穿。我还想再长高一点儿，对了，你的小腿真好看，你是怎么弄的啊？”

“做运动啊，每天跑步半个小时，再好好地拉伸一下，时间久了肌肉形状就会很漂亮。”

“真的吗？那我也要每天跑步！”

“你不是说喜欢打扮的女孩子做作吗？怎么？现在又开始爱美啦？”沈嘉禾故意逗她说，“我们刚认识的时候，你说女孩子连涂有颜色的唇膏都不好，那个时候的你啊，可真够愤世嫉俗的。”

“那时候我还小嘛！”孟果果哈哈大笑着说，“现在我长大啦！我是成年人啦，就可以化妆啦！”

微醉的孟果果就像一个小孩子一样，沈嘉禾看着周围来来去去的行人，只觉得此生再也不会遇到比孟果果更可爱的女孩了。她一直微笑着听孟果果胡言乱语，这也是她这辈子打过的最贵的一个电话，整整五美元，折合成人民币三十多块。时间一秒一秒地过去，她看看手表，担心孟果果太晚回家会出什么问题，这才忍不住说：“快点儿回去睡觉吧，回头我再听你骂我。”

“不行，我还想骂。”

“好吧，说，我还有什么让你不满的？”

孟果果想了好半天才说：“好像没有了。”

“那就慢慢地想，下次再骂好不好？”

“嗯……”

孟果果极不情愿地挂了电话，温子明一直在旁边等她，看到她挂了电话才走过去，孟果果站起来，可能是坐得太久，脑袋有点儿发晕，险些跌倒，温子明眼疾手快地拉住了她，扶她站稳。她抬起头来看温子明的脸，好久之后才说：“你说，我穿红色的裙子到底哪里不好看啦？”

温子明头都要大了，可是他很配合地说：“我错了，我的公主殿下，我认打认罚好不好？”

孟果果就“咯咯”地笑了起来。温子明扶着她往前走，孟果果说：“你说，我今天是不是非常漂亮？”

“是，非常漂亮！”

“那我平时漂不漂亮？”

“漂亮。”

“我会不会一直这么漂亮？”

“会的。”

……

这是孟果果最开心的一天，虽然第二天醒来时她只记得自己好像醉了，不

记得究竟发生过什么，可是她不知道沈嘉禾和温子明都帮她记住了，月亮与星星也帮她记下了，路边的小树和小草也帮她记住了，天上的云也帮她记住了。

温子明愿意对天发誓，那的确是孟果果最漂亮的一天，而那一天他所说的话，每一句都是真的。她的确漂亮极了，像个真正的大人那样。

可是，她不害臊地问自己是不是漂亮的时候，又可爱极了。

第五章 【我们那么甜那么美那么相信】

youji yige yongbao gei guimi

1

一年以后孟果果终于如愿以偿地收到了上海复旦大学的录取通知书，而沈嘉禾也拿到了全美排名前五十的学校的offer（录取通知）。两个女生在电话里互相尖叫着祝福，之后开始各自收拾行李，准备迎来全新的生活。

沈嘉禾比孟果果独立生活早一点儿，光是有用的经验就足够写满三张纸。孟果果的生活状态固然与她不同，但还是按照她的嘱咐一切从简，拖着一个不大的行李箱就出发了，然后在报到处看到拖着大包小包连被子都自己带来的女孩，顿时庆幸自己听了沈嘉禾的话，才能那么轻松。

念大学了，就真的是大人了，开始要面对一个宿舍陌生人之间的交际，一个人管理自己的钱财以防提前花光，不再有人盯着自己做功课，全部要靠自觉。上海是一座高消费的城市，孟果果按照沈嘉禾的指导，把钱全部放到了基金账户里，没多久就开始有收益，虽然每个月只有几十块，但光是看到也很开心。她很快找到了兼职，开始自己赚钱，又利用学校的便利自修了法语，渐渐就成为学校里最受欢迎的女生之一，走在路上都觉得愉快极了。

温子明则是被上海交通大学录取，两所学校距离很远，等安顿好了一切终于有空见面的时候，十月已经来临。温子明的家境更好一些，他请孟果果去高级餐厅吃饭，孟果果同上一次来上海时一样，穿着便宜的裙子和球鞋，可是在地铁里看到其他人，却没那么自卑了。她依然在用沈嘉禾送给她的钢笔，时间太久，钢笔已经很旧了，可是反而有一股新钢笔没有的韵味。那个时候她才明白品位与金钱无关，美与长相无关，生活得好与不好，与别人无关。

两个人坐在餐厅里吃着昂贵的牛排，孟果果不会用刀叉，温子明主动帮她把牛排切好，才把盘子递过去，问：“大学里生活还好吗？”

“好极了！”孟果果高兴地说。

“你跟小鹿还有联系吗？我听说小鹿的成绩不太好。”

“我不知道啊。”孟果果忍不住说，“我跟小鹿的关系没那么好，因为她当初说过我的坏话。”

温子明一下子就知道是哪件事了，说：“因为那条红色的裙子？”

忽然之间孟果果不再害怕被人知道自己在想些什么了：“是啊！”

“我不是跟你道过歉了吗？”

“说的又不是你，我才不跟你计较。我只是很伤心她那么对待我，要知道小时候我一直以为她是我最好的朋友呢！”

“难道现在不是了？”

“不是呀，我有别的朋友了。”

温子明忽然想到什么，问：“之前有一次你坐在学校门口哭……”

孟果果打断他道：“没错，就是那个女孩子！我就是因为她才到上海的。”

“哇！但我记得她不是出国留学去了吗？”

“但她会回来的呀！我只是想待在她曾经生活过的地方，一想到我们在不同的时候走过同一条街，我就会觉得很高兴。”孟果果低声说，“是因为她，我才变成现在这个样子的，因为她，我想要变成一个很棒的女孩子，而不是小城里那种傻乎乎的、什么都不懂的样子。”

她的声音忽然就变得很温柔，温子明这才明白过来，为什么孟果果在中学的时候显得与众不同了。能遇到那样的朋友真好啊，温子明想，像孟果果这样的女孩子，的确需要更棒的女生跟她做朋友呢。

人生忽然就展开了一个饱满而丰富的新阶段，渴望的生活仿佛唾手可得，所有的努力都充满了意义，这就是孟果果的青春。

而沈嘉禾的青春则是整天坐在图书馆里查资料、写论文，周末的时候与朋友开车去看展览、听讲座。虽然并不缺钱，她还是申请拿到了全额奖学金，课业之余也去打零工，赚一些钱用来旅行。那个冬天她与齐墨杨一起到达了阿根廷的乌斯怀亚。那里距南极仅八百公里，于是被称为世界的尽头。据说人们将所有不快乐的事留在那里，它们就可以真正消失，沈嘉禾坐在岸边思索着自己的人生，才忽然发现曾经所有让她不快乐的那些事都不存在了。她发e-mail给孟果果说：**将来有一天，我们要一起坐在这里**。孟果果回复：**会的**。

她们都没有再提过见面的事，好像就这样淡淡的也很好。我们在刚出生的时候最先认识的总是亲人，接着我们认识了陌生人，开始学着与对方相处，学会了对别人好，学会了爱，学会了恨，然后有一天我们学会了离别，学会了想念，学会了遗忘。距离忽然之间就不再有意义，如果两颗心贴得很近，面对面地坐在一起跟隔着电脑聊天又有什么区别呢？

直到半年后。

2

半年后沈嘉禾的妈妈被查出了乳腺癌，上了年纪的妇女总是会有这样那样的病的，沈嘉禾虽然明白这一点，还是抑制不住地哀伤。沈嘉禾跟学校请了假回来陪妈妈做化疗，当初那个凌厉的女人已经不在了，取而代之的是一个脆弱、没有头发却依旧坚强的女人。陈姨与爸爸也都一同出现在了医院，为了照顾妈妈，全家人都团结了起来，陈姨负责煮饭、收拾房间；爸爸负责了解病情、跟医生沟通；而沈嘉禾只负责陪在妈妈旁边，做她的精神支柱。

有一天妈妈醒来的时候看着沈嘉禾，忍不住说：“我不知道自己会不会好，如果我出了什么事情你记得要好好照顾自己。虽然我对你一直不好，但我始终觉得把你送到美国去是这辈子做得最对的一个决定，现在看到你这么棒我很高兴。虽然我总是数落你这个也不好那个也不好，但妈妈一直想跟你说，其实做你的妈妈，是我的荣幸。”

“妈妈，求你不要说了，你会好起来的，不会离开我的……”沈嘉禾早已泣不成声。

她一直忘了通知孟果果自己在上海，齐墨杨却替她说了。沈嘉禾回国没多久他就查到孟果果的联系方式，写了一封很长的e-mail给她，告诉她沈嘉禾自己在上海，她妈妈生病了，并且说：**我知道你们是从来没有见过面的网友，可是我想，此刻大概是沈嘉禾最需要你陪伴的时刻了。**

两个小时后孟果果出现在了医院里，她并不是很确定沈嘉禾的妈妈所在的病房，只好一间接一间地找。沈嘉禾出来帮妈妈去洗苹果，有那么一瞬间，她们在走廊上擦肩而过，可是没多久两个人就都转过了身，默默凝视了彼此一会儿之后，终于开心地大叫了起来：“沈嘉禾！”

“孟果果！”

她们用力地拥抱，之后再静静地打量彼此。

时光如海一般，将她们推到了几年前的夏日傍晚，上海、四川；高层公寓、矮旧的居民楼；空调、阳光、天空……两个女孩，各自坐在电脑面前，在浩瀚的信息中恰好点开了同一个页面，看到了同一个内容。

这一年论坛已经不再流行了，几乎没有人再记得BBS（论坛）这样的东西，可是她们都记得，那浅蓝色的背景，横平竖直的线条划分出一个又一个区域。在“生活闲聊”的那个类目底下，因为那个帖子时时被人顶起，所以旁边有个小小的“HOT”（热帖）的符号。那个帖子的题目叫“你们怎么看中学就化妆的女生？”那时候沈嘉禾是“伊莎贝拉”，而孟果果是“会跳舞的鱼”。

一眨眼，那么多年都过去了。

沈嘉禾打量了孟果果半天才说：“你变漂亮了！”

“你也是！”孟果果说。

“你怎么突然来了？”

“是齐墨杨发了e-mail给我！他说你在上海，你妈妈病了！怎么样？她还好吗？”

“她不太自信，可是我觉得会好起来的。走，我带你去见她！”

说完沈嘉禾就拉起了孟果果的手朝病房走去——

这是所有的闺蜜都会做的动作，手拉着手，一起向前走，无论前方等待着她们的是什么，可是沈嘉禾和孟果果这对闺蜜，却花了几年时间，才终于触摸到了彼此的手。她们一点儿隔阂都没有，就像认识了许多年的闺蜜一样。

3

沈嘉禾的妈妈最终还是恢复了，为了能多陪妈妈一段时间，沈嘉禾申请了短期休学。那个暑假，齐墨杨也回来了，等沈嘉禾的妈妈状况好了一些之后他们相约一起出去喝茶。

孟果果带了温子明，沈嘉禾带着齐墨杨，于是四个人就像所有的年轻人一样坐在茶餐厅里吃吃喝喝，聊天大笑。孟果果说："我决定请了这一顿，回头你再请我一顿贵三倍的，我就能回本了。"

"让齐墨杨请，在座的人里他最有钱！他炒股赚了整整两千美元，好过分！"沈嘉禾说。

"喂，不要这么不公平，我赔的时候你没看到而已！"齐墨杨大叫。

"少来！美股现在形势正好，怎么可能赔？"温子明说。

两个女生不懂股票，就聊别的。

沈嘉禾说："我妈妈打算去隆胸，在C罩杯和D罩杯之间徘徊，我爸爸都快要疯了，骂她：'你个中年妇女要那么大的胸干什么！'我妈妈说：'好不容易有机会可以选择胸部，选个大的有什么错！'"

孟果果笑得几乎打滚儿，问："你说他们还有没有机会啊？"

"不知道啊，不过现在看起来还蛮有戏的吧。"

孟果果说："其实我挺喜欢你妈妈的，觉得她好酷。"

"啊，你居然不喜欢陈姨？亏得她是唯一一个知道你是谁的人。"

"喜欢！她好厉害！第一次见面就说：'你就是跟嘉禾在电脑上说话的那个小姑娘吧？'当时我都惊呆了！还有她做饭真好吃啊！"

"你妈妈也记得我！有一次我打电话给她的时候，她说你在外面跟同学玩，还很诧异地问我没有一起去吗？我说没有，你妈妈就说：'你们两个总是打电话，我还以为关系很好呢！’我说关系的确很好啊，你妈妈就说：‘关系好我们家果果怎么不跟你一起玩？你该不会是被果果骗了吧？’”

这次轮到沈嘉禾边说边大笑了。

一旁的温子明却震惊地说：“什么？你们两个是网友？”

齐墨杨也震惊地说：“什么？你居然不知道？”

他们聊了很久很久的天，快要走的时候孟果果说：“我要去洗手间。”

沈嘉禾说：“我陪你。”

两个男生看着她们手拉着手往前走，温子明终于忍不住说：“我想了好多年都想不明白，女生连上个洗手间都要腻在一起，真是何必呢？”

齐墨杨摊了摊手，道：“没办法，这就是女生。”

但其实他们两个都知道，因为她们太想弥补那些年不在一个空间内的时光了，毕竟她们认识的那年都只有十三岁而已。十三岁，就应该是手拉手一起去洗手间的年纪，但那个时候她们不在一起，所以，只好在看着别的女生手拉手走在一起的时候，心里默念着属于自己的好朋友。

现在她们或许已经过了那个年纪，但是没关系，往后还有很多很多的时间可以弥补，那些她们曾经错过的时光和遗憾。

4

等沈嘉禾不得不离去的时候已经是冬天了，沈嘉禾妈妈的病总算是痊愈了，齐墨杨早已离去，陈姨却主动留下来继续照顾沈嘉禾的妈妈。有那么一阵子孟果果总是跑到沈嘉禾家里蹭饭吃，搞得她都变胖了。沈嘉禾的妈妈得知孟果果是沈嘉禾的网友时还吓了一跳，说：“你们现在的小孩子好厉害啊，网友都可以做那么久！啊！我想起来了，之前地震的时候嘉禾就是去看你的对不对？”

孟果果点头，沈嘉禾的妈妈果然立即大叫起来：“你好大的胆子啊，居然跑去见网友！”

可是沈嘉禾和孟果果都知道她根本不生气，于是都捂着嘴巴笑了起来。

孟果果特意去机场送沈嘉禾，她们一个穿着黑色的大衣，一个穿着红色的大衣，看起来如同姐妹。安检处别人都是由家人或情侣相送，只有她们两个是好朋友相送。孟果果说："一路顺风，记得买圣诞礼物给我！"

沈嘉禾道："你这个人不要太过分啊，这么多年了都是我送你，你好歹也回我一个才对嘛！"

"我已经在存钱了！"孟果果说，"为了给你送一个拿得出手的礼物我都好久没有吃肉了！"

沈嘉禾一眼看穿了她，说："你？你才不会为任何人不吃肉的。"

孟果果笑嘻嘻地说："你真了解我啊！"

"那当然，我是你最好的闺蜜嘛！"

说完这句话两个人都怔了一下，好久好久，孟果果才不可置信地说："我们现在，真的是最好的闺蜜了是不是？"

沈嘉禾也微笑了起来，说："是的，我们真的是最好的闺蜜了。"

她们再次紧紧拥抱。

十分钟后沈嘉禾进入了候机大厅，孟果果一直看着她的背影消失不见，这才转身离去。两个女生各自往前走着，一个拖着行李，一个背着双肩包；一个坐在飞机上，一个坐在地铁里。她们都想到了彼此，想到了各自孤寂的这么多年，想到了那些深夜彼此陪伴的日子，想到了互相打电话的日子，想到了冷战的日子，也想到了将来，一起工作，去面对人生更多的困难、享受更多的快乐的日子，然后，都微笑了起来。

这一年她们已经十九岁了，都学会了自己生活，变得聪明、睿智、强壮，充满力量。很快她们就会毕业，离开学校，往后等待她们的，必然是琐碎而世俗的日子，但她们约好了要一起度过那些时光，以坚韧的感情去打败庸俗的生活。岁月漫长，人生苦短，可是因为拥有彼此，所以一切都变得简单了起来。她们都知道前面的那十八年是她们最好的时光，往后会有很多很多困难等待着她们，但是她们都不怕，因为她们是好闺蜜。

最好的。

短发夏天手记：搭乘闺蜜末班车

我最好的朋友中，有一半都是网友。

那时网络才刚刚开始普及，我的课余时间都花到了网上，听音乐、聊天、浏览网页……一个小时倏忽而去，快得吓人。

早年的互联网其实不如现在有趣，没有微博和微信，也没有视频网站，QQ用户太少，也没有什么好玩的。大家最喜欢去的地方是聊天室和论坛，我就是在一个文学主题的论坛认识了现在的好朋友们。第一次认识与自己隔了很远的同龄人，觉得太神奇啦！大家一开始聊文学、聊音乐，渐渐聊到日常生活，聊到考试成绩、讨厌的老师、最好的朋友、喜欢的衣裳，就这样熟悉了起来。

熟悉之后开始打电话、写信。我记得有一年生日，我收到了十几份儿来自各地的礼物，那时候连快递行业都没有，礼物都是邮局的工作人员送来的，绿色的帆布包，里面装着满满当当的盒子。邮递员叔叔说："喏，都是给你的！"就那样，我得到了心仪了很久的书、小城市里没有的名牌商品、漂亮的裙子、好吃的特产……我心里想，等我长大了，一定要走到她们跟前说声"谢谢"才行。

那个时候谁也没想到长大后我们真的会依旧是朋友。几年过去，我的网友们已经换了几批了，很多已不再联系、很多已经忘记，很多BBS不见了，聊天室也没人去了。可是我最好的那几个闺蜜却走到我的生活中来了，我们在上海相见、在北京相见、在南京相见……连尴尬都没有过，一看到对方，就像是认识了很久一样。很奇怪，别人跟网友的关系似乎都没有我们这么好，不管我们相隔多远，能够交心的始终只有对方。我们一起长大，有人出国留学、有人忙于事业、有人漂漂泊泊，两三年碰一次面已经是奢侈，可是，我们始终在一起。

所以，看到"闺蜜"这个词时，我首先想到的就是这些与我相隔很远的女孩们，就像沈嘉禾与孟果果一样，能碰到对方，是我三生有幸。

绿茶点评：有钱，就是这么任性！

众所周知，短发是个从来不拖稿的作者，她会在每个月月初准时往我的邮箱里扔两篇稿子，这一直是绿茶最引以为傲的事儿！然而前阵子，绿茶短信通知短发写《女生时代2》的闺蜜中篇，居然迟迟没有收到她的回复！绿茶有点儿慌了，要知道，短发可是从来没有拖稿的黑历史，以往发短信她都是秒回的，这很奇怪不是吗？终于，晚上十点钟的时候，短发回电话了，电话那边传来她兴奋的声音："刚刚在飞机上，看到你的短信我就订了来新加坡的机票！"

不会吧，不就一个中篇吗？这货居然逃逸了？绿茶试探地问道："是去出差吗？应该很快就回来了吧？"结果短发兴致勃勃地说："怎么可能啦！我才到新加坡樟宜国际机场啊……"

"短发啊，《女生时代2》计划上市的时间越来越近了，你一定不是出去玩儿的对吧？"绿茶试图给她找个理由。"当然不是啦，我来新加坡就是为了写闺蜜中篇啊！这里有我特别好的闺蜜，我来找找灵感……"

接下来的几天里，短发夏天把她的找灵感之旅在朋友圈全程直播，绿茶能做的不多，除了含泪给她的照片点个赞，还挣扎着在她的每一张照片下留言道：下个季度的旅行计划的钱攒够了没？没攒够的话赶紧把"闺蜜故事"写起来吧？对我这种无声的催稿，短发的反应却是回我一枚大拇指：放心吧，钱够多，逛完新加坡直接启程去下一站！

让绿茶没想到的是，短发居然在新加坡之行结束那天交了全稿！听说这些故事是她在新加坡的酒店、咖啡厅，甚至海边写下来的！有钱，就是这么任性，写个小说还要出国旅行……不过，看到最终的故事内容，绿茶深深地被触动了！原来，短发并没有说谎，她的闺蜜故事真的发生在她的现实生活里，虽然故事发生的地点不是真的在新加坡，但故事里的人和事，乃至一草一木，都是她生活的缩影，更是我们每个人成长过程中的缩影！看完故事的小淑女们，是否也想起了你们人生中的第一位网友呢？（短发：虽然你最后一段话说得十分走心，但我怎么觉得你这段点评根本就是在控诉我出去旅行不带你呢？）

兮……至天下
文◎薏苡薇
图◎akano

第一章
闺蜜联手骗皇后

一

御花园中秋色斑斓，日暮黄云，霜凝红叶。

瑶光揣着一本黄皮书行走其中，脑中还在回味着先前偷吃的脆皮鸡的味道。一不留神，忽然被什么东西绊了一下，险些栽倒在地。

刚飘然跟她擦肩而过的一个身影折返回来，大惊小怪地道："哎哟，瑶光，难得你今日跟我行了这么大的礼。"

一等宫女淑琴，早年入宫，一直在皇后身边服侍，仗着皇后娘娘的宠爱，在宫中素来横行霸道。

自己在平地上走怎么会跌跤？

方才那一下子，分明是她伸脚绊的，瑶光心知肚明，但脸上仍速速挂起艳阳高照的笑。

"淑琴姐姐今儿个的打扮真好看，红色外衫配上绿色罗裙，当真是别致无比！"她适时露出又羡又妒的神情，眼中散发着诚实的光芒。

淑琴已经年过四十，只比瑶光的姑姑小几岁，这声姐姐喊得她心里美滋滋的，顿时就忘形一笑，精心修饰过的皱纹于刹那间绽放，脂粉不厚道地掉下，"哗哗哗"。

瑶光面不改色，继续吹捧："听我姑姑说，皇上这几日心情不好，若是能让皇上瞧见些鲜艳的颜色，定会心情大好，姐姐何不借此机会，请皇上与皇后同游御花园？到时皇上高兴了，皇后娘娘自然也开心，说不定会重赏你呢。"

瑶光的姑姑阮明玉是皇上的奶娘，一直服侍皇上，她说的话自然不会错。

虽然不太相信瑶光会好心帮自己，但皇上这几日不知怎的，迟迟不去皇后宫中，淑琴心想万一自己能请动皇上，皇后对自己不是会更加看重吗？

“哼，皇上心情不好，想必是你姑姑伺候得不好。你们姑侄，一个奉承皇上，一个巴结那不受宠的小公主，也没见着得到什么好处。”她讥诮地一笑，话虽是这么说，却也扭身往御书房去了。

“姐姐慢走。”瑶光不以为意，笑呵呵地对着淑琴的背影挥手。

她幼时爹娘双亡，幸好宫中的姑姑伸出援手，瑶光便一直跟在了姑姑身边。可是啊……总有人看她这只拖油瓶不顺眼。

数只寒鸦飞过，眼看天色都快黑了。“呀……”瑶光突然想起还有正事没做，提着素白的裙子，赶紧往灵素宫的方向去了。

灵素宫里住着的，正是淑琴提到的“不受宠的小公主”琅月，她是皇上与琼妃的女儿，琼妃曾经集万千宠爱于一身，地位仅次于皇后。可是琅月出生不过数月，琼妃的父亲因贪污获罪，牵连琼妃失宠于皇上。虽然皇上顾念旧情，并没有褫夺琼妃的封号，但母女二人却从此过着凄凄惨惨、冷冷清清的日子。

宫中的皇子、公主十岁之后必须独居，可在皇后的暗中安排下，琅月的住所是宫中最偏僻、最简陋的宫殿。

瑶光和琅月一起长大，两个人情同姐妹。

琅月是一位相当美丽的可人儿，尖尖的瓜子脸，云雾般的发髻，还有一双水灵灵的大眼睛。

皇上怎么舍得冷落那么可爱的女儿呢？

听姑姑说，皇上身子不好，又始终不能忘怀先皇后逝世的悲痛，后宫的事情都是皇后在打理。瑶光摇头，遗憾地叹气。

在灵素宫上下找了一圈，没见着琅月的身影，等瑶光从宫门探出头一看，却见一个小小的身影在高耸的假山上伏着。

“琅月，你是有多无聊，居然爬到假山上玩，要是摔着了怎么办？”瑶光挑挑眉，跑过去叉着腰问。

琅月费力地扭过头，眼泪汪汪的，红着脸委屈地解释：“我不是在玩，我是想救那只小猫，结果忘了自己恐高，下不来了……”

“呃……”瑶光顺着她指的方向望过去，果真有一只黑色的小猫陷在假山顶上的小洞里，暗黄色的眼珠子正滴溜溜地转着。

“你等等，我来帮你。”瑶光把黄皮书往地上一扔，贴着山石踮起脚，要扶琅月下来。

“瑶光，你先救小猫好不好？”琅月一心惦记那只肥壮的猫，瑶光被她恳求的眼神打败，只好卷着袖子从另一个方向爬到了假山顶上。

“许是宫里哪位娘娘养的猫，居然这么胖，难怪会被卡住。”瑶光像毛毛虫一样在粗粝的石头上蠕动着。也许是听懂了她话语里的嫌弃，黑猫居然转过头，龇牙咧嘴地叫唤了一声，颇有几分呛声回去的意思。

“琅月，你看到没？它居然在瞪我！”瑶光怒了，身体往前一扑，想要捉住那只黑猫，哪知这一下用力过猛，更没想到受到惊吓的黑猫忽然一挣扎，腾地蹿走了。

“小心！”琅月目瞪口呆，只来得及发出一声惊呼，眼睁睁地看着瑶光的两只手深深地陷进了卡住小猫的洞里。

痛痛痛！瑶光险些飙泪，她试着抽回手，完蛋了，居然也被卡住了。

“喵——”黑猫轻巧地从瑶光的腿上跳过，回头龇牙又叫了一声，声音婉转绵长，似有无限意味。这次，不只是瑶光，就连琅月都看出黑猫眼中显而易见的得意。

“琅月，我是眼花了吧，我居然看到一只猫在嘲笑我……”她难以置信地喃喃道，望着黑猫跃下假山，消失在渐渐黑下来的天色里。浑蛋骗子猫！下次再让她看到它，非得好好斥责它一顿不可！

琅月同情又愧疚：“对不起，都是我连累了你。”

两个人，一个怯怯地趴在这一头，另一个愤怒地被卡在那一头，相对无言，几片落叶打着旋儿飘落，场景格外凄凉。

这座假山在灵素宫外的偏僻角落，很少有人从这儿经过，瑶光只盼着等会儿来给琅月传晚膳的宫女来了能够找到她们。

可是等啊等，等到两个人肚子都咕咕叫了，琅月才恍然道：“我想起来了，今天是先皇后的忌日，皇上在佛堂祭拜，翡翠她们说宫中人手不够，今儿晚上不来传膳了。”

瑶光一听就傻眼了，翡翠是灵素宫里唯一的宫女，宫里再怎么缺人手，也不至于这么惨无人道。依她看，要么是一向看琼妃和琅月母女不顺眼的皇后又在暗中使绊子，要么就是翡翠借口偷懒去了。

琅月这公主当得可真够窝囊的。

如果今天自己不来给她送书，她是不是就要在假山上趴一个晚上？不过，即使自己来找她了，最终的结果也很可能就是……两个人在这里大眼瞪小眼地趴一个晚上。

二

“救命啊——救命啊——”百无聊赖之中，瑶光一直在哼唧，期待有人从此地路过。

“谁？”一片静寂里，似乎传来了轻微的脚步声，接着是低低的问话声。

有人来了！是男声……听起来不像太监，那就是侍卫了！

瑶光眼睛一亮，双脚欢快地舞动着：“琅月，我回不了头，你快跟他说，让他救我们下去。”

琅月看了那个人一眼，声若蚊蚋地道：“能不能麻烦你救我们下去？”

“要有气势一点儿，告诉他，你是琅月公主！”瑶光恨铁不成钢。

琅月柔柔弱弱地复述：“我是琅月公主。”

瑶光：“……”

“属下给公主请安。”那个人声音温润，很有安抚人心的力量。

瑶光正捉摸这到底是宫中哪号人物，声音好听得过分，而且似乎也颇为耳生，就只见一道黑影闪过。

下一刻，琅月已经安然无恙地站在了地上。哇——好功夫！

宫中一向太平，很少有见人施展武功的时候，瑶光虽也见过其他侍卫练剑，但这么好的轻功，委实难得。

“失礼了。”那个人又对着琅月拱了拱手，一身侍卫常穿的铠甲在暗淡的夜色中闪闪发亮。

见过光着膀子能吃几斤肉的侍卫，没见过这么文绉绉又身手了得的侍卫，瑶光暗暗滴冷汗。

在琅月的请求下，那个人又飞上了假山，这次瑶光能瞧清他的面貌了，修眉朗目，表情极为温和，看起来也很年轻。

“你的手被卡住了？”他似乎是皱了皱眉。

瑶光收起一颗花痴心，哀怨地点头。

“你忍一下。”他轻声道。

忍一下？是要强行把她的手从小洞里拉回来吗？

不要啊，妈呀……她最怕痛了，不然自己早就挣扎出来了。

可是下一瞬间，只听见轰隆一声响，只见面前的这个人淡然地收回自己的手。而卡住瑶光双手的小洞，从空隙一直到假山顶的那截石头，就这么生生被他劈碎了。

劈碎了……瑶光目瞪口呆，风中凌乱，一切词语都无法形容她此刻的心情。

她就这么呆呆地被他挟着，从假山上飞下来。然后呆呆地望向同样呆呆的琅月。

两个人兀自呆了一阵，然后异口同声地对小侍卫道：“你叫什么名字？”瑶光又补上一句：“我要拜你为师！”

那侍卫极为意外，怔了一下才回答：“我叫裴然。拜师就不必了，雕虫小技不足挂齿，若是有需要，可随时吩咐我。”

徒手劈石，这还叫雕虫小技？瑶光真想立刻学会这项“雕虫小技”，将来和姑姑离开皇宫了，自己可以凭借这个去街头卖艺，一定会赚翻。想到这里，她不禁想叉着腰仰天大笑，到时谁还敢笑自己是姑姑的拖油瓶！

三个人又说了几句话，才知裴然是一个月前才从宫外调到皇宫来做侍卫的，才十八岁，比她们两个大四岁。

瑶光对他崇拜得无以复加，一直到走进了灵素宫，还悄悄跟琅月咬耳朵：“这裴然武功好，难得的是性情也好，待人文质彬彬，可比你那刻薄的太子哥哥好多了。”

“他是很不错。”不知为何，琅月的脸有些红，她拉着瑶光的衣角，不依道，“可是我太子哥哥也是很好的。”

“好啦，好啦，全世界就只有你哥哥东方千阳最好。”瑶光悻悻地取笑。

三

灵素宫里一片漆黑，饥肠辘辘的两个人决定去琼妃的宫里蹭晚膳。

入秋后的夜晚，云淡星暗，只有廊檐下的灯笼散发出幽暗的光芒。四周一片静寂，大风忽起，树叶沙沙作响，夜色中隐隐有阵阵呜咽的女声传来，两个人顿时毛骨悚然。琅月紧紧牵着瑶光的衣角，哆哆嗦嗦地道：“今天是先皇后的忌辰，不会有……”

“别胡说！”瑶光被她说得心里一毛，立刻出声打断。话音才落下，一连串闷闷的咕噜声响起，声音近在咫尺，分外诡异。

两个人都倒抽了一口凉气，在夜风中瑟瑟发抖了一阵子，还是琅月鼓起勇气发问：“瑶光，刚刚的声音是不是从你肚子里传出来的？”

立刻有一阵更大的咕噜声响起。瑶光忧伤地揉了揉肚子，心想下午还偷吃了脆皮鸡呢，肚子也太不争气了！

可那呜呜咽咽的哭声却没有停止，快到琼妃宫里时，才听一名老宫女说，原来是皇后身边的淑琴，穿得红红绿绿的去见皇上。

因为先皇后的忌辰，皇上早就下令宫中上下茹素三日，并且必须穿素服。淑琴明知故犯，被皇上斥责了一顿，下令杖责三十，一直哭哭啼啼到现在。

茹素三日……瑶光想起自己下午偷吃的脆皮鸡，不禁一阵心虚。

“这淑琴就是没脑子，仗着自己是皇后眼前的红人，居然敢冒犯先皇后，皇后娘娘求情无果，现在正迁怒于琼妃娘娘。”老宫女摇头叹气地走开。

琅月一听就急了，和瑶光趴在大门口一看，皇后娘娘果真正疾言厉色地对琼妃训话，一向性情温婉的琼妃只得唯唯诺诺地听着。皇后却还不肯罢休，将茶杯狠狠摔在地上，怒声道：“你是不是越来越不把本宫放在眼里了？这么烫的茶水，是想害死本宫吗？”

“对不起，臣妾这就去换一壶……”琼妃忍气吞声，蹲下去收拾满地碎片。

无理取闹！欺人太甚！

“怎么办……”琅月白着一张小脸，如果这个时候冲进去跟皇后理论，非但帮不了琼妃，自己反而会被责罚。

瑶光认真思索了下，突然捏着嗓子喊：“不好了，太子殿下落水了！太子殿下落水了！”声音难听之程度，堪比鬼哭狼嚎。

琅月双眼圆睁，惊骇莫名：“太子哥哥哪有……”

瑶光比了个“嘘”的手势，拉着她快速地闪到旁边的石柱后躲了起来。而后便见皇后带着一群下人急匆匆地离去了。

“这样撒谎是不是不好啊？”琅月怯怯地问。

“不会啦，你太子哥哥那么疼你，自然会为你遮掩过去的。”如果东方千阳敢不配合她们，她一定会把他那张英俊的脸揍成猪头！瑶光在心里“哼哼”两声，表面上却笑眯眯地拍手，“琼妃娘娘心情不好，我也不便打扰，先回姑姑那里了，你好好安抚她。”

琅月感激地目送她离去，想了想，又对着她的背影高声嘱咐：“瑶光，回去记得吃点儿东西，你肚子里的咕咕声我在这里都还能听到。”

她生怕瑶光听不见，于是双手张开举在嘴巴前，用尽全身力气喊出了这一句。周围的宫女太监纷纷侧目，齐刷刷地盯着瑶光的肚子。

瑶光：“……”平时说话怎么没见她这么大声？黑暗里，她一个踉跄，红着脸落荒而走。

瑶光回去时，姑姑仍然未归，宫女传信说皇上心情不佳，在佛堂静思，阮姑姑跟去伺候了。

姑姑对皇上已经忠心到连自己的亲侄女都顾不上了，瑶光哀怨。她从柜子的角落里扒拉出一坛腌肉，咬了几块后，心满意足地在床上打了几个滚，睡意便上来了。

总觉得忘记了什么事，是什么呢？可是越想，越不敌睡意。不过片刻，瑶光就抱着一坛子肉睡着了。

四

瑶光走后，琅月在门外站了好一会儿，见着琼妃擦干了眼泪，才努力挤出笑容，跑去跟她撒娇。

琼妃听说女儿饿了，立刻吩咐人端来饭菜，又忐忑地问起太子落水一事。琅月怕她担心，便心虚地说也许是听错了，她不习惯撒谎，匆忙扒了两口饭就回了灵素宫。

宫门口有人正等着她，琅月仔细一看，发现竟然是裴然。他行了礼，说话很斯文："我在假山下发现了这本书，想必是公主落下的，便送了过来。"

琅月接过黄皮书一看，原来是自己一直想看的《博物志》，应该是瑶光特意为自己寻了来，一直忙着救假山上的自己，给落在了假山下面。

"公主很喜欢读书？"裴然却没有要走的意思，而是温和地同她说起话来。

"是……平时无聊，打发时间……"琅月莫名地觉得很紧张，双手无意识地翻着书页，赫然发现最后竟然缺了几页。她不由自主地"呀"了一声，尾音里拖着长长的遗憾。

裴然探过头一看，明白了是怎么回事，便主动说："这本书我能背出来，缺少的那几页我誊抄给你吧。"

"你好厉害。"琅月那双晶莹的眸子不再低低垂着了，而是骨碌碌地望着他，仿佛在望一个天上地下绝无仅有的珍宝。

裴然觉得心中仿佛有溪水汩汩流过，说不出的感觉，有种冲动再去劈十座假山，抄写一百本书，只为了琅月这样崇拜的眼神。

"那既然如此，为了答谢你，被你劈坏的假山便不用你赔了。"琅月郑重地道，仿佛下了很大的决心。

"呃……"裴然的额角滴下冷汗。原来英雄救美也不是那么轻松，损坏了公物还是要赔偿的。

琅月唯恐他生气，忙对着手指解释道："这灵素宫的所有物品，皇后娘娘那里都有登记，但凡损坏，都要赔偿的。"

有一次琅月不小心摔了个碗碟，第二日淑琴便趾高气扬地来宣告，从琅月本月的例银中扣取。如此苛刻，让瑶光暴跳如雷，若不是阮姑姑勒令她不许惹祸上身，她早就跑去找淑琴争辩了。

只是要赔一座假山，不知道要多少银子，思及此，琅月便惆怅地叹气。她简直是古往今来最寒酸的公主了。

裴然默默无言了一阵，摸了摸袖口，发觉也是囊中羞涩，想了想，丢下一句"等我片刻"，便飞身走了。

裴然一去不回，琅月站在原地望眼欲穿。两个时辰后，他才气喘吁吁地回来，拉着琅月去看假山，那被劈碎的半截山石竟然已经修补好了。

"这……这这……"琅月微张着口，愣愣地看了看假山，又看了看裴然。

裴然比了个"嘘"的手势："我从别的地方挪了一截石头过来。保密。"

琅月也学着他的模样，俏皮地比了个同样的手势，雀跃地回了寝宫。

五

这天夜里，瑶光和琅月都是一夜好梦。翌日醒来才知大事不好。

皇后娘娘昨夜去了太子宫，却见东方千阳安然无恙，知道自己被骗了，当即勃然大怒，下令要捉拿琼妃宫中的人，审问到底是谁胆敢诓骗她。就在这时，东方千阳晕倒在地，原来他真的落水了，为了不让皇后担心，才强装无恙。皇后忧心如焚，立刻宣太医给太子治病，此事也就不了了之。

"都怪我乌鸦嘴。"和琅月去太子宫的路上，瑶光垂头丧气，懊恼极了。瑶光虽常常吐槽东方千阳言辞刻薄，但对她而言，他是极其重要的人。

五岁那年，她第一次偷偷跟姑姑进宫，自己无聊，跑去爬树玩，不小心一脚踩空摔下来，就此遇见了八岁的东方千阳。他从小被皇后严格教导，好不容易趁皇后小憩出来散散心，却不料从天而降一个肉墩子，砸得他头晕眼花。

"咦？皇宫的地居然是软的。"肉墩子还在自说自话，底下被她压着的人已经气得七窍生烟。

“起来！”他费力地伸手把瑶光推开，额角被撞出一块瘀青，底下青筋不停地跳动着。

瑶光猛然被人掀翻在地，先是一呆，看到脸色黑如锅底的东方千阳，才知道他被自己当成了人肉垫子。爹娘教导她：知错能改，善莫大焉。于是她立刻很愧疚地扑过去，对着他额上的伤口呼呼吹气，又伸出舌头舔了几下。

平时在家里，瑶光哪里受伤了，娘就是这么安抚她的。瑶光正自鸣得意，压根儿没注意东方千阳已经石化了。若不是当时琅月正从那里经过，及时制止了暴躁的东方千阳，恐怕他已经出手揍她了。

“你胆子好大哦，太子哥哥看起来凶巴巴的，只有你敢惹他。”琅月露出一个腼腆的笑容。像小仙女一样的琅月立刻博得了瑶光的好感，她伸出脏兮兮的小手去牵她，琅月先是瑟缩了一下，这大概还是第一次，除了母妃之外，有人牵住了她的手。瑶光没有丝毫迟疑，紧紧地握住了琅月的小手。

两个小女孩手牵手走远，被彻底无视的东方千阳独自愣在原地许久，最后一怒之下，命人把那棵树给砍了。

而后的两年里，瑶光又央求姑姑带自己进宫几次，她和孤单怯弱的琅月成了很好的朋友。而偶尔碰到东方千阳，两个人总是不停地拌嘴，常常让琅月左右为难。

一直到瑶光七岁那年，父母染病去世，她孤苦无依，被阮姑姑接进宫长住，却在给她入宫籍时，遭到了皇后的阻挠。皇后曾经试图拉拢阮姑姑替自己办事，却遭到拒绝，又知瑶光跟她讨厌的琅月关系很近，因此铁了心要把瑶光赶出宫去。

当时正是东方千阳十岁的生辰宴，不被重视的琅月也被安排在席，当皇后疾言厉色地想要赶走瑶光时，为了保护唯一的好朋友，她鼓起勇气站了出来，求皇上让瑶光留下。可是人微言轻，不得宠爱的她，根本不能挽回什么。

皇上不曾拒绝过皇后，所以还是决定让瑶光离开皇宫，出乎所有人的意料，最后帮瑶光求情的人，竟然是东方千阳。

那是他在生辰宴上提出的唯一一个心愿，皇上自然答应了，皇后气得脸色煞白，却又不能对自己的亲生儿子发作。

琅月很惊喜。

瑶光很惶恐。

她心想大概是自己得罪他太多，东方千阳为了长久地报复自己，才出言帮自己。

瑶光战战兢兢了好几个月，每每见到东方千阳，立刻就摆出讨好的笑容，诸如“太子殿下请喝茶”“太子殿下您先走”，将狗腿功力发挥得炉火纯青。

直到某一日，东方千阳跟琅月在念书，瑶光趴在一旁呼呼大睡，醒来时恭恭敬敬地送走太子，被宫女指指点点地笑了好久，连琅月都忍不住“扑哧”笑了。她才赫然惊觉，自己脸上被东方千阳画了一只大乌龟！

是可忍孰不可忍！她可不是吃素长大的，第二天再见到东方千阳时，瑶光昂首挺胸，再也不巴结他了，而是鼻孔朝天哼了一声，淋漓尽致地表达自己的鄙视之情。

东方千阳冷冷地看了她一眼，一声不吭地拂袖走了。

这让准备和他大打一架的瑶光非常不适应，此后也就恢复了跟他针锋相对的本性。多年相处下来，瑶光和琅月成了无话不谈的姐妹，她跟东方千阳也成了欢喜冤家。

八

琅月和瑶光一同进了太子宫，宫人们皆是神色凝重，太医进进出出，听说先前连皇上都亲自来探视太子了，想必是病得极重。

琅月脸色发白，瑶光的一颗小心脏也“扑通扑通”直跳。

好不容易等到各路人马都走了，瑶光和琅月连忙直奔入内，见昏迷的东方千阳面色苍白地躺在帐子里，还是初秋，他却捂着严实的被子。

琅月心一痛，眼泪潸然而落。

“我就是随口一说，没想到你真的会落水，我不是有心咒你的。”瑶光也眼眶红红。

两个人在床前坐了一会儿，东方千阳却没有转醒的迹象，瑶光开始觉得乌云罩顶。要是他真有个好歹，自己就是历史上第一个咒死了一朝太子的罪人，心情顿时格外凄凉。

宫女拿着太医开的方子要去煎药，她自告奋勇要帮忙。在御膳房里忙活了一个上午，等她灰头土脸地端着药回来，听到屋子里有说话声，难道是东方千阳醒了？

瑶光大喜，正要推门进去，忽然听到他愉悦的声音："别哭了，我没事，只是想吓吓瑶光。"

这样生机勃勃的声音，哪里像病入膏肓！

琅月又惊又喜，忙问："太子哥哥，你没落水？"

"母后一来我这里，我便知道是你们拿我做挡箭牌，为了我可爱的妹妹，我只好装晕骗过母后，还盖了三床被子，都焐出了一身大汗。"

原来如此！

瑶光浑身燃起愤怒的火焰，她愧疚和担心了那么久，他一定在心里偷笑吧。可恶！瑶光深深呼吸了两下，忽然诡异地一笑，她转身把药倒了，回去御膳房端了另外一碗汁水回来。

"太子殿下，这是我熬了两个时辰的药，你一定要把它喝完。"看着东方千阳"虚弱"地睁开眼睛，"艰难"地坐了起来，瑶光动作温柔地将药碗递到他面前。

因为在炉火前忙碌了很久，她的脸上还留着两道乌黑的印子，笑容却格外灿烂，琅月看着她的笑，莫名地打了个寒噤。东方千阳装病装到这个份儿上，不喝药就穿帮了，他接过药碗勉强喝了一口，然后"噗"地全喷了出来。

瑶光及时避开，还一脸天真地说："良药苦口，太子一定要把药全喝下去。"

"瑶光！你是在耍我吗？这明明是胡萝卜汁的味道。"东方千阳已经面黑如炭，他瞪着汤汁的眼神，好像那是一碗毒药。

宫中上下人人皆知，东方千阳极其讨厌吃胡萝卜，已经到了跟它不可共存的地步。

“怎么会？我完全是按照太医开的药方熬的。”瑶光继续装傻，“难道我端错了？你等着。”她端着碗出去，又很快回来，眨巴着眼睛，非常诚恳地问，“你再尝尝？”

琅月也跟着劝他，瑶光熬了那么久的药，她自然希望哥哥能领情。东方千阳板着脸，视线在红到发黑的汤汁和瑶光之间打转，终于不敌那张殷殷切切的小脸，迟疑地又喝了一口。

“噗——”又是一口喷出来，东方千阳摔了药碗，从床榻上跳下来大吼：“还是胡萝卜汁！你果然在整我！”

几只乌鸦嘎嘎叫着飞过他的头顶，留下一串黑点点。

瑶光终于忍不住，捂着肚子笑得满地打滚儿：“还会生气就是病好了？这药果然有效果，哈哈哈……”

这下琅月才明白，原来是瑶光在骗太子哥哥玩儿，她也“扑哧”一声笑了。

“胆儿挺大的，我这就去告诉母后，我根本没有落水，是你在诓骗她。”东方千阳冷哼一声，抬脚就要往外面走。

瑶光的笑容一下子僵在脸上，她安静了片刻，忽然眼一翻，脸色惨白开始哼哼：“熬了一上午的药，我的头好晕……我快虚脱了……晕了晕了……晕了！”她头一歪，就这么硬邦邦直接栽倒在地上，两只鞋都飞出去了，还不忘对琅月眨眼，示意她不要担心。

一边是疼爱自己的哥哥，一边是情同姐妹的闺蜜，琅月左右为难，最终捡起地上的药碗……摸摸鼻子走了。

瑶光在地上躺了半天，没等到有人来搭理自己，脖子都快要歪断了。偷偷把眼睛撑开一条缝，只见东方千阳半倚半靠在雕花红门上，面庞晶莹，眉梢眼底含着她看不懂的情绪。

午后暖阳泻了他一身，整个人都散发着柔和的金光，堪堪是翩翩少年，风姿楚楚。她忽然脸一热，悻悻地自个儿从地上爬起来，顾左右而言他：“真没意思……后天是琅月的生日，你一定要记得去灵素宫帮她庆祝。”

东方千阳仍然面无表情，也不吭声，只是眼神变得有些奇怪。

小气鬼，骗他喝了两口胡萝卜汁，就再也不搭理自己了吗？瑶光恼了，越过他大步流星地就往外走，东方千阳一直用一种匪夷所思的眼神在目送她。

“瑶光。”在她跨出殿门前，东方千阳终于慢悠悠地叫住她。

她只觉得脸都丢尽了，回头倔强地看他，下巴高抬，一副傲娇的模样。他的声音似乎在强忍笑意：“你真的忘记自己还有一只脚没穿鞋吗？”

瑶光低头，果真看见自己一只白花花的脚丫踩在地上，她在风中凌乱了一会儿，终于气急败坏地仰天咆哮：“你早点儿提醒我会死啊！”

七

阮姑姑知道了瑶光诓骗皇后的事情，将她好生训了一顿。

“先皇后忌日时，你偷吃肉的事情，别以为我不知道！”阮明玉揪着瑶光的耳朵，不顾她哇哇大叫，继续冷声训斥，“我平时怎么教你的？见到皇后都要绕道走，你还敢在太岁头上动土，万一出了什么事，我可保不住你！”

“知道了知道了……”瑶光见风使舵，一个劲儿地讨饶，“姑姑总是生气，会老得很快的。”

“你三天两头气我，我能不老吗？”阮明玉被逗乐，松开瑶光的耳朵，葱白长指戳了她额头一记，“你是我唯一的亲人了，姑姑希望你平安长大，以后有机会了就带你离开皇宫，去过几年自由自在的日子。”

瑶光咧嘴一笑，脑子里开始憧憬离开皇宫后的生活，没有了凶恶可怕的皇后，没有了各种束缚和限制，也再也没有人议论自己是姑姑的拖油瓶，她可以做很多事情，好好孝顺姑姑。

“你就是嘴甜。”阮姑姑笑骂一声，捧出一叠衣裳，“琅月公主的生辰，姑姑缝制了两套衣裙，一套是给你的，你等下把公主的带过去。”

一听裙子是姑姑亲手缝制的，瑶光的眼皮就抽搐了下。阮姑姑虽然精明能干，但手工活实在让人不敢恭维，瑶光抖开裙子一看，果然看到歪歪扭扭的针脚，袖子还一只长一只短！

“还愣着干什么？就穿着新裙子去灵素宫吧。”阮姑姑两手叉腰，目光灼灼地盯着她，一副“你敢不领情就死定了”的模样。

瑶光吞了吞口水，不敢忤逆自家的母老虎，只好挑了那套稍微看得过去的湖蓝凤尾裙穿上，她不敢照镜子，遮遮掩掩地奔着灵素宫疾走。

“哎哟，这不是瑶光吗？衣襟都没开的衣服，你也穿出来了，没爹娘的孩子真是可怜。”那讥诮刻薄的声音，一听就是淑琴，许是那晚上哭狠了，她的眼睛还肿得像核桃一样，走路一瘸一拐的。

还没吸取教训呢，又出来兴风作浪了。瑶光腹诽，抬起头笑吟吟道：“淑琴姑姑，那三十杖的滋味如何？我还担心你年老体弱，受不住这板子呢，如今看你依然苟延残喘地活着，心里大为畅快呢。”

几个成语被她用得颠三倒四，把淑琴气得头顶冒烟：“拖油瓶，别以为你有阮明玉撑腰就无法无天，总有一天……”她狠话还没撂完，却见瑶光双眼发直地望着前方，还惊恐地唤了一声“皇上”。

淑琴吓得一个哆嗦，连忙转身就跪下磕头：“皇上饶命！皇上饶命！奴婢不是有意要侮辱阮姑姑！”她连磕了十几个头，却是半点儿声音都没有，等她抬头一看，四周空荡荡的，哪里有皇上的影子，而瑶光早就溜之大吉了。淑琴浑身乏力，跌坐在地，只是目光怨毒地瞪着瑶光离去的方向。

等到了灵素宫，瑶光那身不伦不类的衣服，果真遭到了东方千阳的挖苦，连琅月都捂嘴笑起来。瑶光幽幽道：“琅月，姑姑也为你做了衣裳，还叮嘱我说，一定要你穿着它过生辰，你可千万别辜负了她的一番心意。”

“呃……”琅月的小脸立刻垮了下去。

半个时辰后，两个人都穿上了本朝最有“设计感”的裙子，活像小叫花子一样，东方千阳看了她们一眼，绷着一张俊脸走进了内殿。片刻后，里面传来了东方千阳极其夸张的爆笑声。

瑶光和琅月两个人相对无言，唯有泪千行。

八

东方千阳敛了笑出来时，瑶光正将自己的礼物送给琅月。是她自己穿起来的粉色玛瑙手串，中间穿着一个心形的银坠子。

“一百颗玛瑙石是我攒了很久的，银坠子是我娘留给我的。祝亲爱的琅月公主长命百岁，无病无灾。”瑶光笑眯眯地给琅月戴上。

琅月感动得眼泪汪汪：“我一定会好好爱惜它。”

极其煽情的场景看得东方千阳一愣，他下意识地摸摸自己空空的衣袖，一抬头，对面四只眼睛已经望了过来。

“喂喂，东方千阳，你不会没准备礼物吧？”瑶光眉眼弯弯，眼神无辜。

他不自然地说：“我明年一并补上。”

“你去年、前年、大前年也是这么说的。啧啧，身为堂堂太子，口口声声说疼妹妹，却这么一毛不拔。”瑶光脸上那小人得志的表情，让东方千阳恨不得扑过去掐死她。

“太子哥哥……”琅月泫然欲泣，显然已经是失望太多次。

东方千阳眼皮抽搐几下，索性解下自己腰间的玉佩给她，那玉佩他戴了十几年，几乎已经成为太子的一种象征。

“这太贵重了！”琅月吓得直摆手，看到他微微皱眉，似乎不悦的模样，才诚惶诚恐地收下。

而后几个人在宫门口生火烤肉，琅月一直眼巴巴地朝外面望，盼着母妃过来陪自己过生辰，然而一直快到天黑，都不见琼妃来。东方千阳派人去打听了下，才知琼妃一早就被皇后“请”去品茶了，迟迟未归。

“皇后一定是故意的！”瑶光恨恨地跺脚。皇后最近越来越肆无忌惮，对琼妃动辄羞辱，现在还强行软禁。琅月紧紧抿着嘴，一言不发，只是掩饰不住眼底的忧心。

东方千阳说：“我去母后那里看看。”

“那你还回来吗？”瑶光追着他问，稍稍放心，有东方千阳出面，琼妃应该不会有危险。

“问这个做什么？”他不解地回头。

瑶光嘴里还含着一口肉，含糊地答道：“要是你不回来了，我就把烤肉都吃光了。”

这意料之外的答案，让东方千阳面皮一抽，气哼哼地拂袖而去。

琅月忧心忡忡地等着，好在很快就有人来递消息，太子一去，皇后就派人送琼妃回去了，只是有皇后的人在，琼妃也不能擅自到灵素宫来。

“皇后这是存心不让琼妃娘娘陪你呢。”瑶光义愤填膺，没听到琅月吭声，回头一看，却见小丫头竟然灌了两大杯酒。

“瑶光，我好想变得强大起来，可以保护母妃、保护你、保护太子哥哥、保护阮姑姑。我到底做错了什么，为什么父皇不爱我，也不能陪在母妃身边？”

许是喝醉了，她明明是笑着说这些，眼角却滑下了两行晶莹的泪珠。瑶光心里一酸，过去想扶她，两个人却一起摔坐在地上。

“瑶光，瑶光，只有你陪在我身边。”暮色四合，灵素宫门口的台阶上，琅月沾满泪痕的脸埋在瑶光怀里，用带着哭腔的声音一遍一遍低喃。

瑶光心如刀绞，她的琅月啊，虽然表面看上去柔弱卑怯，其实心里一直很坚强，从小到大受了多少苦，孤单地守着灵素宫，却从来不轻易表露悲伤，反而总是轻轻柔柔地微笑着。

五岁那年，自己初次入宫，她们手牵手走进彼此的生命。其实她一直没说，当时姑姑不在身边，凶巴巴的东方千阳看起来很可怕，是琅月的微笑安抚了她的惶然。

七岁那年，自己父母双亡，有整整三个月的时间，她们同吃同睡，琅月念书给她听，笨手笨脚地给她擦眼泪。

十二岁时，自己不知天高地厚，冲撞了皇后，皇后怒不可遏，一耳光扇过来，是琅月扑过来挡在自己面前。

“乖琅月，不哭。”瑶光抚着她的背，忆起往事，眼角也有泪意。

琅月这么善良勇敢，如果不是皇上不管不问，任由她被皇后欺负，她也不会默默无闻地待在灵素宫，而是成为一位受百姓爱戴的公主。如果可以，她真想用自己的所有，来交换她的喜乐安康。

远处的暗影里，不知何时立了一道颀长的身影，他手里拿着几页写得密密麻麻的书纸，面色复杂地遥望着两个紧紧相拥的少女。

轰隆隆一声响雷在夜空炸开，似乎有大雨欲来。

哈哈

第二章 随军出征

一

那一夜，是裴然帮忙，把喝得醉醺醺的琅月扶到寝殿里去歇息。

“多谢师父！”安置好琅月之后，瑶光对着他抱拳。

“呃，我不是……”被打断。

“师父，改天有机会教我一招半式吧！”

“我……”继续被打断。

“我要学徒手劈巨石！”

“……”

“我要学那种千里之外取人首级的武功！”

“……”

“我还要学……哎，师父你别走呀……”

琅月宿醉了一夜，是被瑶光的诡异举动惊醒的。她明明是闭着眼躺着，呼吸均匀，双手却下意识地扯了扯被子盖到琅月身上。

“瑶光？”琅月试探着轻轻叫唤了一声。

“飞马流星拳！”瑶光忽然大呼一声，一脚踹向空中，琅月险险躲开，才避免被踹下床的危机。这到底出的是拳还是脚啊？琅月呆了一下，蹑手蹑脚地披衣下床。桌子上放了昨夜裴然带来的纸张，上面是飞扬有力的笔迹，正是《博物志》缺少的那几页，她欣喜异常，痴迷地捧卷而读。也不知过了多久，瑶光惊醒，连蹦带跳地蹿出门：“师父要来教我练功，完蛋了，睡过头了！”

师父？琅月跟出去一瞧，赫然发现是裴然，晨光熹微中，他英姿挺拔，修眉朗目，比那夜更加俊朗好看。她发傻似的望着他，直至触及他含笑的目光，才想起自己还没洗漱，赶紧红着脸躲了进去。事实证明，瑶光的确是名武学奇才……什么都不会的奇才……裴然教了许久，才勉强教会她扎马步。瑶光在御花园扎得汗流浃背时，裴然跟琅月在一旁品诗论词，论着论着人都不见了。东方千阳从旁经过，见她一个人姿势扭曲地站着，诧异地问：“你中邪了？”

“走开！”瑶光大怒，“我在练功！”

“哦……”他恍然大悟，摇摇头走开，“果然是中邪了。”

渐渐地，琅月提起裴然的次数越来越多，瑶光也口口声声地嚷着师父如何如何，东方千阳终于在一个残阳如血的午后见到了裴然。当时的情景是这样的。瑶光在扎了三天马步后，终于有资格练剑了。裴然让她气沉丹田，握剑刺出，动作务必要快、准、狠。于是她大喝一声，闭上眼睛用力一挥，却忘了剑鞘还没取下。沉重的玄铁剑鞘在空中打着旋，直直砸中一个人的肩膀。

“瑶光！”那个人捡起剑鞘，眯眼看了一眼这边，咆哮着快步走过来。

看着怒气冲冲的东方千阳，瑶光惊恐地大叫：“师父救我！”

“你哪里来的师父？”东方千阳的脸更黑了。

“我师父可厉害了，能一只手劈开假山！你怕了吧？”瑶光壮着胆把裴然推出去，自己躲到了他身后。让她万分忧伤的是，裴然却恭恭敬敬地对东方千阳行了礼，然后沉默地……走开了，留下她一个人无语凝噎。

“走路无声无息，宫中竟然还有这等高手。”东方千阳望着他的背影，若有所思。瑶光看不出声息什么的，只是趁着他沉思的时候，拔腿准备要溜。

他却忽然回神，淡淡瞥了她一眼，扬长而去，只抛下一句话：“练剑就好好练，改天我要检查成效。”

关你什么事！瑶光对着他的背影挥舞了几下剑鞘，觉得总是贱兮兮的毒舌太子看起来像有心事。待去到灵素宫，发现琅月也在托腮发呆，像在思虑着什么，一桌子的菜肴动都没动。今天的菜色好丰富！瑶光悄悄地坐下来，悄悄地夹起一只鸡腿塞进嘴里，琅月终于幽幽开口：“大事不好……”

瑶光的筷子“啪嗒”掉落，哆哆嗦嗦地问：“难道这盘鸡腿里有毒？”琅月哭笑不得地否认：“是黎国军队侵略我们青国的边境，战事越来越紧张。”

“岂有此理！我们要打回去！”瑶光义愤填膺。

“战争一旦爆发，受苦的就是百姓。而且……”琅月看起来忧心忡忡，“今日御膳房来传膳，说这些菜都是父皇赐给我的，我总有种不祥的预感。”

“难道菜里真的有毒？”瑶光大惊失色。话音才落下，宫门外就响起一道尖刻的声音，淑琴走了进来：“琅月公主，皇上和皇后娘娘要见你，请吧。”

二

琅月已经不记得有多久没见过父皇了，天子之仪，不怒自威，从御书房出来时，她的双腿还有些哆嗦。等候许久的瑶光忙迎上去，以口形轻声问：“如何？”方才来的路上，她已经从姑姑那里听说，在皇后的鼓动下，皇上竟然打算让琅月随青国军队出征！青国一向有派皇子和公主上战场的传统，以示君恩，鼓舞士气，但这次让琅月一个娇弱的小姑娘去，根本是送羊入虎口！而且，派毒舌界的鼻祖——太子殿下去，不是才更能振奋士气吗？

“皇后说……”琅月的双眼没有焦距地望着她，“皇后说，区区一个黎国，还不至于派出我朝太子，还是让琅月公主去，以示黎国冒犯进攻，不过是以卵击石，皇上根本不把它放在眼里。”一语定乾坤，皇上已经颁旨下去，琅月明日就要启程。

“皇后是用心险恶，她怎么舍得太子身犯险境？自然是把你当靶子推出去！”瑶光气得直跺脚。

“闭嘴！这是御书房门口，你出言诬蔑皇后，不要小命了！跟我来。”阮姑姑疾步过来，厉声打断她。瑶光扁扁嘴，拉着琅月一起跟着阮姑姑往外走。

待到了没人的地方，阮姑姑才语重心长地道：“祸从口出，这个道理你们还不明白？公主，容我多嘴问一句，你手中是不是有太子殿下的玉佩？”

琅月正发怔，闻言从袖中掏出一直珍藏的翡翠玉佩，说：“这是太子哥哥送我的生辰礼物。”

“果然如此。”阮姑姑长叹一声，“我听说，皇后知道太子把玉佩给了你，误以为是你觊觎太子的权力而想出此计。一来皇上不重视的公主，势必会被士兵们看不起，借此羞辱琅月公主。二来，战场凶险，只怕凶多吉少。”

瑶光心里“咯噔”一声，连忙央求道：“姑姑，你帮琅月去说说情，让皇上不要派她去好不好？”

阮姑姑对着她的脑门就是一个暴栗，敲得她眼冒金星。“你姑姑不过是一个奴才，怎能插手朝政，你是要害死我吗？而且皇上心意已决，如果这时琅月公主推辞，只怕会被重重惩罚。”

瑶光气得直挠墙，进也不是，退也不是，难道只能任人鱼肉吗？

“瑶光，别说了，我决定去。”琅月的声音格外冷静，嘴角甚至含着一丝微笑，“其实昨晚太子哥哥就找过我，他说，不管发生了什么事，他都会帮我顶着，不会让我受一点儿伤害。可是，我也想保护他，如果我不去，太子哥哥上了战场，同样会有危险，我理解皇后娘娘的心情。我既然身为公主，就要肩负起一个公主的荣誉和责任。我也想要保护这个国家和我爱的人。”

瑶光呆呆回头，她一直想要保护的琅月，天气凉了担心她会冷，才转身告别就害怕她会孤单，连救猫咪都能把自己困在假山上的琅月，现在却说要保护整个国家。一定是那盘鸡腿里真的被下了毒，她已经被毒腐坏了头脑，才会产生这样的错觉。就在这样晕晕乎乎的状态里，瑶光脱口而出：“那好吧，我陪你一起去！”没关系，琅月保护国家，她可以保护琅月。

“哐当”又是一声闷响，阮姑姑赏了一个更大的暴栗给瑶光：“你脑子坏了吧！”

“就是被你敲坏的！”瑶光捂着额头泪流满面。

三

大军出征那天，琅月穿着洁白的长裙，站在高高的城楼之上，大风起，小小的她就像一只快要振翅飞走的白蝶：“我以东方皇族的尊严起誓，必当与你们同进退，请大家为了妻儿，为了家国，全力而战。”

底下千万将士有瞬间的沉默，继而是雷鸣般的呼喊声：“全力而战！全力而战！全力而战！”

瑶光困得神志不清，缩在马车上打瞌睡，突然被这震天的呼喊声惊醒，差点儿吓得滚到地上去。昨夜她宿在灵素宫，阮姑姑劝了一整晚，都没能改变她的主意，终于无奈地离去。瑶光正准备关门睡觉，却看到灵素宫外边的墙上，一南一北趴了两颗人头，吓得她差点儿屁滚尿流，当即折断一根树枝，对着空气哼哼哈嘿地乱舞：“何方妖孽！报上名来！”

“咳咳……”北边的那颗头不自在地咳嗽了一声。瑶光一听声音颇为耳熟，很像是自家师父，立即翻了个白眼：“你们找错地方了，琅月今晚跟琼妃娘娘一起睡。”两颗头便立刻消失在夜色中。果然都是来找琅月的，就没人要跟她告别，她人缘就这么差？瑶光蹲在地上流泪画圈圈。

“喂，我说你长得圆滚滚的，要是遇到危险肯定跑不快，为了小命着想，还是老老实实待在军队的后方，总之，一定要活着回来。”有人慢悠悠地朝树下走来。这一大段话，瑶光的注意力只放在“圆滚滚”三个字上面。瑶光柳眉倒竖，愤愤地瞪着缓步踱来的东方千阳，心中很有一种要将他千刀万剐抓起来剁成饺子馅儿的冲动。你才长得圆滚滚！

东方千阳在她面前站定，居高临下地望着她，手微微抬起。瑶光僵着身子不敢动，心里有涟漪微微荡开，以为那只手会落在自己的头顶。可是只那么一瞬间，他很快便收回了手，嫌弃地道：“好多头皮屑，你几天没洗头发了？”

“……”瑶光暗自翻个白眼，她就知道狗嘴里吐不出象牙来。

马车里，当瑶光第十七次问到自己的头发时，琅月都快哭了：“你的头发看上去很干净顺滑，没有任何问题，你到底怎么了？”

还不是东方千阳那个浑蛋，害得她疑神疑鬼的！瑶光叹了口气，咬牙切齿地道：“大概是胡萝卜吃少了，总觉得头发不好，等回皇宫了，要挑一箩筐胡萝卜到太子宫里去。”为什么要放到太子哥哥宫里去？琅月心头闪过疑惑，但瞧见瑶光略带杀气的表情，默默地没敢问出口。

四

琅月此行只带了两名宫女，都是皇后安排的人。在吃了两顿馊掉的饭菜后，瑶光忍无可忍，直接让她们不用过来伺候了，亲自照顾起琅月的起居。

琅月虽然从小被冷落，但也是身娇肉贵，坐了几天马车，就晕晕乎乎地吐了几天。瑶光绞尽脑汁找好吃的给她，甚至连将军尤勇藏在帽子里的一包酸梅都给抢了来。

“那是我的……”尤勇眼泪汪汪。

“你一个大男人爱吃酸梅？”瑶光一脸震惊地看着他。

他连忙挺胸否认：“那是我害喜的娘子给我的，我想留个纪念。”

“最近天气这么热，酸梅还不都坏掉了！还不如我们帮你吃，这才不辜负你娘子的一番好意，也不浪费。”瑶光循循善诱。

琅月在不远处听得一愣一愣，目瞪口呆。

尤勇认真思索了一会儿，感激道：“多谢瑶光姑娘。”

瑶光捧着酸梅回去时，琅月快笑岔了气：“你就知道欺负老实人。”

这尤勇长得人马高大，并且骁勇善战，年纪轻轻就被提拔为将军，就是有勇无谋了点儿。而另一位军师，虽然慈眉善目，却总让人觉得有点儿狡诈。

“我这是为他着想。”瑶光狡黠一笑，尝了尝酸梅，确定没有问题，才递给了琅月。她们你一颗，我一颗，两个人都被酸得龇牙咧嘴，相互被对方逗笑，总算觉得漫长的跋涉旅途不那么难熬了。

大军刚抵达边境，就遭到了黎国军队的埋伏。外面一片打打杀杀声，瑶光和琅月两个人战战兢兢地躲在马车里，大气都不敢喘一声。

一把尖刀猛地从窗口斜插进来，瑶光尖叫一声：“啊啊，我还不想死！我还有一坛腌肉没吃完！”话音才落下，就看见明晃晃的刀卡在了窗户的木栅栏中，外面的敌人正使劲地往外拔刀，拔得大汗淋漓，可不但没拔出来，他的手腕也被卡在了栅栏里。琅月已经吓傻了。瑶光急中生智，抓起一根绳子偷偷从侧面扑过去，一圈一圈地绕过去，生生把敌人的双手绑在了木栅栏上，那把刀也“哐当”掉在了地上。

那黎国的小兵本想抓两个人质立功，却没成想反倒被一个小姑娘绑了，又挣脱不得，气急败坏之下，一头撞晕在了马车上。两个人惊魂未定，尤勇已经在外面禀报道：“敌人已经被歼灭，请公主下马车。”

瑶光心一松，扶着仍然在发抖的琅月跳下马车，走了两步，忽然发现周围人都眼神怪异地盯着自己，然后是一浪高过一浪的哄笑声。

胸口凉嗖嗖的，好像少了些什么东西。瑶光低头一看，顿时窘得满脸通红，原来刚刚自己情急中抓去绑敌人的绳子，竟然是自己的腰带。竟然在几万士兵面前宽衣解带，里衣上还是姑姑绣的一只巨丑的小鸡，这下丢人丢大了……大军驻扎下来后，瑶光足足在帐篷里躲了三四天，有一次趁天黑出去如厕，遇到尤勇，他张口就问："鸡……"

"鸡什么鸡！"瑶光怒目而视！尤勇望着她风一样离去的背影，有些摸不着头脑："我只想说，今天又打了胜仗，大伙儿改善伙食吃鸡肉。"

模糊的字句透过空气远远传来，瑶光大步流星继续往前走着，头也不回，脚步不停。士可杀不可辱！被士兵们嘲笑了那么久，她才不吃鸡肉呢！她一辈子都不要再看见鸡！

五

一直到半夜三更，瑶光都很有原则地坚持了自己的立场，伙房送来的一大罐香气四溢的鸡汤，都被她推给琅月喝了，自己蒙着被子装睡。瑶光半夜里迷迷糊糊地醒来，发觉身边是空的，许是琅月去茅房了。十月初的深夜有些寒冷，不知道她衣服穿够没，会不会着凉？

等了半天不见琅月，瑶光心里越发不安，摸黑从箱子里找了件外衫，举了烛台正要点灯出去，却突然感觉门帘被掀开，随着冷风的侵入，还有一道高大的身影闪了进来。不是琅月！外面也没有站岗的将士的身影，大约是潜进军营的敌人。瑶光打了个寒噤，下意识地矮身躲在箱子旁边，朦胧中看见黑影朝着床铺走过去，挥刀用力一砍，她惊骇地紧紧捂嘴，不让自己发出声音来。

"总之，一定要活着回来。"恐惧中，不知怎么她突然想起了东方千阳的这句话。姑姑总说她莽撞冲动，但其实她在大事面前，从来没含糊过。瑶光自小没有娘亲，而爹爹在她七岁时又骤然病逝，她虽然害怕，却知道跑到皇宫门口苦求，直到侍卫心软，给阮姑姑递了消息。

瑶光微微闭眼，想起离宫前夜，锦衣玉服的少年倨傲的面庞，想起琅月站在城楼上声音清脆地说要与大家共同进退，想起姑姑的暴栗，勇气一点一滴地回到身体里。因为曾经极度崇拜裴然空手劈断石块的武功，她缠着他要学，虽然只学到了两三成，但这个时候，只能硬着头皮上了。刺客提着剑在床褥间乱刺了一通，约莫是觉得不对劲，俯身过去一看，床上果然没有人。

瑶光看准机会，腾地从角落蹿出，默默念着“我是大力神”，一记手刀劈向刺客的后颈，哪知道刺客忽然敏锐地身子一偏。劈……劈歪了……她一个趔趄，“咚”地一头撞在了床柱上。两个人的距离不过咫尺，大眼瞪小眼间，瑶光尴尬地看着对面眼神阴沉的男人：“呃……别杀我，我投降……”

瑶光壮着胆拉了拉他的衣角，拖着哭音道：“我上有高堂，下有儿女，还有瘫痪在床的相公要伺候，求求你饶我一命。”她说得声情并茂、涕泪齐下，竭力表现出怕死与哀求的姿态，要多无辜有多无辜。

那双清澈的眸子里闪着泪光，莫名地惹人生怜。刺客呆了呆，脑中迟缓地思考着，听说青国这次派了位名不见经传的小公主振奋士气，身边只带了两三名小宫女，她身世这么可怜，也许不是青国人？犹疑间，直到瑶光突然举起软乎乎的小手狠狠砸向自己，他竟都没反应过来。

确定刺客晕了过去后，瑶光抹把汗，松了口气。前面一招釜底抽薪，后面一招哀兵之策，都是琅月读兵书时教过自己的。要是这些都还搞不定……她遗憾地从袖中摸出一包辣椒粉，这是临走时，姑姑留给自己防身的。

“对……对不起啊，你可别怪我。”瑶光抓起烛台又狠狠敲了他几下，然后才找了麻绳，将刺客捆了个利索。她在他身上上下摸索了一番，居然翻出一块铁牌，这玩意儿她在尤勇手里看见过类似的，是号令三军的兵符。

呃……被她砸晕的刺客竟然是黎国的统帅！堂堂一位统帅居然亲自来做这种偷袭的小事！瑶光受到了惊吓，她将刺客的面巾拉下来仔细一看，啧啧，长得还挺人模狗样的，颇有几分面熟。像谁呢？她以手支额，趴在桌案上盯着昏死的男人，刚刚一番精疲力竭地折腾下来，顿时觉得眼皮重如千钧。眯一下下就好，抓到敌方的统帅是立功之举，琅月知道了一定会很开心，只要她们把这个人交给尤勇，她亲爱的琅月就再也不会被人看轻了。

等琅月回来……帐篷里静悄悄的，趴在桌子上的少女已然沉睡。

八

瑶光这边经历了一番生死搏斗，而琅月那边的情况同样惊险。

兴许是水土不服，或者吃坏了肚子，她今晚接连跑了六七趟茅房。回来时顺道去了一趟小厨房，想给瑶光带点儿吃的回去。经过主将的帐篷时，里面灯火通明，似乎还有轻声交谈的声音，她隐约听到了“皇后”两个字。

此番行军，所有大小事一律是向父皇禀报，为何皇后会干涉其中？琅月心里疑虑丛生，忍不住偷偷靠近帐帘外细听。

“对一个十几岁的小姑娘痛下杀手，对方还是公主，我做不到。”尤勇愤愤地一拍桌子。

“琼妃已经被皇后软禁，皇后除掉她们母女是早晚的事情，你想想你家中的娘子，如果不按皇后的吩咐办事，我们都要吃不了兜着走。反正我已经在鸡汤里下了泻药，那瑶光看起来古灵精怪，不好对付，这泻药够她受的，今晚正是动手的好时机。”军师的面孔一半隐在阴影中，看起来格外狰狞。

琅月脸色惨白，只能死死地咬着下唇保持镇定。夜风一阵一阵袭来，她在寒风中瑟瑟发抖，心头一片惶恐。母妃被软禁了，皇后还要置自己于死地……她明明没有做错什么，为什么从小到大一直遭受皇后的迫害？她一直心心念念要保护自己爱的人，到头来，可能连自己的性命都保不住，还要连累瑶光。

琅月不知道自己是如何回到住处的，只想着快点儿叫醒瑶光，她们不能坐以待毙，必须快点儿离开这个地方。才走近帐篷，就听到里面有咒骂声，琅月生怕瑶光有闪失，连忙跑进去一看，才发觉一个陌生男人被五花大绑在地上，而瑶光趴在那里睡得口水直流。

“快放了我！我是黎国的大皇子！你们若是敢伤我一根毫毛，黎国的军队必定会踏平你们青国！”刺客以一种滑稽的姿势在地上扭动着。

方才瑶光睡到一半醒来，以防他逃跑，竟然将他的左手跟右脚捆在一起，而右手绑在了脖子上，最后剩下的那只左脚……被吊在了床柱上。

琅月本来惶惑不安，一瞧他这样子，也有些忍俊不禁。桌案上的兵符吸引了她的注意，她不由得多看了几眼那正在咒骂不停的男人。

黎国的大皇子，又是敌军统帅。一个念头倏然划过琅月的脑海，烛火燃尽，突然熄灭，她站在黑暗中，心中天人交战，对刺客的咒骂恍若未闻。

“公主？”外面似乎有脚步声徘徊，琅月绝望地想，也许是尤勇终于要动手了。她抓起烛台，对准刺客的头用力砸了过去。

“又是这个烛台！”刺客气急败坏地咆哮一声，无奈地又晕了过去。

“来人！有刺客！”琅月尖叫起来，她抓起兵符往外跑，脚步凝滞了一下，拿起一旁的枣色外衫遮盖住了瑶光。

“公主，发生了何事？”尤勇很快带着人过来，无数火折子照得帐篷里一片大亮。琅月暗暗深吸一口气，稳住心神道：“这个人是黎军的统帅，方才进来刺杀我，被我打晕了。”声音惊动了整个沉睡的军营，越来越多的士兵拥了过来，尤勇带着人把刺客抬出来时，大家费力地在扭成麻花的手腿中找到了他的脸，一时间众人哗然。

“果真是黎军的统帅！”

“公主威武！公主是我青国的骄傲！”

所有的士兵齐刷刷地跪了下来，景仰地望着这位名不见经传的公主。尤勇憨厚的面容上现出片刻的挣扎，最终毅然地屈膝在地。

尤勇善良温厚，本就对自己没有敌意，如今有了这次立功，三军将士都将对她刮目相看，她不再是别人眼里软弱的公主，大抵尤勇是不会再对自己动手了，只是瑶光，对不起，占了本来属于你的荣耀。琅月在心里愧疚地道。

“唔……好吵……”瑶光揉着眼睛，迷迷糊糊地从枣色外衫中钻出一颗头。站在门口的琅月微微侧身，对瑶光比了个“嘘”的动作，小声地说道：“我们又打了胜仗，没事，你继续睡吧，我去……茅房……”

“那个……”瑶光睡眼蒙眬的，想起还有事情没说。因为心虚，琅月的脸红彤彤的，可看在瑶光眼中，却在感叹，人有三急，还是等下再说好了。

琅月步履轻快地走出去，风吹起她的白色裙角，整个人越发显得出尘脱俗。天色已经渐渐亮起来，绯红的霞光中，她对着千万将士微微笑起来，眼神坚定，美得像浴火重生的凤凰。

从这一刻起，仿佛有什么东西不一样了。

第三章 错把皇帝当太监

一

瑶光这一觉不知睡了多久，她是被饿醒的，迷迷糊糊地走出帐篷，才发现战争已经以迅雷不及掩耳之势结束了。

统帅被擒，兵符落入青国，黎国不战而败。

黎国大皇子被绑成粽子，尤勇将军拿着黎国的兵符，以皇子的性命相要挟，叱令对方立即退兵。而黎国人也没想到，好大喜功的大皇子，竟然不顾幕僚的劝阻，冲动地跑去偷袭敌营，最终落得被一位小公主制伏的下场。

各种小道消息漫天飞舞，大家都在议论着琅月公主如何英勇擒敌——莫非自己昨晚做了一场梦？明明跟刺客搏斗的人是自己啊。瑶光回头望一眼空荡荡的帐篷，心头难掩疑惑。

瑶光出去转了一圈，没找着琅月，跑去问尤勇，才知道琅月公主已经先行回宫，向皇上禀报消息了。

“尤将军啊……”瑶光斟酌着问，“昨天晚上到底发生了什么事情？”

尤勇脸上露出一种很复杂的表情，就像是平白捡到了一头烤猪，结果它却自己撒腿跑了，遗憾又释然。

“瑶光姑娘昨晚拉肚子，一定不知道公主的帐篷里发生了什么，敌军的统帅夜袭公主，还好公主智勇双全，把他给拿下了。”

瑶光匪夷所思地望着他：“我昨晚拉肚子了？”

尤勇用纯真迷茫的眼神回望过来："难道不是？"

她又随手拉住一名小兵问："你们抓住的敌军统帅呢？"

小兵害羞地将自己的手抽回来："当然是送回黎国了，黎国已经签了停战书，还答应以城池交换。那个人可是黎国的大皇子，我们不敢怠慢。那大皇子一直在叫骂着要找琅月公主报仇，我们公主在帐篷里单打独斗就能擒下他，才不会怕他呢。"

"在帐篷里擒下他的，真的是琅月？"她觉得自己一定是还没睡醒。

"当然是。瑶光姑娘，你昨晚拉了一夜肚子，难怪不知情。"

她再度目瞪口呆："谁告诉你我拉肚子了？"

小兵老实道："大家都这么说啊。"

所以全世界只有她一个人不知道自己昨晚拉肚子了？

回宫的路上，瑶光脑筋都快纠结成麻花了，她只想快点儿见到琅月，早点儿解开这个天大的谜团。

二

皇宫里面很热闹，瑶光没来得及去跟姑姑报个平安，先跑去了灵素宫，可灵素宫大门紧闭，她敲了半天门，才有陌生面孔的宫女出来冷冷转告，琅月公主有事要忙，不见任何人。

晴天霹雳！瑶光才不相信，她想琅月一定是遇到什么麻烦事了，不然怎么会不肯见自己？也许是皇后又耍了什么阴招。

"我叫瑶光，是公主的好朋友，烦劳姐姐再通报一声。"瑶光赔着笑脸。冷冷的宫女鼻孔朝天"哼"了一声，扭身甩给她一个背影。

瑶光愤愤地回到自己的屋子，心想自己好歹从九死一生的战场回来，兴许能得到母老虎姑姑难得的宽慰。不料屋子里静悄悄的，她等到两眼发黑，阮姑姑才风风火火地回来。

瑶光扑上去想撒娇，却被阮明玉一掌挥开："皇上明晚给琅月公主办庆功宴，我这两天不得空。坛子里还有腌肉，你自己看着办。哦，对了，我吃了一点点。”

坛子里的腌肉不是自己私藏的宝贝吗？姑姑是怎么知道的？瑶光赶紧扒拉出坛子，一看里面只剩两三块肉了，只觉得眼睛一花，忍不住迎风泪流。

瑶光终究不放心琅月，趁夜深人静时，偷偷地跑去灵素宫打探情况。可当她奋力翻上墙头时，屋子里有几位笑盈盈的姑娘走出来，为首的那个正是琅月。

琅月穿着镶着珍珠的白色长裙，莹澈的容颜仿佛中秋明月，飞扬的眼眉如清晨着露的花，一颦一笑间，风韵无限，她道：“多谢姐姐们来看我。”

“我们是亲姐妹，以后要常常走动才好。你一个人住在这小院子里，又不在琼妃娘娘身边，也着实委屈了。”

琅月低头腼腆地一笑：“父皇已经答应我，明晚庆功宴过后，我便可以搬去跟母妃小住一阵子了。”

琅月不是不见任何人吗？望着她跟别人言笑晏晏的画面，瑶光心里酸溜溜的。

一阵兴高采烈的欢呼过去，公主们各自散去，琅月在门口静静站了一会儿，忽然间抬头往宫墙望了一眼。

瑶光躲闪不及，只呆呆地望着她。四目相对了片刻，琅月飞快地回了屋子。

琅月竟然避而不见自己？她一阵失神，大意之下，“扑通”从墙上摔了下去，好在一路有树枝托着，没摔成肉饼，只是腿上被刮出了数道血痕。

呜呼哀哉！瑶光龇牙咧嘴地躺在地上，明明受伤的是腿，可想起方才琅月复杂的神色，整颗心都是冷的，就像秋夜里的泉，一汪透心的凉。她轻轻合上双目，情愿过去这几天发生的事情真的只是一场梦。

月上中天时，瑶光才一瘸一拐地往回走。走到自己屋子门口又不敢进去，被姑姑看到自己破破烂烂的裙子，少不了又要遭到训斥，正在叹气时，望见窗下杵着一道黑影。

“小贼哪里跑！”她低喝一声，张牙舞爪地朝他扑过去，这番动作扯痛了腿上的伤口，登时痛得她龇牙咧嘴，好死不死地扑进了正转身过来的那个人怀里。瑶光眯起眼睛抬头打量了下他，竟然是东方千阳！

“你怎么在这里？”瑶光诧异地问。

夜色中，他长睫忽闪，眼神清亮，轻哼一声道：“白天事情繁忙，晚上过来找你，却看见你在灵素宫外鬼鬼祟祟。”

他一直跟着她？那自己掉下墙，又哭得惨兮兮的样子不是都被他看了去？瑶光很想杀人灭口，他却忽然蹲了下去，将她的裤脚挽起，掏出金疮药撒在她伤口上。她抽着凉气说：“疼……疼死人了！轻点儿轻点儿！”

东方千阳毫不留情地按了按她的伤口：“忍着！”

她仰起头，不顾形象地大哭……她这是造了什么孽啊，怎么就这么惨呢？被姑姑嫌弃，被闺蜜背叛，又被浑蛋太子羞辱！亲爹亲娘啊！他们的在天之灵怎么也不保佑保佑她啊！

三

举办庆功宴这晚，皇宫的气氛格外热闹。

瑶光走到东边，听到宫女在兴奋地谈论，皇上决定把窖藏了数十年的老酒赐给公主。

她走到西边，看见琼妃娘娘仪态万千，前呼后拥而过。她走到南边，举办庆功宴的宫殿前张灯结彩，无比奢华。她走到北边，北边……是小池塘，无路可走。

瑶光杵在鱼藻池旁发呆，郁闷、烦心、揪头发。有人抱着一坛子酒从瑶光身后走过，一身青衣，似乎是名太监。

“你给我站住！”她回头大喝一声。那个人愣愣地望着她，一脸惊讶之色。

“那坛酒给我！”她颇有气势地叉腰命令，今儿心情不爽，她决定做一回恶人。打劫，喝酒，解千愁！

“这……不好吧？”青衣太监迟疑着说。

没唬住他？瑶光眯起眼打量着太监，看起来是而立之年的岁数，五官硬朗，许是在宫中颇有些资历，根本不把她这名小宫女放在眼里。

“有什么不好！”她努力学着皇后的凶狠模样，开始放狠话，“知道我姑姑是谁吗？她是皇上的奶娘，是皇上跟前的红人，我最好的朋友是琅月公主，我还认识太子，你要是得罪了，我就……”

就……就怎么样呢？青衣太监挑眉，等着她的下文。

瑶光半天没“就”出来，被他看得很心虚，一跺脚嚷道：“总之你把酒给我！”末了，又贼兮兮地说道：“你把酒给我，我跟你交换个秘密。”

“秘密？”他似乎来了兴致，思索了一下，爽快地把酒给了她。

瑶光揭开盖子，学着书中江湖儿女的模样，仰头灌了一大口，登时咳得惊天地泣鬼神。

“这是窖藏了二十年的贡酒。”他同情地望着她。

不远处，似乎有一队侍卫要过来，青衣太监轻轻挥了挥手，那些人立刻悄无声息地退了下去。

“果然是好酒！”虽然不知道到底有什么厉害之处，但瑶光意思意思地夸了一句。

青衣太监微微一笑：“姑娘，你答应我的秘密呢？”

秘密？瑶光脑子有点儿迷糊，一拍脑袋，神秘兮兮地凑近他：“我的确有一个天大的秘密。”

那个秘密里，她做了一场荒唐的梦，梦到自己竟然打赢了统领五万大军的敌军将领，可是功劳被自己闺蜜抢走了。

闺蜜终于扬眉吐气，从不受宠爱的小公主变得光芒万丈，而自己，还在期盼着她仍然把自己当成最好的朋友。

“明明自己都受人欺负，却还说想尽一位公主的责任，想保护这个国家，还有所有她爱的人。你说好不好笑？”瑶光又灌了一大口酒，眉飞色舞地说起自己和琅月一起长大的糗事，唯独只字不提那个太过清醒的梦。

“是很好笑。”青衣太监点点头，若有所思。

“我的秘密就是，不管她想保护什么，我都只想保护她。不管她做了什么，我都支持她，哪怕她做错了事，我也会原谅她。”瑶光觉得全身发软无力，渐渐地像一条泥鳅般滑坐在了地上，她把酒坛子往地上一摔，“不喝了！什么破酒！”

青衣太监望着她孩子气的模样，忍俊不禁，然后又摇了摇头，虽说是阮姑姑的侄女，他却也只在多年前见过一次，隐约记得她幼时的模样，如今竟长这么大了。思绪一转，仿佛想起了被自己遗忘已久的小女儿。

曾经因为琼妃跟先皇后十分相似，他对她百般宠爱，可在午夜梦回间，又觉得自己亵渎了对先皇后的爱，便借着琼妃父亲犯错的缘由，刻意冷落了她们母女，却又因愧疚，没有褫夺琼妃的封号。

他浑然不知，自己这起起伏伏的心思，会影响到琅月一生的命运。真是委屈了那孩子，难为她还心怀天下苍生。

“皇上，庆功宴的时辰到了，琅月公主已经在等候。”手持拂尘的太监疾步过来，“您怎么亲自来取酒了？这等小事，吩咐奴才们去做就是了。”

“这酒……是朕曾经亲自为先皇后酿的，不过是想借着取酒这会儿，一个人静静地思念她。罢了，朕这就去。”他叹息一声，走了两步，又指着地上昏昏欲睡的瑶光，道，“这是阮姑姑的侄女，等下你吩咐人把她好生送回去。”

“奴才遵命。”太监跟着皇上到了庆功宴，随口把这件事吩咐给了皇后身边的淑琴。

淑琴听说是皇上吩咐的事情，自然不敢怠慢，立刻去了鱼藻池。可当她瞧见那醉醺醺的人是瑶光，前几次被瑶光羞辱的新仇旧恨涌上心头，竟趁着周围没人，一脚把瑶光踹下了鱼藻池中。

小小的白色身影扑腾了两下，便无声无息地消失在了水面。

四

“咕噜，咕噜咕噜……”

淑琴做贼心虚地逃走之后，瑶光四仰八叉地躺在水池里，这池中的水不过刚及小腿，里面养了好些珍贵的锦鲤，宫女们每日会换上新鲜的水。被冷水一泡，她的酒意已经醒了大半，恍恍惚惚地想起自己抢了一名太监的酒喝，又被人一脚踹下了水池。

岂有此理，要是被她知道是谁踹的她，一定反踹那个人十次报复！水下有一块凉凉滑滑的石头，她将头枕在上面，看着繁星渐渐布满深邃的夜空，思绪开始漫无边际起来。

她的琅月，是不是也像那些星星一样，已经去了一个自己永远触不到的地方呢?

“瑶光！瑶光！”有人喊着她的名字从石桥上走过，瑶光眨巴着眼睛，直到那个人走近了，才认出是东方千阳。她咧了咧嘴角，“嘿嘿”一笑，悄悄地挪到石桥下，猛然伸手抓住了他的脚。

东方千阳不提防被暗袭，运力抬起脚挣脱，只听见一声惨叫，水花四溅里，他弯腰一看，本来就拧着的眉毛快要皱成一团了。

他把她从水里捞出来，冷着声训斥：“都多大的人了，还在玩水！”他过去闻了闻，语气森寒：“竟然还喝酒了？”

她睁大眼睛，鼓着腮帮子，无辜地看着他。

“说话！”

“我是被人踢下去的！”瑶光扁扁嘴，含着的一口水“噗”地全喷到他脸上，看着他黑成锅底的脸色，捂着肚子乐不可支，“是你逼我的。”话音才落，就接连打了三个喷嚏。

东方千阳没好气地道：“着凉了吧，活该！”

瑶光还没反应过来，东方千阳已经背过身去，冷冷地道：“趴到我背上来，我背你回去。”

“啊？”她嘴巴张成“O”形，虽然极度受宠若惊，但还是不敢再惹恼他，老老实实地趴了上去。

池中清水自小桥下漫过，天幕上浮着几朵淡墨的云。少年少女轻声细语说话的声音，被云朵带去了很远的地方。她戳戳他的肩膀，打了个酒嗝问：“今晚不是给琅月举行庆功宴吗？你怎么没去？”

“你跟琅月闹别扭了吗？”他不答反问。

背上的人有一瞬间的僵硬，然后说：“我今天做了一件坏事，抢了一名太监的酒喝，他也不生气，只要我拿一个秘密跟他交换。”

东方千阳忽然扭过头，高深莫测地看了她一眼，她心中顿时大鼓擂动，结结巴巴地道：“你……你看我做什么？”

“那名太监，你说的太监，是我父皇。”

皇上在宴席上，忽然问起东方千阳是否认识一个叫瑶光的姑娘，说起自己心血来潮，亲自去酒窖取酒一事，结果碰到了活泼有趣的她。东方千阳嘴角抽了抽，不放心地来亲自寻瑶光了。

啊？啊啊啊？啊啊啊！

瑶光回想自己的惊天壮举，只想一头撞死在他的背上。

因为身份悬殊，平时她只能远远地瞧皇上一眼，并不知晓他长什么样子，万万没想到，自己有眼无珠，竟然把他当成了太监。

救命啊……她顿时涕泪齐下。

当晚回去，瑶光便病了，又是喷嚏又是鼻涕，东方千阳一脸嫌弃，却还是命人请了太医来，一直照顾她到阮姑姑回来才离去。

太子虽然偶尔面瘫，偶尔毒舌，但还是良心未泯的。下次就不骗他喝胡萝卜汁了，她十分善良地暗自决定着。

五

翌日早晨，瑶光的高烧才退下去，迷迷糊糊中听到姑姑的河东狮吼，登时吓得虎躯一震，一个翻身就滚下了床。

“阮姑姑，求你让我去看看瑶光。”

瑶光听见软软糯糯的声音在门外哀求着，熟悉到几乎让她心颤。

“琅月公主，我们瑶光高攀不起你，你还是请回吧。以后不要再来找她了。”姑姑已经在极力压抑着怒火。

瑶光不明白发生了何事，明明以前姑姑对琅月就如对待自己一般啊。

面对凶悍的阮姑姑，琅月只是一个劲儿地恳求想去探望瑶光。

“公主，瑶光自小爹娘双亡，她跟你一起长大，待你如何，你自己心中清楚。就连你要上战场，她也犯傻要陪你去。”阮姑姑的声音越说越冷厉。

琅月一直不吭声，偶尔有小小的啜泣声传来。

“她自从回到宫里，一直不大对劲，但我一直在为你操办庆功宴，也没太上心。昨晚她是病糊涂了，才昏昏沉沉地说了一些事情。她傻，我可不傻，这世上真心疼她的人也只有我了。公主，我言尽于此，你还是请回吧。”

完了完了！瑶光哀号一声，竟然被姑姑知道了！

不管阮姑姑话说得多难听，琅月一直在低低地哀求着：“求你让我看看她，我只要看看就走。”

“走啊！”阮姑姑似乎是用力推了琅月一下。

屋子外的琅月泣不成声，屋子里的瑶光同样眼泪汪汪，她拉开门，扑过去挡在琅月身前：“姑姑，我生病时口不择言，都是假的，你千万别误会琅月。”

“你！我不管你了！”阮姑姑柳眉倒竖，见瑶光脸色苍白，神情却是倔强无比，只好恼怒地走了。

“瑶光，是我对不起你，我当时偷听到尤勇和军师密谋要杀我，皇后软禁了我母妃，我为了救母妃，才立功心切，抢了属于你的功劳自保，你原谅我好不好？”琅月从后面紧紧抱住瑶光，哭得上气不接下气。

她的手正圈在瑶光胸前，瑶光快要被勒得断气，只好跟着她一起哭：“我……绑了那个人，本来就是想要帮你……立功的，我真正伤心的，是你回宫后一直不理我……”

“我一直很愧疚，不敢见你。呜呜呜……”

琅月哭得更伤心了，这几日对她而言，又何其煎熬，每时每刻都想去找瑶光忏悔，然而母妃一直在皇后手里，她不敢坦白，好不容易熬过了庆功宴，却突然得知瑶光病了，慌得她半夜赶过来，踌躇许久，天亮了才鼓起勇气敲门。

看琅月这么柔柔弱弱，手劲却不小，瑶光快要翻白眼了，终于咆哮着打断哭得正认真的她：“能不能先放开我？我快要被你勒死了！”

“对不起。”琅月连忙松开手，眼眶含泪，又怯怯地拉了拉她的衣角。

“哭得这么丑，以后千万别哭了！”瑶光故意板起脸，凶巴巴地道。

是原谅自己了吗？

琅月鼻尖一酸，明明又想哭，却努力露出了一个灿烂的笑容。

第四章 闺蜜情变

一

御花园里，一群小宫女围着瑶光，面露崇拜之色。

“哈！”

“喝！”

“哼！”

她对着空气舞剑，嘴里连喝几声，缓缓将宝剑抽回，立定，长吐一口气。

“你们看。”瑶光随手一指不远处的花丛，四十五度昂起头，傲娇地望着天空，模仿书上侠女的风姿。

众人一脸茫然。

“咳咳……”瑶光尴尬一笑，“我的剑气如此厉害，没看见那边有几根草断了吗？”

“哦……”众人恍然大悟。

有人疑惑地嘀咕：“那是我刚刚不小心踩坏的。”

“呃……”

短暂的沉默后，大家都借口有事，纷纷散开了。瑶光挥手目送她们，满脸神伤之色，她其实也很想跟裴然多学几招真功夫啊，可是琅月向皇上请求，把裴然调去做她的护卫，裴然再没有时间教她练功，她成为一代侠女的梦幻就此破灭。

而自从琅月搬去跟琼妃同住后，琼妃喜静，瑶光也不便常去打扰。唉，人生真是寂寞如雪。她哀号一声，果断决定去骚扰东方千阳。

“她去的是太子宫的方向，公主何不一起去？”

不远处，两道人影静静地望着瑶光的背影，站在后面的裴然温声开口。

琅月绞着手指，有些踌躇，其实瑶光生病那晚，自己偷偷跑去看他，阮姑姑当时还没回来，她亲眼看见太子哥哥气急败坏地宣太医，又温柔地给瑶光拭去冷汗。

瑶光哭闹耍小孩儿脾气，太子哥哥无奈地哄着她。瑶光糊了他一身的口水鼻涕，太子哥哥也完全不恼怒。

当时细心照顾着瑶光的太子哥哥，让琅月大为震动，她突然觉得仿佛瑶光才是他的亲妹妹。琅月怔怔地站在冰凉的月光之下，根本迈不动脚步去打搅他们，深夜微凉的风一直吹进心里。

“公主有没有想过。”裴然忽然开口，“也许有一天，瑶光会把你抢了她功劳的事情，宣之于众。而且，她和太子殿下关系密切，万一他们联合起来对付你……”

“不会的！不可能！”瑶光立刻打断他，涨红着脸反驳，“太子哥哥不会伤害我的，瑶光更不可能背叛我。”

裴然向前走两步，站定在她面前，瞳中倏地腾起一团幽火：“公主，太子毕竟是皇后的亲儿子，知人知面不知心，你怎么知道他心里真正向着谁？还有，当日瑶光入宫籍时，虽然是你帮她求情，但皇上是听了太子的话，才恩准了这件事，她更应该感激的人，是太子。”

琅月不肯相信这些话，也不愿再听。她把那么多往事倾诉给裴然听，是因为真心把他当朋友，却不能任由他质疑自己最亲最爱的两个人。

“琅月，其实你心中已经有了答案，只是不愿意面对而已。”

琅月孩子气地捂着耳朵跑开时，裴然的声音仍然清晰地传来，一字一句如万蚁噬心，让她惶然不安。她步履踉跄地回到了母妃那里，未料还没进门，就听见清脆的一声巴掌声。

“你的妃位只是有名无实，你以为就凭你那个没出息的女儿立了点儿小功，你们母女就能翻身了？莫要嚣张，本宫告诉你，你们的苦日子还在后面！”

琼妃没有吭声，琅月只隐约听见低低的啜泣声。

琅月站在门外不敢进去，死死地咬住下唇，眼泪扑簌簌地掉落。是不是她仍然不够勇敢，才这么怯弱？如果能够真正变得强大，变得光芒万丈，才能保护母妃，也不会担心瑶光和太子哥哥离开自己。

那清雪一样的容颜隐匿在背光的角落，她抬起袖子拭着不断滚落的泪水，也掩藏起了满心伤痕。

二

瑶光觉得很忧伤。虽然琅月又住回了灵素宫，可瑶光去找她时，十次有九次琅月在研习兵书或是《资治通鉴》。

灵素宫里的书堆得比外面的假山还要高，瑶光悻悻地伸手一戳，“哗啦啦”地倒了一地。而这么大的动静之下，琅月依然捧卷沉思，毫无所察。瑶光被她打败，只好爬到桌案下面，一本一本地收拾好这些琅月的宝贝。

外面忽然传来嘈杂的脚步声，拉拉杂杂地来了一大堆人，瑶光好奇地探出头，一眼就看到为首的……青衣太监。

咳……不对，是皇上！他穿着金色龙袍，看起来极为威严。想起那天自己竟然胆大包天地抢劫皇上，瑶光吓得急忙缩头，“砰”的一声就撞在了桌顶上。

痛痛痛！她瞬间飙泪，真是自作孽不可活……好在琅月正慌乱地起身给皇上请安，没有人注意到这细小的声响。

皇上挥手屏退下人，和善地问琅月：“最近都没去给你母妃请安，专心在读书？”

琅月低头：“母妃最近身体不好，我不能去搅扰她，正好有时间多看一些书。”

皇上向前走一步，微微倾身，扫了一下书的名目，脸上浮出赞许的笑容：

“欲明德于天下者，皆是怀着修身齐家治国平天下的理想，我的小琅月，原来也有这样博大的胸襟。”

难能可贵地得到皇上的夸赞，琅月羞涩地低头，目光落在书案下，看到了蠢蠢欲动的一道身影，顿时吓了一大跳。

瑶光心里也是冰火两重天，皇上刚刚慢悠悠地迈出那一步不要紧，好死不死就踩住了她的衣袖。

她整个人蜷缩在桌案下，完全动弹不得，而且艰难地拉扯了半天，皇上的脚仍然纹丝不动。

琅月假装蹲下身，掸去鞋子上的灰尘，对瑶光挤眉弄眼。

——你快出来。

瑶光抓狂地挥动衣袖，一脸要哭的表情。

——我的衣袖被踩住了！

“朕最近有一个困惑。”任凭那两个人之间风起云涌，皇上依然气定神闲地站着，怎么都不挪动一下脚步。

“父皇请说。”琅月直起腰，抹去额上的冷汗。

“当初你擒住了黎国的大皇子裴钰，黎国答应用两座城池，以及永不开战来赎回他，可是这几天，边关频频来报，黎国的士兵仍然在不断挑起争端，试图开战，你说，朕该怎么办？”

皇上第一次开口问琅月对政事的看法，说明已经很看重她。可是琅月现在顾不上欣喜，瑶光正在桌子底下炸毛，万一她冲动之下闯了祸，惹得皇上不悦，可是要被责罚的。

“琅月觉得……”她结结巴巴，浑身冒冷汗。站在她的位置，正好可以看见桌案底下，瑶光只露出一双手挥舞着，好几次都险些一拳挥中皇上的膝盖。

“嗯？”皇上挑眉看着她，一副侧耳聆听的模样。

“我觉得……父皇要不要去屋子里坐坐？”琅月的小脸皱巴巴的急得都快哭了。

“无妨。这里空气好。”

皇上呵呵两声，皮笑肉不笑得让琅月有些胆战心惊。她仔细思索了一下，温声说道：“大将军尤勇是可堪重任之人，父皇不妨派他驻守边关，凡是谁横生事端，只要在我青国境内，按我青国律法严惩，绝不放过一人，长此以往，那黎国也不敢再惹事了。”

皇上摸了摸下巴，似乎陷入了深思。

琅月第二次弯腰掸灰，对着瑶光努嘴。

——你不要冲动。

瑶光瞪着皇上的脚，像瞪着一个不共戴天的仇人，她对琅月露出了悲伤万分的表情。

——我的腰都快断了！

“你说得很有道理，朕也有此意。朕很欣慰，你的胸襟谋略，都不输给千阳。”皇上呵呵一笑，似有所指。

“父皇，我绝对没有跟太子哥哥争抢的意思。何况我一介女子，要说心愿，也只是想要努力变得优秀、强大，能够保护自己所爱的人。”琅月急忙辩解，生怕皇上误会自己有野心。为了皇权骨肉相残，这是宫中大忌，也是曾被兄弟背叛的皇上最痛恨的。

他们父女相谈甚欢时，桌案底下的瑶光却郁闷得想吐血。那只脚就像跟她有仇似的，任凭她如何使劲，都稳如泰山。

瑶光腿麻了，手抽筋了，脑子要爆炸了，额上的青筋一根一根噼啪断裂。忍无可忍之下，她使出浑身力气一扯衣袖，打定主意大不了那截衣袖不要了，没料到皇上在这个时候突然抬起了脚。

只听到“砰”的一声巨响，力道失控之下，瑶光重重往后面栽去，放满了书的桌案被她整个掀翻在地。她鼻青脸肿地趴在地上，看了看瞠目结舌的琅月，又看了看紧锁眉头的皇上，半是惶恐半是委屈，竟然一张嘴“哇”地哭了起来。

“怎么样，伤着了哪里？”

琅月回过神，忙过来查看她的伤势，又跪下去向皇上请罪：“父皇，瑶光只是莽撞了些，不是有意冲撞父皇，请父皇明察。”

皇上冷哼一声，面露威严：“明知道朕在这里，还躲在桌子底下，当着朕的面掀翻桌子，欺君犯上，这可不是莽撞，朕要重罚！”

哈？他早就知道自己在桌子底下了？那居然还踩住自己的衣袖！小人！瑶光腹诽。

“即使你姑姑是朕的奶娘，即使你跟琅月公主是闺蜜，即使你还认识太子，朕——”他顿了顿，“也不能轻饶你。”

完了完了，皇上果然是在记恨自己把他误认为太监，还抢了他的酒喝的事情。瑶光伏在地上，听得眼神呆滞，一滴眼泪还挂在睫毛上，颤巍巍的都不敢掉下来。

吾命休矣——

跑了一遭战场回来都没事，现在却要因为得罪皇上被处死了，她顿时悔得连撞墙的心思都有了。

“琅月，我死后，记得帮我照顾姑姑。”她扑过去抱住琅月。

“呃……”

“你要记得按时吃饭，天冷加衣，凡事别太逞强。”

琅月眼眶也是一红。

“至于那个浑蛋太子，等我死后，你替我送一碗胡萝卜汁给他，免得他太思念我。”

“……”

已经被彻底无视的皇上终于忍不住咳嗽两声：“那个……朕只是开开玩笑……”

“还有还有，要多给我烧点儿肉吃，我怕黄泉路上会饿……什么？吓吓我？”她口若悬河地交代了半天，才突然反应过来刚刚皇上说了一句话。

只是在开玩笑？瑶光觉得脑门上有什么突地跳了一下。

“你有意见吗？”临走前，皇上轻飘飘地瞥了她一眼。

瑶光连忙从地上爬起来，泪眼蒙眬地望着他：“毫无意见！能被皇上开玩笑，是我的荣幸！”

皇上瞧着她那明明怒火冲天，却还赔着笑脸的滑稽相，终于忍俊不禁，哈哈大笑着离开了灵素宫。

琅月垂着头站在一旁，一直没有吭声。她努力了十四年，都无法得到父皇的一个笑容，而瑶光可以这么轻而易举地做到。难道自己做得还不够吗？

三

皇上亲自摆驾灵素宫，跟琅月公主探讨政事，还对她的看法大为赞许之事，很快便传遍了皇宫。

裴然暗中提醒琅月，小心皇后再耍手段对付她们母女，也要提防瑶光故意跟她争夺皇上的宠爱。琅月这次没有出声反驳，只是惴惴不安地过去陪琼妃。

于是眼巴巴地跑来灵素宫的瑶光又扑了个空。正是秋去冬来的时节，园子里花草凋敝，瑶光无聊地转了一圈，顿觉满目萧瑟，便去了内务府要盆栽，却得知所有的盆栽都被送去了皇后宫里。

“那琅月公主最爱的水仙花呢？”瑶光不死心地问。

内务府的公公正在低头翻账本，不耐烦地回答：“不是说了都被送去皇后宫中了。”

原来又是皇后从中作梗，她一个人把所有的盆栽都要了，是要当饭吃吗？瑶光愤愤不平地溜进了皇后宫中，如果能跟哪位宫女姐姐蹭一盆花最好，大不了……她就偷一盆走！最近琅月看上去心情不太好，如果有一盆娇美的鲜花摆在园子里，她也许会开心起来。

现下正是晌午时分，皇后宫中的下人正在换班，瑶光轻而易举就到了皇后宫的后院里，她猫着腰在一大片盆栽中眼花缭乱地找了半天，突然想起自己根本不认识水仙，因为花草树木在她眼里全都长一个样！要不随便搬一盆走？

瑶光正匍匐在地上苦恼时，突然听到风中有断断续续的说话声，隐约是皇后的声音，瑶光纠结了一下，不知道自己到底该不该听。听吧，也许会招来杀身之祸。不听吧，那说话声越来越大，像长了翅膀一样往她耳朵里钻。

“黎国二皇子，如果本宫现在喊一声刺客，或者把你的身份揭穿禀报给皇上，你说你的下场会如何？”

“你派杀手潜伏进灵素宫，难道也不怕东窗事发？”裴然依然声音温和。

“你是敌国皇子，我是青国皇后，你说皇上是信我，还是信你？”

皇上也不一定会完全相信皇后吧？瑶光脑子里突然闪过这个莫名其妙的念头。不过……裴然竟然是黎国的二皇子？

裴然沉默了。皇后得意地一笑：“你只要跟本宫合作，待本宫除掉琼妃和琅月之后，保你平安回到黎国。”

裴然依然沉默着。

瑶光的心提到了嗓子眼儿，不行，这件事得赶快告诉琅月。瑶光像毛毛虫一样，拱着身子在地上爬行，确定自己不在皇后的视线范围内了，才飞快地起身去找琅月。

“你说裴然鬼鬼祟祟地跟皇后在一起？”听闻瑶光所说，琅月放下手中的书册，整个人都呆了。

瑶光本来想把自己刚刚听到的都告诉琅月，但毕竟口说无凭，于是婉转地道：“琅月，为了你的安全着想，你还是不要让他再做你的护卫了。”

可是出乎她的意料，琅月只是轻轻皱了皱眉：“瑶光，为什么你会去皇后那里？”

初冬暖暖的阳光下，她的声音却有点儿凉。瑶光被问得一愣，半晌才尴尬答道：“我……我是想去皇后宫里帮你偷一盆水仙回来的。”

琅月本来想相信的，但是想起瑶光从来都是光明磊落的性格，根本不可能会去偷东西，她敛去心头的动摇，声音里含了几分讽刺：“那水仙呢？”

两手空空的瑶光哑然失声，暗暗捶胸顿足，早知道就扯片叶子来给自己做证明。她定定地望着琅月，似乎明白了什么：“你不信我？”

“你知道吗？裴然曾告诉我，你跟太子哥哥走得很近，他担心你们会跟皇后一起对付我，这才过了几天，你就主动跑去皇后宫中了，那淑琴早对你怀恨在心，若非你在为皇后办事，她怎会放你进去？你现在还反过来诬陷裴然，是不是觉得没有了裴然，皇后更好对我动手？”

憋了许久的猜忌一下子爆发出来，琅月转身过去不看瑶光，她的背挺得很直，手攥成拳，似乎在隐忍着什么。

“我怎么可能会帮皇后对付你？你到底怎么了？”瑶光浑身发抖，眼中含着惊怒的泪。她气得快要爆炸，望着琅月冷漠的背影，最终心灰意冷地道：“这么多年的感情，你竟然会怀疑我，我多么想念那个过去的你。你要怎么想都随你吧，时间会证明真正的感情。”

瑶光气哼哼地跑走后，琅月才动作迟缓地转过身来，她已经是泪眼蒙眬。

对不起，瑶光，我只是害怕，害怕你会背叛我。我也多么想念过去那个单纯善良，一心一意地依赖你、信任你的琅月。

“可是……”她喃喃自语道，“可是，过去的那个琅月太软弱了，连自己的母妃都保护不了，甚至差点儿丢掉生命，为了活下去，我只能变得强大。”

阳光下，她的影子淡漠飘逸，轻轻贴于树荫斑驳的地面，宛如一片柔软浮云。一片渐渐失去初心的浮云。

四

“气死我了！气死我了！”

瑶光愤恨地将泪水鼻涕都抹在东方千阳的白袍子上：“从五岁到现在，快要十年的交情，竟然都比不过那个裴然说的几句话！”

“那个裴然？你以前不是唤他师父？”东方千阳嫌弃地看着自己的衣襟，最终却没有将她推开。

“他跟浑蛋皇后勾结，又是敌国的二皇子，我还叫他师父，又不是脑袋被驴踢了！”瑶光翻了个白眼，注意力渐渐被转移。

话音才落下，瑶光猛地捂住嘴，一脸无辜：“我没有侮辱你母后的意思！”

东方千阳无奈地扯扯嘴角，他虽心知母后是什么人，却无法阻止她在宫中横行霸道，想起小时候母后悉心照顾自己的回忆，他不由得怅然。

天蒙蒙，风浅热。白衣少年斜斜靠立青墙下，衣袖翩跹，要多好看有多好看，即使那张脸上一片沉肃，也依然英气勃勃。

他并没有生气，也不再似过去那样毒舌，反而带着温暖而纯粹的笑容。跟东方千阳倾诉过之后，瑶光连日来的郁闷心情终于好了一点儿。听说这几日东方千阳要出宫办事，她千叮咛万嘱咐，要他从宫外带几盆水仙回来给琅月。

回到自己屋子里，瑶光想起琅月那些尖锐的话语和冰冷的态度，一时又悲从中来，连吃饭都不积极了。

阮姑姑回来吃午膳，无意中说起琅月把裴然调离了灵素宫，那些为了多看裴然一眼的小宫女们，本来都在托阮姑姑把她们也调去灵素宫，现在纷纷心碎成渣。

瑶光本来此时失魂落魄，一个人躺在卧榻上发呆，死气沉沉，一听这话，突然就蹦起来捧起饭碗扒拉起来。

“你中邪了？”阮姑姑一脸疑惑。

“嘿嘿嘿嘿，姑姑，你吃肉。”瑶光夹了两块大冬瓜到姑姑碗里，咧嘴傻笑一阵。

不管琅月是不是因为相信自己才这么做，没有了那个危险的裴然，她就能安全几分，想到这里，她便觉得吃嘛嘛香，见谁谁漂亮！

“果然中邪了。”阮姑姑摇头叹气，吃着瑶光主动夹过来的冬瓜，眉间却糅进了笑意。

吃饱喝足，瑶光抚摸着圆溜溜的肚皮趴到床上去了。

“瑶光，下个月你便十五岁了，姑姑决定送你一份大礼。”阮姑姑笑得很和蔼，落在瑶光眼里，却觉得毛骨悚然。

不会又要亲手做衣衫给她吧？她颤抖，她惶恐，可是姑姑已经扭身走了。

原来自己又快过生辰了啊，瑶光掰着手指头算着，她跟琅月的生辰就隔了三个月，往年两个人都挖空心思地逗对方开心。可如今……

回想起自从琅月生辰之后发生的诸多事情，她哀号着把头埋进了被褥里，困意袭来，她神游着会周公去了。

五

瑶光做了一个可怕无比的梦。梦中她正挥着锄头掘土，一边挖一边着急地大喊：“我的肉呢？我去年埋在这里的肉呢？”

有人揪着她的耳朵怒吼：“张家送来了五千两银子，你今日就嫁了吧！现在我们都离开了皇宫，这银子正好给我养老。”

姑姑竟然要赚她的卖身银！

瑶光觉得是可忍孰不可忍，扔了锄头要跟姑姑理论，回头却不见了姑姑的身影。

她四下寻了一圈，不知怎么忽然又站在了皇宫的太液池旁，这太液池跟鱼藻池不同，水深几丈，一眼望不见底。

瑶光幼时在池边玩耍，脚下一滑险些掉进去，幸好姑姑眼疾手快地拉住她，后来她便被姑姑勒令学习游泳。

——当然只学会了狗刨式。

“瑶光！”水里面忽然传来一声闷闷的声音，像极了姑姑的声音。

那声音不断传来，越来越急促，在空寂的池边，显得格外凄厉。

瑶光打了个激灵，猛地睁开眼，才发现自己只是在做梦。

风正从窗边呼呼往里灌，吹得她直哆嗦。滚下床去关窗时，有小宫女气喘吁吁地跑进院子：“瑶光！阮姑姑溺水了！你快去看看吧！”

溺水！想到梦中的太液池，瑶光心里一慌，连鞋都来不及穿，心急如焚地往外跑。

太液池旁的假山下，阮姑姑静静地躺在地上，她的衣衫湿漉漉的，气若游丝，直至看见瑶光，枯槁的脸上才现出一丝光亮。

瑶光只觉得周身血液逆流，双膝一软就跪在了地上，双手发抖地想去触碰姑姑，却又生怕自己力道太大会弄疼她。

“是皇后……她想绑你威胁琅月，还给琼妃下了毒，逼琅月二选一，我想拦住皇后，却被淑琴推下了太液池……你好好照顾自己……”阮姑姑断断续续地说完这句话，便再也支撑不下去，轻轻地合上了眼眸。

瑶光的手抖了抖，终是忍不住伸手去推她。可是姑姑已经浑身僵硬，气息全无。

四周围拢的宫女太监越来越多，瑶光只是呆呆地跪在地上，哪怕是七岁那年爹娘双亡，她也从未这般感到凄惶无助过。

她想说，姑姑，睡在这里会着凉的。她想把姑姑抱起来。她几次张了张嘴，却发不出声音来，浑身更是一点儿力气都使不出。

泪眼迷蒙间，不知是谁在耳边叹息了一句："前几日还听阮姑姑提过，想等瑶光十五岁生辰过后，就向皇上请辞离宫，带着瑶光过几天清闲日子。现在怎么就这么不明不白地去了……这以后就剩瑶光一个人了，真是可怜。"

原来姑姑说的大礼就是这个，她知道自己不喜欢皇宫，所以甘愿离开生活了半辈子的地方，带着她出宫去。

可是……明明该死的人，是自己才对。

瑶光紧紧咬住下唇，任由血腥之气弥漫在唇齿间，只觉得头痛欲裂，眼前一黑就昏了过去。

琼妃宫里，琅月同样是形神俱裂。

今日午后，灵素宫中所有的宫女都突然退了出去。

琅月心里疑虑，正要出去察看情况，却见皇后气势凌人而来，她勾唇冷冷地笑道："你是要去找你母妃，还是瑶光？她们一个正在太液池里挣扎，一个中了毒在寝宫里等死，你只有时间救一个，从战场上凯旋的琅月公主，孝义难两全，本宫很期待你的选择。"

皇上最近身体一日不如一日，这皇位迟早是她儿子东方千阳的，她已经迫不及待想除掉琼妃母女，独霸后宫。

皇后涂满蔻丹的指甲滑过琅月的脸庞，看着琅月因为惊恐而不停战栗的身体，她满意地笑着离去。

琅月只挣扎了一瞬间，瑶光深谙水性，太液池并不深，她一定可以脱困，而且，如果皇后真的要害瑶光，太子哥哥也一定会保护好她的。

可是母妃……她不再多想，疯狂地向太医院跑去。

经过几位太医轮番诊治，琼妃娘娘终于暂时脱离了生命危险，而她身子弱，一时半会儿还没有苏醒。

琅月不敢掉以轻心，一直守在母妃的病床前。她一直想不明白，皇后使出这一计的目的是什么，既然想要毒害母妃，为什么又要主动来告知自己？

还有瑶光……

她用力地摇摇头，泪盈于睫，但愿她也无事才好。

八

直至傍晚时分，忽然有一大群侍卫拥进来，称是奉了皇上的口谕，捉拿琅月公主。琅月当时就傻了，根本反抗不得，就被押到了皇上面前。

“朕从前是冷落了你，才没有教好你，你竟然因为嫉妒瑶光，就把阮姑姑给推下了太液池，把你母妃气得服毒自尽，你这样仗着一点儿小功就为非作歹，朕没有你这样的女儿！”皇上重重一掌击在御案上，他瞪着猩红的眼，额上青筋暴起，似愤怒到了极点。

这是琅月第一次见到如此震怒的父皇，君王之怒，足以令风云变色，叫整个皇宫上下心惊胆战。琅月的脑袋“嗡”的一声响，完全不明白发生了什么，直到瞥见立在旁边一脸古怪的皇后，她才忽然顿悟。

原来皇后的目的，并不只是想看自己怎么痛苦地选择，而是陷害自己，让皇上失去对她的信任！虽然皇上一向听信于皇后，但琅月还是赌着父皇对自己的一丝怜爱，她哆嗦着嘴唇，哀哀请求：“父皇，我没有，你听我解释……”

“阮姑姑已经死了！你还解释什么！她陪在朕身边几十年，尽心尽力地服侍朕，却被朕的女儿亲手害死！来人，把琅月公主给朕拉下去！”

母妃中毒明明是皇后下的毒手，可她不及细想这个，而是被另一句话给吓得如遭平地惊雷。

阮姑姑死了……琅月浑身脱力地跌坐在地上，只一眨眼睛，泪水便潸然落了下来。她隐隐明白，自己做错了什么，也可能……永远失去了什么。

琅月领了三十杖，然后被禁足在灵素宫。皇上已经下旨，要罚她一辈子面壁思过。她独自待在灵素宫里，只觉得心如乱麻，今天经历的一切仿佛一场梦。都是报应吧，她活该蒙受这不白之冤。因为她不相信瑶光，因为被自己连累，所以害死了阮姑姑。瑶光大概永远都不会原谅自己了。

琅月生平第一次这么痛恨自己，做了那么多，错了那么多，到最后，身陷囹圄，连累了不相干的人，还失去了唯一的好朋友。臀上的伤口很痛，却不及心痛。她将身子蜷作一团，脸深深埋入膝盖，两行泪如断了线的珍珠般滑落。

第五章 这次换我保护你

一

阮姑姑的后事，皇上下令内务府必须好生办妥，皇上身边的内侍甚至传出消息，皇上打算认瑶光做义女，以免她孤苦无依。只是皇上这几日骤然病重，才把册封瑶光的事情给耽搁了。

东方千阳回宫时，阮姑姑已然下葬。死的死，病的病，受罚的受罚，许多事情已然覆水难收，他这才明白母后为何突然支使自己去江南的外祖母家。

东方千阳捧着特意寻来的两盆水仙花找到瑶光时，她搬着小凳子坐在院中发怔，不过几日未见，她却瘦了许多，小脸缩在宽大的衣衫下，显得格外楚楚可怜。听到身后轻轻的叹息，瑶光转头一看，东方千阳正倚着一棵树静静看她，月下身影颀长。

“你回来了。”她弯唇一笑，仿佛什么事都没发生过一样。

东方千阳点头，望着她的眼神，好像在看一个易碎的瓷瓶。

“我跟你说一个秘密。”瑶光比了个噤声的动作，从身后掏出一把小铲子来，“我多埋了一坛子腌肉在院子里，还好姑姑不知道，不然都要被她吃光了。我好几天没吃东西了，你快帮我挖出来。”

东方千阳：“……”

于是深更半夜，苦命的太子开始用一把袖珍无比的小铲子挖地，等他大汗淋漓地挖了十二个洞之后，终于崩溃了：“你确定坛子埋在这个院子里？”

瑶光摸着后脑勺想了半天，傻乎乎地答道：“对啊，我记得梦中，我是埋了一坛子肉啊。”

“瑶！光！”东方千阳顿时七窍生烟。

好可怕的目光，瑶光拔腿就要溜，哪料到一转身“砰”地撞到树上去了，登时疼得她头晕眼花，只看见一大串星星在头顶飞。东方千阳好气又好笑，还是忍不住帮她按揉额上的大包，她也就乖乖地站在他面前，不再闹腾。

良久，瑶光轻咬下唇，仰头问他：“如果我做了伤害你母后的事情，你会不会怪我？”夜色之下，她眼里盛满了破碎的光芒，还有隐约的惶然。

他伸手扶住她的头轻轻搁到自己肩上，喟叹一声：“母后做错的事情已经够多了，我劝过她无数次，可她始终听不进去，善有善报，恶有恶报，我又怎会不明白这个道理？瑶光，我觉得很抱歉，是我母后害死了你姑姑，你……”

你不要记恨我才好。可话还没说完，肩上的瑶光已经没了动静，东方千阳低头一看，才发现她已然熟睡。他揉揉她的头发，嘴角终是溢出了一丝苦笑。

二

入了冬的天气，一日比一日冷，这一天难得放晴。瑶光哼着小曲儿，一蹦一跳地穿行在皇宫里。经过鱼藻池的石桥时，正跟淑琴狭路相逢。

冷不丁地，一条蛇不知从何处突然蹿出来，直直扑向淑琴脚下。

“啊啊啊——”噗……魔音穿脑！瑶光掏了掏耳朵，笑嘻嘻地道：“淑琴姑姑，别这么大惊小怪，只是条假蛇啦。”

淑琴脸色发青地睁开眼睛，果真瞧见瑶光手里的东西像是泥巴捏出来的。“你故意拿假蛇来吓我，当心又被人踹下池去！”淑琴恼羞成怒，口不择言。

瑶光惊讶道：“哎呀，原来那天把我从桥上踹下去的人是你！”

淑琴知道说错了话，恨恨地剜了她一眼，愤愤地转身要走，瑶光却挡在了她身前，一脸无辜地道：“你跟我姑姑认识了这么多年，她死了，你怎么也不去拜祭一下，难道是心里有鬼？”

“你在胡说什么？我只是有很多事情要忙！”淑琴目光四处躲闪。

“是哦，忙着跟内务府的总管贪污库银。”

瑶光仍然是笑眯眯的模样，那天去内务府要水仙花，无意中瞥见总管手中的账本，她就起了疑心。姑姑过世后，内务府总管想着升官，对姑姑的后事格外上心，也只当瑶光单纯好骗，虚报种种花销，赚了大把银子。有人借着姑姑的丧事发财，这口气瑶光如何能忍？趁着守灵时，偷了他的账本一看，瞧见了密密麻麻的账目和名字，当下如获至宝。

淑琴脸色又青又白，重重推开她："你不要血口喷人！"

"这可是白纸黑字写着的，三月初三，淑琴以给皇后宫中采买布料的名义，支出三千两；七月十五，皇后宫中置办蒲扇，淑琴拿走五百两；九月初一，先皇后忌辰……"这些账目，她看过几遍，早就倒背如流。

"你给我闭嘴！"淑琴气急败坏地欺身过来要打她。

瑶光灵巧地一闪，笑容格外灿烂："若是我把这事告到皇上那儿去，还有你给我姑姑喝了毒药，推她落水一事，你怕是性命难保了。"

少女纯真的笑颜里含着几分狠戾，一向刻薄精明的淑琴莫名打了个寒噤，但既然瑶光私下找到自己，说明还有一线生机，她问："你到底想怎么样？"

"说！我姑姑的死，是不是你动的手？"瑶光也懒得跟她废话了。

淑琴先是一僵，支吾了半天，才哭哭啼啼地道："我只是听皇后的吩咐办事，逼你姑姑喝下毒药，又把她扔进太液池，都是皇后的主意……我也不想杀人，我现在半夜做梦都会吓醒。只要你留我一命，我以后什么都听你的……"

听完淑琴所说，瑶光暗暗银牙咬碎，她努力逼退泪意，对淑琴道："要我放过你很简单，我只有两个要求。首先……"她刚说了两个字，猛然伸脚一踹，把肥胖的淑琴给踢下了鱼藻池。看着淑琴在水中狼狈地扑腾的场景，瑶光双手叉腰，哼了一声："姑奶奶我可是有仇必报的，再算上我姑姑的仇，你给我在水下待到明天早上才准上来。"

"哎哟，我的小姑奶奶，这是冬天啊，会冻死人的……"淑琴忙不迭地讨饶，那粗哑的声音传遍方圆五里，听到的人纷纷掩耳而逃。

啧啧……人缘这么差，居然没人愿意来救她。瑶光幸灾乐祸，才不管她鬼哭狼嚎得多么凄惨，愉快地哼着小曲儿走了。

当天夜里，瑶光又去了一趟琼妃宫。琼妃中毒虽然已经痊愈，但看起来病恹恹的，说起被关在灵素宫的琅月，只是无助地嘤嘤哭着，泪水源源不断地大颗大颗从她的眼里流出来，如同断了线的珍珠。 瑶光就这样目瞪口呆地望着琼妃哭了两个时辰，心想还好琅月不像她，不然自己还不得头痛死。

“那个……”她试图打断琼妃。其实她这段时间一直没去探望琅月，是想着她待在灵素宫里比较安全，把她救出来反而会逼得皇后更加阴狠地去害她。

“我不知道该怎么办……”琼妃自顾自地哭着，“我可怜的女儿啊。”

瑶光终于忍无可忍，她翻了个白眼，大吼一声：“别哭了！”琼妃被吓住，捂着胸一抽一噎地看着她半晌，然后眼泪又开始决堤。

瑶光深深吸口气，不停地告诉自己要温柔，要有耐心。琼妃哭得极其投入，结果本来半个时辰可以说完的事情，硬生生拖到了天亮。

翌日一早，瑶光顶着一双熊猫眼，左手扶着琼妃，右手拽着淑琴，跪在了皇上面前。皇上缠绵病榻，听完事情始末，久久没有吭声。

瑶光心里七上八下，即使有淑琴和琼妃证明皇后行凶作恶，但皇上和皇后毕竟是夫妻，她能赌的，是她对皇上的信任，是一位君王的公正严明。

“朕没想到皇后如此歹毒，害死了阮姑姑，残害妃嫔，还嫁祸给琅月，朕也是被气昏了头，竟然冤枉了琅月那孩子。阮姑姑……朕对不起你。”

皇上似在对空气说话，然后重重咳嗽起来。隔着重重帐幔，瑶光瞧不清他的面目，听见他低声念着姑姑的名字，心中忽有所感。姑姑服侍皇上一辈子，如今皇上为了她，怒不可遏地惩罚了琅月，也不算枉费了姑姑的忠心。

身后的琼妃哭得梨花带雨，淑琴也一个劲儿地磕头求皇上饶命。殿里弥漫着微苦而清浅的香，瑶光心头涟漪起伏，却像是终于有什么东西松了下来。

三

十日后，皇上前往江南养病，他颁下了最后一道圣旨，传位给太子东方千阳，并敕令皇后随行江南。没有人知道皇上为何突然禅位，并且言明皇后必须同下江南，此举无异于废后，虽然太子做了皇帝，身为太子之母，却只能老死江南，再不能享有母仪天下的尊荣。

皇上离宫的那天，皇后是被太监强行拉上马车的，她疯疯癫癫地一直在嚷着：“没有任何女人的地位可以胜过我，本宫才是唯一可以母仪天下的人！淑琴！你这个贱婢！竟然背叛本宫！”

淑琴哆哆嗦嗦地缩在马车的角落里，一个劲儿地哀求皇后息怒。

皇上下令，以后跟在皇后身边伺候的人唯有淑琴，可是神志癫狂的皇后恨淑琴入骨，她虽然保住了性命，以后的日子也不会好过。瑶光伴着东方千阳在城楼上目送他们远去，两个人久久未曾说话。

因为顾及皇室颜面，而且太子又将登基，在东方千阳的恳求之下，皇上才答应不重罚皇后，却用了一种曲折的方式，让皇后再也无法在后宫为恶。

再没有比让一个人永远得不到自己想要的东西更残忍的惩罚方式了。不知道琅月现在怎么样了。瑶光抬头望着灰蒙蒙的天空，想起琅月，有点儿近乡情怯的紧张。琅月在灵素宫里独自待了整整半个月，衣食都有人送来，宫门却长日紧闭，偶尔她会在窗边听到悠扬婉转的笛声。她知道吹笛的人是裴然，却不敢叫住他。有些事情不用问，答案已经昭然若揭。

那次瑶光告诉琅月，裴然是黎国的二皇子，琅月不肯相信，还跟瑶光大吵一架。后来裴然回来，看见琅月在哭，便问及缘由，琅月坦诚相告，裴然沉默许久，眸中翻滚着许许多多的情绪。那样的沉默让琅月觉得害怕。

“我也很害怕自己会伤害你。”他最后只是这样低声道，然后请辞调出了灵素宫。再后来发生了许许多多的意外，琅月常常会回忆起裴然温和的笑容和瑶光说过的话，下意识地逼迫自己不去想他的真实身份。她更恐惧有一天他们会变成针锋相对的敌人。

灵素宫里时日漫长，外面却已经天翻地覆。各种消息沸沸扬扬，最后才传到了琅月这里。她是听两名送饭过来的宫女提及了这个消息，太子已经掌管政事，礼部正在择良辰吉日举行登基大典。

“瑶光呢？瑶光怎么样了？”琅月臂上的伤才痊愈，她跌跌撞撞地挪到门口询问瑶光的消息。

她是不是还很难过？她是不是恨死了自己？许多问题哽在喉咙间，可是没等她问出口，宫女们将食盒往地上重重一扔，“砰”地锁门走了。

“从前还当她是英雄，却没想到她竟会害死阮姑姑，连她亲娘都气得服毒自尽，活该落到这步田地！”两名宫女往地上啐了一口，用极尽刻薄的话语羞辱着琅月。为了顾全皇族名声，也为了太子着想，皇上并没有把皇后做的坏事昭告出来，大家并不知晓琅月的无辜。

食盒被摔破，饭菜撒了一地，琅月狼狈地跌坐在地上，只能无助地听着宫女的脚步声远去。人情冷暖，向来如此。

到了此刻，琅月只觉得心中宁静无比，她并不怀念抢了瑶光的功劳后，在宫中的那段风光日子，反而只想回到从前单纯无忧的时光里。

她不需要变得很强大，只要能跟母妃生活在一起，为了一只猫困在假山上下不来，有活泼灵动的少女挽起袖子就来救她。如果时光能回头，该有多好……琅月想着想着，鼻尖又是一酸。许是她的错觉，竟然听到了瑶光在怒斥小宫女们："公主就是公主，哪能容你们随意诬蔑！再说了，我姑姑也不是琅月公主害死的，你们再造谣，小心变成大舌头！"

熟悉的脆生生的声音，近在耳畔，如梦如幻。琅月用手捂住嘴，却无论如何都止不住呜咽。

宫门被重新打开时，不过短短一秒钟，她却如同度过了整个春夏秋冬一样。逆光的方向，有人大步跑过来抱住她，一脸担忧地问："这么冷的天气，怎么坐在地上，是不是摔着哪里了？"

琅月说不出话来，眼泪汹涌而落。

她抢过属于瑶光的光荣，也卑劣地怀疑过她，甚至间接害死了瑶光唯一的亲人，可在这样四面楚歌的困境里，仍然全力保护她的人，只有瑶光。琅月曾经以为，只有站在了众人瞩目的地方，拥有切实的权力，才能保护自己所爱的人，但是瑶光让她明白，原来真正的爱，是哪怕弱小，依然拼尽全力跟爱的人共同进退。她一直处在这样的爱中却不自觉，并且差点儿永远失去。

"瑶光，对不起，都是我的错。"琅月一边哭一边凄惨兮兮地道歉。

"唔唔……过去的事情不要再提了，真香啊……"

好像有什么奇怪的东西混进去了，琅月泪眼蒙眬地抬头一看，顿时无语了，瑶光正抓着食盒里仅剩的两个鸡腿，啃得满嘴油光。

"我已经饿了好久。"她无辜地睁大眼睛。

无论什么时候都暴露出她吃货的本性，琅月顿时哭笑不得。

四

东方千阳登基那天，瑶光和琅月偷偷躲在廊柱后观礼。

一身龙袍越发衬得他英挺好看，金冠耀目，威震天下，百官朝拜中，瑶光幽幽地叹了口气："你说我以后再骗他喝胡萝卜汁，会不会被杀头？"

"不会的，你现在好歹是宫女总管，皇兄要是杀了你，以后都没人帮他干活了。"琅月善良地安慰她。瑶光一听更哀怨了，几天前，东方千阳下了份诏书，恢复了琅月的公主身份，又让自己掌管宫女诸事。这让她压力很大，想要推辞不肯，东方千阳只冷冷地丢下一句："违抗圣旨是要被砍头的。"极其怕死的瑶光立刻向恶势力屈服了。

"瑶光，我今天炖了燕窝粥，你等着我，我去给你端来。"眼看瑶光一脸郁闷，琅月安抚地拉拉她的手，她最近开始钻研各种养生膳食，天天在小厨房里忙活，打定主意要把瑶光养得更胖。

她才转身走出长长的回廊，天空忽然飘起了小雪，细碎莹白的雪花如同翩跹的白蝴蝶飞舞着，轻轻盈盈地覆盖住皇宫里的一切景物。琅月怔怔地看了一阵，整颗心仿佛也被这场雪给洗得洁净无比。

大雪之后，就是冬去春来了吧。琅月抿嘴笑起来，过几天就是瑶光的生辰，她想要以那个日子作为崭新的开端，和她亲爱的瑶光永远相亲相爱下去。

"琅月，下雪了，你先别走，当心冻着。"瑶光的声音从长廊的另一端传来，琅月正要回头，余光忽然瞥见亮光闪过，下一刻，薄薄的利刃贴上了她的脖子。"不要动，我不会伤害你的。"那个人声音低沉地道，琅月悚然一惊，是在宫中销声匿迹已久的裴然！

瑶光曾经跟东方千阳提过裴然的事情，东方千阳也派人去搜找，最终却一无所获。琅月以为他知道身份败露，已经逃出了宫去，还暗暗替他松了口气。

她无论如何都没想到，曾经心生好感的人，会突然对自己挥刀相向。他试图利用瑶光挑拨自己和哥哥的感情，让他们互相敌对争斗，好坐收渔翁之利。敏感如她，并不是一无所感，只是，他曾经抱着她从假山上飞下来，曾经为她誊抄了满满几张纸的《博物志》，曾经与她畅谈古今内外，伴她度过寂寥时光。她舍不得去怀疑他。可竟是养虎为患。

“喂，你是谁！竟敢非礼公主！小命不要了！”

隔着一段长长的距离，瑶光只看见有个灰不溜秋的人影抱住了琅月，她气急败坏地飞奔过来，一看清裴然和他手中的长剑，立刻暗叫不好。

“去把东方千阳的传国玉玺偷来，不然我就杀了她！”裴然的声音比他的脸色还冷，一身青灰绸缎，如同外面暗沉沉的天。

该死的！瑶光暗暗咒骂，她怎么忘了，还有裴然这号危险人物在。

琅月在他手里，瑶光不敢掉以轻心，她一边绞尽脑汁想办法，一边同裴然周旋：“你要传国玉玺有什么用？还不如去偷国库！”

“你以为我要你做的只是偷玉玺这么简单吗？”裴然嘴角微微上翘，弯出一个诡异的弧度，他从衣襟里掏出一个白瓷小瓶，“这瓶毒药，你骗东方千阳吃了，如果没有见到东方千阳的尸体和玉玺，我就杀了琅月。”

“我我我……我只是一个无名小卒啊，我哪有那么大本事……”瑶光试图动之以情，晓之以理，“再者今天是他的登基之日，想必一定是戒备森严，要不我们改天换个合适的时机再动手？”

“就是因为他今日登基，才不会想到有人偷玉玺。我一直在暗处观察你，你既然能为琅月舍出性命，那么也不会在意这么一件小事吧？”裴然神情阴鸷，带着孤注一掷的绝望，卸下了温和伪装的他，竟然如此骇人。

“瑶光，你别管我，你若真的按他说的去做，不仅你自己会犯下滔天大罪，皇兄也会陷入危险，到时黎国趁机发动战乱，整个青国都危在旦夕！”

琅月深深呼吸，白瓷般细腻的肌肤上，有泪花正像星星一样闪光。她最爱的哥哥和瑶光绝对不能有任何闪失，她最爱的国家，更不能被坏人侵占。

琅月没有任何犹豫，以迅雷不及掩耳之势，抓过剑刃朝脖子上用力抹去。

这一幕超乎所有人的预料，瑶光霎时间觉得整颗心都凉了，仿佛陷入万年冰窖，风化为刀，刻骨阴寒。

“琅月！大笨蛋！你为什么要这么做？”

瑶光凄声尖叫，扑过去抱住琅月软下来的身体，泪水迅速浸湿了她的眼眶，她抬起颤抖的右手，想去触碰她，又怕弄疼了她。

“我只是想……偶尔也可以保护你和哥哥一次，可是以后，再没有这样的机会了。”殷红的血从她的伤口不断流出，瑶光笨手笨脚地去擦，却让琅月痛得蹙起眉头，她不敢再碰她，只是大喊：“来人啊！太医！快来救琅月！”

裴然手中的剑滑落在地，他难以置信地望着眼前的情景：“我只是想用你威胁他们，拿到玉玺回国交差，并不想伤害你……”他伸手想去抱抱琅月，却被瑶光愤怒地挥开，瑶光满眼猩红，好像随时会扑上来把他咬碎。

“瑶光，不要怪他……我相信他本意并非如此，你让……哥哥放他走……”琅月握住瑶光的手，艰难地深深呼吸。

“你告诉我，这次，我有没有做对……只是可惜，不能陪你过生辰了……我母妃，就拜托给你和哥哥了……”琅月断断续续地说完这几句话，已经耗尽了所有的力气，终于，跟瑶光紧握的那只手，也徐徐垂落在地。

裴然早已是面如死灰，听见琅月为他求情的那句话，更是瞬间落泪。

他身为黎国的二皇子，潜伏在青国的目的，就是寻找机会，挑拨皇族中人的关系，然后偷取玉玺，引起皇宫内乱，黎国便可以乘隙再起祸端。

大皇子被一位小公主擒住的消息传回黎国，极爱颜面的黎国君王大失所望，将他驱逐到蛮荒之地。大皇子心高气傲，最终选择了自刎。

黎国君王把所有的希望寄托在了裴然身上，并且威胁他，如果没能完成任务，他会成为黎国的千古罪人，并且会跟大皇子一样，被永远放逐。裴然不愿意落得跟哥哥一样的下场，只能铤而走险。

琅月说得对，做这些事并非他本意，或者说，曾经他想要立功建业，如今为了一个天真善良的小姑娘，已经对自己苦心孤诣追求的东西感到迷茫。

所以他把父王交给自己去毒杀东方千阳的药，换成了迷药。只要拿到玉玺回去交差就好，不会危及任何一个人的性命。却没想到，他最不想伤害的那个人，死在了自己的剑下。怀里的琅月已经如雪一般冰凉。瑶光死死闭上眼睛，但依然有湿热的眼泪不断渗出。

长廊后面脚步雷动，东方千阳带着一群侍卫匆匆赶到。

“快去请太医！把这个内奸给朕拿下！”东方千阳还穿着繁复的礼服，满面怒容地吼叫着。年轻的帝王，看着躺在血污中的妹妹，眼眶也迅速地红了。

“嘘。”瑶光抬起湿漉漉的面孔说，“琅月睡着了，你们别惊扰了她。”

“你安心睡吧，不管睡多久，我都会等你醒来。”她低下头，像是在望着琅月，又像是透过她，望向了遥远的岁月里。如果时光能倒流，该有多好。回到五岁那年，她们牵着彼此的手，从此患难与共，用生命忠诚于彼此。

可她不知，琅月也曾有着同她一样的心愿。然而谁都没能实现这个愿望。

五

琅月死后，裴然束手就擒。黎国君主亲自来青国交涉，签下了契约，承诺永世不发动战争，以换取裴然的平安。大皇子已死，他只剩裴然一个儿子。每个人都被野心和欲望驱使，非得在无可挽回时才明白真正重要的东西是什么。

东方千阳接下契约，吩咐使者送他们父子回国。若是从前，他会像瑶光那样，把害死自己妹妹的人碎尸万段。可是如今他是帝王，必须从大局出发。

琅月下葬的三天后，瑶光天天都坐在灵素宫的台阶上，望着天空沉默不语。这样树影斑驳的寂静午后，让她想起琅月死前的那一天，清澈明亮的阳光，穿过雾霭重重，穿过冰天雪地，一直照进人的心底。

有人曾站在这样的阳光下，低眉浅笑地望着自己。

“不是说要给我熬燕窝粥吗？不是说要把我养得肥肥胖胖的吗？今天是我的生辰，你还答应要给我做一桌子菜，怎么说话不算话？”她将头深深埋进膝盖里，眼泪“啪嗒”掉落在地上。

一阵寒风刮过，树叶发出窸窸窣窣的声音，像极了脚步声，瑶光惊喜地抬头一看，院子里静悄悄的，再不会有一道素白的身影笑盈盈地出现了。

“其实你做的菜好难吃，我每次都是非常痛苦地吃完的。”她哼了一声，泪光斑驳的脸上，露出了一个贼兮兮的笑容，“那种心情呀，就像你穿了姑姑做的衣衫一样。”风声荡漾，好像有人不服气地抗议。

“琅月，姑姑，我好想你们。”瑶光小声地说着，伸手紧紧地抱住自己。

薏苡薇手记：
请允许我成为你们的闺蜜

我在《小小姐》里面写了很多个短篇，这是第一次以中篇古风的形式跟大家见面。

故事里的这对闺蜜生活在皇宫这样一个权力争斗的中心，也就注定了她们之间的闺蜜情比平常人多了一些波澜壮阔：十四岁的瑶光，十四岁的琅月，一个为家国大爱，一个为心中小爱，勇敢地守护彼此，甚至付出了生命的代价。她们也有过彼此猜疑的时候，甚至有心无意地伤害过对方，但是最终，她们以自己的方式完整地守护了这份珍贵的友情。

生活中，你一定也有这样的朋友吧，可能你文静，她活泼；你细心，她大大咧咧；也可能你平淡无奇，她光芒万丈；或者你们志趣相投，也或者你们的爱好根本就是南辕北辙，但在你需要帮助的时候，挺身而出的人，一定是她；在你伤心委屈的时候，为你加油打气的人，一定是她；在你成功时，比你还开心的人，也一定是她。这就是闺蜜。她的存在，是为了帮你摆脱困境，分担你的难过，分享你的快乐。

在青葱时光里，有这么一个人，能够见证你的成长轨迹，陪你一点点地去了解这个世界，去爱这个世界，就像瑶光和琅月一样，通过彼此学会承担责任，学会怎么去爱，从而成为更好的人，这是件很幸福的事情。

我曾经经历过数年的孤单时光，后来也有了可以分享彼此的床铺和隐秘心事的闺蜜，所以在今天，才更热衷于写欢乐的故事，想要把这些笑中带泪的情节讲给你们听。我希望能够成为你们另一种形式的闺蜜，让你们欢喜，给你们温暖，让你们从故事中有所收获，以此陪伴你们度过漫漫成长时光。

感谢亲爱的编辑彭彭为这个中篇所付出的精力和时间，也感谢读完这个故事的你。

彭彭点评：做编辑还要做演员

告诉薇子要写一篇“闺蜜”主题的中篇小说后，她每天都很勤快地跑来找我讨论情节，经过不断地完善，慢慢地有了这个故事的轮廓，我热切地催她快点儿写出来，她却突然告诉我，她现在不能写。

为什么为什么这到底是为什么？面对我在电脑这头的咆哮，她淡淡地回复：写每个稿子都得等到最合适的时机，早一分钟晚一分钟都写不好。

我立刻急了：你逗我呢吧！我怎么从没听过这种歪理？

薇子发给我一个微笑的表情，附字：你不要骂我哦，越骂越写不出。我去啃鸡腿了，再见！

就在F姐因为看不到稿子要把彭彭赶出编辑部之前，薇子同学总算交来了一万字。原以为一切终于步入正轨，只等圆满收全稿，结果写到三万字的时候，薇子又罢工了。她发了一堆哭泣的表情给我，然后说：我卡了，需要你把我拽出来。

我立即回复：没问题啊！你说怎么拽！一秒钟后，QQ聊天对话框里出现了以下几个字：和我一块儿演戏吧！

是的，接下来的几个晚上，我和薇子每天拿着前三万字的纸稿用微信语音对戏。对戏不是问题，但关键是她演了所有主角，却只让我演坏皇后和坏淑琴，还强行要我念所有旁白！听我在这边咬牙切齿地念台词，这家伙常常笑趴在椅子上。好吧，为了早日拿到稿子，这些我能忍！于是四万字写完之后，我的嗓子都哑了。真是见过毁三观、毁节操的作者，毁嗓子的作者还是头一次见！不过呢，作者对待文字态度较真，对编辑和读者来说实乃莫大的福气，正因为薇子的努力和坚持，我们才能看到这个鲜活有趣，温暖感人的故事。（不过下次“演戏”的时候能不能让我来演好人啊亲？）

最后这句话是薇子逼我说的：“如果你们爱她，请送鸡腿给她。（就知道吃！下次胖了别找我哭！）”

王牌编辑秀

小编天团现真身，

书写下班后的秘密故事

最后一张明信片

文◎阿　朱

一

深冬，正在读大三的阿朱打算利用寒假进修一门外语，今后找工作也能多一项选择。好不容易说服父母春节不回家了，哪知道放假之后学校宿舍就停止了供暖，天气很冷，无奈之下，阿朱便住进了闺蜜于蓝在外租的一居室里。

想想自己当时还死活不要于蓝的钥匙，阿朱现在真是庆幸于蓝回家之前硬是将钥匙塞给了她。搬过去的当天傍晚，于蓝在电话里细心地交代了水表、电闸箱、电表盒的位置，挂电话之前，于蓝又说："对了，住在我家对门的老奶奶是位聋哑人，我们平常也没有什么交集，就是跟你说一声，免得遇见了尴尬。"

"啊，原来如此。"挂了电话，阿朱轻声自语。

其实她已经见过那位老奶奶了，早上刚搬进来的时候发现家里没电，想来应该是于蓝走的时候拉下了电闸，可阿朱找了一圈也没有找到电闸箱，给于蓝打电话竟然提示无法接通，无奈之下，阿朱敲响了对面的门。

门开后，迎接阿朱的是一颗硕大的黄色的毛茸茸的脑袋，她吓得后退了几步，这才看清抢先挤出门缝的是条大黄狗，而大黄狗的主人是一位白发苍苍的老奶奶。她穿一件米色羊毛衫，肩上随意地披着条浅棕色宽围巾，戴一副银边眼镜，显得非常有涵养。

大黄狗朝着阿朱吠叫几声后被老人轻轻一掌拍在了脑门上，便乖顺地卧到了老人脚边，见老人询问的目光望过来，阿朱立即展现出亲切的笑容，说：“奶奶您好，我暂时借住在朋友这里，我……”

阿朱的话还没有说完，老人就一边摆手一边把门关上了。当时阿朱心里满是诧异，但也只当是老人脾气古怪。现在想来，应该是老奶奶没见过她，把她当成推销员了吧！

门外突然传来一阵急促的敲门声，阿朱放下手机，疑惑地打开门，门口站着一个十四五岁的女孩。

女孩长得很清秀，留着顺直的黑长发，穿一件白色羽绒服，看到阿朱也不说话，踮起脚尖就向门里探望。

阿朱更疑惑了：“你找人吗？”

“有没有看到一只黑猫？”女孩的声音冷冷的，阿朱愣了一下才说：“没有啊，我一直在房间里没有出去过。”

女孩瞥了阿朱一眼，明显不信任她，又探身朝房间里望了望，试探地叫道：“喵喵，喵喵……”依旧没有发现异常，这才不甘心地转身走了。

阿朱简直哭笑不得，这于蓝住的到底是什么地方啊？怎么这么多奇奇怪怪的人？

二

大部分人都会选择轻松度过大学生活，阿朱却为自己制订了严苛的学习计划并坚决贯彻执行。别的同学问她：“你干吗要这样折磨自己呢？”她一脸无辜地回答：“我没觉得这是折磨啊。”

是的，对阿朱来说，时刻知道自己下一步要做什么，比要她随意挥霍时间容易太多了。而正是这样的特别之处造就了她安静内敛的性格，她习惯独处，也很享受独处带来的自由。

她每天七点起床，吃过早餐出去上课，中午买菜回来，下午窝在沙发里看外文电影或者背单词，困了就睡会儿午觉，醒来为自己做一顿丰盛的晚餐，夜里收发一些订阅的杂志邮件，上网随意和好朋友聊一会儿，十点准时睡觉。

这样安逸又平静地过了一周，这天下午，门外突然传来一阵喧闹。阿朱原本正在睡午觉，被吵醒之后，以为是有人敲门，恍恍惚惚就走过去打开了门。

而眼前的场景真是……混乱。

之前来阿朱家找猫的女孩正坐在楼梯台阶上哀哀哭泣，大黄狗不停地朝她吠叫，老奶奶呜呜呀呀地边说边比画，好像急于解释着什么。

阿朱回屋拿了纸和笔，在中间艰难地交涉，足足用了一个小时，她才弄懂了事情的来龙去脉。

那个名叫竹筠的女孩三个月前丢了自己最宝贝的黑猫喵喵。其实说丢也不恰当，事实是，竹筠自从养猫之后学习成绩严重下降，期中考试成绩退步了整整20名，妈妈怒不可遏，趁竹筠上学时将那只黑猫丢出了门。竹筠回家之后跟妈妈大发脾气，至今，她已经跟妈妈冷战了三个月，并且发誓如果找不到喵喵就再也不理妈妈了。

而一周前，竹筠拿着喵喵的照片给朋友看时，朋友说自己曾在放学途经西城小区时见到一位老奶奶抱着一只跟喵喵长得十分相似的黑猫。竹筠听后马不停蹄地找来了这里，第一次她找错了门。后来在小区里各处打听才确定了是住在阿朱家对门的老奶奶捡走了自己的猫。

阿朱将这些话写到纸上拿给老奶奶看，老奶奶犹豫了一会儿才提笔写下：我是曾捡过一只黑猫，但是没养多久它就自己跑了，我现在也不知道它在哪儿。说完她将大黄狗拽回了家，“嘭”地关上了门。

阿朱好不容易才将竹筠劝走了，而后，她再次敲响了老奶奶家的门，因为她隐隐觉得，老奶奶好像隐瞒了什么。原本她也不打算多管闲事的，但是看竹筠那么伤心，实在觉得于心不忍。

三

被大黄狗咬着裤脚走进客厅的阿朱顿时惊呆了。

老人家里的所有家具都套着色调温暖的布套，沙发前和阳台上均铺着米色的绒毛地毯，餐桌上摆着一个白色花瓶，花瓶中的满天星开得精致优雅。整个房间给人温馨舒适的感觉，阿朱暗想：老人一定是非常热爱生活的人。

老人示意阿朱坐到沙发上，她像是完全明白阿朱的来意，从茶几底下抽出纸笔就写了起来：

那只黑猫已经死了。半个月前，被一辆摩托车轧死了。那小姑娘因为猫丢了都能跟妈妈闹成那样，要是让她知道猫死了，她指不定怎么对她妈妈呢。就这样瞒着她吧，没准儿慢慢就能忘记了。

写完，老人若有所思地望了一眼趴在阳台上的大黄狗。

“你希望我帮你养狗？”阿朱望着老奶奶又在纸上写下的一行字，不可思议地睁大了双眼，她刚想出声反驳，突然想起老人听不见，于是低下头慌乱地在纸上写下：不好意思，我还有事，先走了。

阿朱起身时，老奶奶伸手抓住了她的胳膊，她又写了一段字，这段文字让阿朱无法迈动步子：

大黄得了肿瘤，没几天活头了，它陪了我十年，我又聋又哑，万一有天它真的要走了，我希望你能将我写给它的话念给它听，就当是帮我跟我的老朋友好好道个别，别让它孤单地走。

阿朱望了望趴在阳台上的大黄狗，它真的很老了，能够明显看出精神不太好，它用两只前爪圈着一只手工缝制的布偶猫，歪着头望向窗外。

阿朱突然觉得心软了，想了想，在纸上写道：那我需要做什么？

老人写道：其实平时也没什么特别需要做的，大黄有事的时候，我能找到你就可以了。所以空余时间，希望你能多来我家坐坐。

阿朱看着从老奶奶笔下现出的每个字，直到她画上句号，她突然有点儿后悔，这不就成了保姆？可是再回头看看蔫头耷脑的大黄，她叹口气，实在不忍心拒绝，只好点了头。

四

第二天早上出去上课时，阿朱拉开门就吓了一大跳，老人和大黄一起站在门口，安静又诡异地望着她。手里没有纸笔，阿朱只好抬手边比画边用口形对老奶奶说：“我要去上课，中午才能回来，有事下午再说吧。”

老人忽然从身后拿出一块蛋糕递给她，指了指自己又指了指她。

“给我吃的？”阿朱惊讶地问。蹲在老人身边的大黄“汪”了一声，好似替代老人做出了回答。

阿朱顿觉心里温暖无比，想道谢又不知道怎么表达，干脆拥抱了下老人，又弯腰摸了摸大黄的脑袋，然后冲他们摆摆手下了楼。

老人做的蛋糕非常美味，这一上午，阿朱心情都特别好。中午回家时，她特意去买了水果答谢老人，提着购物袋刚走到单元楼前，便看到了坐在台阶上的竹筠。

“姐姐。”一见阿朱，竹筠就迎了上去，一改从前的冷漠，小脸上写满了哀求，“姐姐你能不能帮我问问老奶奶，喵喵是什么时间从哪里跑走的？我一定要找到它。”

阿朱叹口气，问她：“你这么执着地找喵喵到底是为什么呢？”

“喵喵是我最好的朋友离开这座城市之前交给我养的。”竹筠吸了吸鼻子，“万一有天她回来了，发现喵喵不见了怎么办？”

“她一定会原谅你的。”阿朱用手揽住竹筠的肩膀，安慰道，“也许喵喵现在被别人收养了，过得很好呢？别伤心了，走，姐姐请你吃好吃的。”

看到阿朱带着竹筠来，老人有一瞬间的错愕，最终还是摆手让她们进来了。老奶奶做了一桌饭菜。她在纸上告诉阿朱，每天给她做饭当作照看大黄的报答。

饭菜十分可口，阿朱暗暗觉得心虚，说是照看大黄，其实平时也根本不需要她做什么。再看一旁的竹筠，果然还是小孩子，刚才还哭哭啼啼的，现在却欢天喜地地开始大吃起来。

吃饱喝足后，竹筠跑去阳台和大黄玩，阿朱则陪老人下起了象棋。老人棋艺高超得很，几盘下来，阿朱输得心服口服。看着老人脸上得意的笑容，阿朱也觉得很高兴，对于喜静的自己，与老人在一起，非但不觉得无趣，反而十分舒服自在。老人拿出一个崭新的笔记本，意为两个人聊天使用。阿朱是这一刻才感受到了老人内心的孤单。她应该有很多年没有这样亲切地与人相处了，所以显得格外珍惜。

忽然，阳台传来一阵激烈的狗吠，竹筠吓得哇哇乱叫，阿朱赶忙跑过去，一向温和的大黄此时身体后撤呈现出即将要扑上来的架势，阿朱不解地问躲在自己身后的竹筠：“发生什么事了？”

“我也不知道。”竹筠颤抖着说，“我只是把那个脏兮兮的布偶猫扔进了垃圾桶里而已。”

老人制止了大黄之后，才用文字告诉她们，捡来喵喵喂养的那些日子里，大黄和喵喵成了很好的朋友，所以喵喵突然离开之后，大黄一直很伤心，老人便缝制了一只布偶猫，让它代替喵喵陪伴大黄。末了，老人又写道：**大黄跟着我很可怜，因为我聋哑，它也不得不变得聋哑，屋里每天安静无比，所以有喵喵陪伴它的那段日子它应该是非常开心的。**

或许是大黄和喵喵的感情触动了竹筠，沉默了半晌，她突然走到垃圾桶旁边，将那只布偶猫掏出来，拍干净尘土，郑重地放到了大黄身前，大黄立刻伸出前腿将布偶猫圈住了，竹筠倾身搂住大黄的脖子，说：“大黄，以后我做你的朋友，好不好？”

“汪！”很通人性的大黄适时地叫了一声，竹筠开心地叫嚷道：“它答应了！”

阿朱和老人也相视笑了起来。

五

尽管无法交谈，阿朱和老人的关系还是慢慢亲近起来。每天早上她赶着出门去上课，一出门便能收到老人亲手做的营养早餐，她甚至会在白纸上写下中午的菜单，直到阿朱猛点头才满意地离开。而竹筠则成了这里的常客，后来索性连寒假作业也拿来老人家里做。虽然每次她都说“是来陪大黄玩的”，但阿朱总觉得她有“蹭吃蹭喝”的嫌疑。

这个寒假过得与阿朱想象中完全不同，从前在学校里，因为一直忙碌着自己的学习和课外计划，阿朱和班上的同学并不是很熟络，她从没想过，自己会和一位聋哑老人以及十几岁的少女成为如此亲近的朋友。

渐渐地，阿朱知道了老人许多事。她一直没有结婚，从前跟随父母生活，父母过世之后，便开始独居。也许是因为天生聋哑，所以不结婚不生子，性情怪异也没有惹人非议。所有人都觉得，她无论怎样生活都是应该的。她一直过得平静又清淡，读了很多书，在聋哑学校做了大半辈子的手语老师，她并不觉得“寂静”太难熬，因为她从未体验过“聆听和倾诉”的快乐。

她只是觉得害怕。因为听不见又不能说话，所以刚刚独居的那段时间，她整夜整夜不能睡觉，总是觉得半夜有人撬门进来偷东西。于是干脆从卧室挪到客厅沙发上睡觉，每天守着大门，可仍旧睡不着。最后实在没办法了，才去领养了大黄。

阿朱曾问老人：为什么不找个伴儿呢？老人挑挑眉，写道：我很快就要去找他啦。

一想到老人要搬走，阿朱还觉得挺不舍得的，于是在那行字下面写了学校的地址，又写：不管去了哪儿，都记得给我写信。

老人笑容慈祥地点了点头。

春节，阿朱是和老人以及竹筠一起过的，和乐融融地吃了年夜饭，然后坐在一起看春节联欢晚会，竹筠一直待到她妈妈不停打电话才离开。送她出小区时，阿朱问她：“还不打算原谅妈妈啊？”

竹筠鼓起腮帮，半晌才说：“我知道她是为我好，但她真的太专制了，为了不知身在何处的喵喵，我一定要等到她的道歉。”

阿朱敲了她脑袋一下：“人小鬼大，差不多就得了啊，哪有女儿生妈妈气的？感激一辈子都不够呢！”

竹筠突然叹了口气：“奶奶没有父母，也没有儿女，现在大黄又病了，万一大黄死了，她该怎么办呢？”

阿朱搂住这个善良可爱的小女孩，笑着安慰她：“放心吧，老奶奶说她很快就要去找自己的伴儿了。”

回去之后，阿朱再敲老奶奶的门，却一直没有人来开，阿朱以为大黄出事了，结果听到了大黄的吠叫声，阿朱猜想，老奶奶或许是睡着了，今天一直忙着做饺子、饭菜和甜点招呼她们，肯定累坏了。阿朱站在门口笑着说了句“晚安”就回家了。

六

第二天早上，阿朱一边抱怨着一边起床，准备去外教老师家里上课，这外教老师实在太不通人情了，大年初一也不放假。打开门原本期待着一大早就会有早餐吃的阿朱却没有发现老人的影子。

是有些奇怪，平常老人都会带着大黄在门口等她。难道老奶奶睡懒觉了吗？阿朱敲敲门，对着门里喊了一声：“我先去上课啦！”

路上收到于蓝发来的拜年短信，阿朱也回了一串祝福给她，接着突然想起什么又说：阿蓝，你们对门住着的老奶奶大概不久后就要搬走了，到时候要是我在学校，你记得给我打个电话，我来送送她。

没一会儿，于蓝回了电话过来，饶有兴致地问：“你和老奶奶相处得那么好呢！不过她年纪都那么大了，还要搬去哪儿啊？”

阿朱笑说：“她自己说的啊，很快就要去找自己的伴儿了。老奶奶人很好的，一生没有结婚，是个很有故事的人！”

听筒那边安静了一会儿，才响起于蓝有些疑虑的声音：“一般老年人说要去外地找谁谁谁，十有八九是生了重病，你最近多关注着点儿老奶奶吧。”

阿朱心里一沉，想到昨晚和今早都没能敲开的房门，立刻转身朝着小区狂跑。心里祈祷着老人千万不要有事，眼泪却止不住地往外涌。

阿朱到达门口时竟发现竹筠也在，她疑惑地问阿朱：“姐姐，奶奶还没起床吗？我敲了好半天门，你听大黄叫得那么凶，就是没人开门，以往奶奶一看大黄叫就知道是有人敲门了。”

阿朱没有回答她，迅速用老人给的备用钥匙打开门，大黄“噌”地蹿到了阿朱身边，拖着她的裤脚往里走。令人诧异的是，阿朱和竹筠找遍了各个房间，却都没有发现老人的踪影。

那封摆在茶几上的信应该是提前准备好的，字迹十分工整，上面写着“给我的大朋友阿朱、小朋友竹筠”。

信的第一句话就是：这是我的故事。

年轻的时候，最喜欢的人向她求婚，因为觉得自己是聋哑人是个拖累，她拒绝了；后来，在一次同学会上，听说他们都还单身，朋友要重新撮合他们，她舍不下面子，再次拒绝了；再后来，她想通了，想要托朋友牵线时，他订婚了；再后来她听说他病逝了，老伴儿被儿子接走照顾，从前住的房子空了出来，这才租下了他的旧居，带着大黄搬了进来，想在一生走到尽头之前，不错过与他的最后陪伴。

之后，老人这样写道：我以为这已经是这一生自己做过的最勇敢的事，可其实我还做了另外一件事。

真抱歉，我骗了你们。得了肿瘤的不是大黄，是我。去年冬天，医生告诉我，我还剩六个月的寿命。我已经六十五岁，身边没有任何亲人，所以并不觉得多么恋世。我当时想，半年足够了，反正我要做的事情只是为大黄找一家靠谱的动物收容所。

但实际上半年远远不够，因为我始终没能把大黄送出去，每一次它都自己找回了家。我想，它是不放心我。为了它，我多活了半年，然后遇到了你们。曾经我常奢望，自己能像个妻子，像个妈妈，像个奶奶一样，在家里为家人煮饭、做甜点，然后心满意足地看着他们狼吞虎咽地吃完。是你们让我达成了愿望。谢谢你们的陪伴，这段日子珍贵得就像上苍给我的恩赐。

我的身体状况越来越不好了，所以我觉得是时候走了。在新年第一天，我选择离开这座生活了一辈子的城市，远游四方。

请求你们帮助我安顿好大黄。不要难过，也不用找我。新年快乐！再见。

阿朱别过头，再也忍不住，落下了眼泪。

尾声

竹筠收养了大黄。原本竹筠的妈妈是不同意的，是阿朱偷偷告诉了她关于喵喵被撞死的事实，作为和好的契机，竹筠的妈妈妥协了。

阿朱又过回了从前的生活，只是她常常收到来自各地的明信片，上面没有寄送人的名字，但那些关切的话语和娟秀的字迹再熟悉不过了。每一次收到明信片，阿朱都忍不住热泪盈眶，因为这是一个温暖的信号。

只是大四开学以后，尽管阿朱每周都去收发室查信，可她再也没有收到过来自远方的明信片。

人生中的有些相遇猝不及防，虽然短暂，却足以留下刻骨铭心的记忆。在那段有幸互相陪伴的日子里，阿朱为自己对老人和竹筠付出的真心而感到高兴。因为没有留下遗憾，所以回忆里满满都是温暖。

编辑互评

欧阳夏飞：真是温暖美好的一段往事，老奶奶的经历以及她与大黄狗相濡以沫的感情尤其令人动容。唯一的槽点在于开头阿朱姐说利用寒假进修一门外语，作为已经见识过你英语水平的我代表大家问一句："是在驾校学的吧？"

绿茉：被阿朱姐的故事感动哭了，看完结局心塞塞的，多希望阿朱姐可以一直收到老奶奶的明信片！比如，只是邮递员叔叔不小心弄丢了明信片，或者老奶奶年纪大了写错了地址，再或者寄到的明信片被大黄吃掉了……（彭彭：求求你，饶了大黄行吗？）如果世界上有这些"如果"，故事就不会比悲伤更悲伤了。

彭彭：阿朱姐为什么你从前的经历都这么温情感人呢？我的经历怎么就除了"帮倒忙"（撇嘴哭）还是"帮倒忙"（继续撇嘴哭）呢？（阿朱：因为你笨！）

幸福转角遇到你

文◎词　词

一

词词和猫猫雪的第一次见面，情况有点儿糟糕。

“喂，给我站住！再跑加倍罚款啊！”

听到天桥下爆发出一声喊，路人们纷纷探头探脑地看过去，其中就包括刚刚下班的词词。

看不清面孔，看不清性别，只看到有一个全身裹得跟小棉包子似的球体滚动着从天桥底下蹿了出来，身后好几名身穿制服、膀大腰圆的男性在追。冬天的雨夹雪哗啦啦地下，地上结了一层冰凌，又覆了一层雪花，跑起来相当艰难，而“小棉包子”很快就吸饱了水，滚也滚不动了。

城管大叔又在围堵天桥上摆摊的小商贩啊……词词这样想着，收回视线，然后撑起了自己纯白透明的小雨伞，走出办公楼的大门。不远处停着一辆出租车，词词看了看泥泞的地面，又看了看自己新买的皮鞋，叹了口气，咬咬牙，向出租车走了过去。

而另一边，由于腿长有限，被城管大叔们追堵的“包子”悲惨地发现，渐渐逼近的一群年轻城管之间，一抹让她十分恐惧的佝偻身影已经缓缓“浮出水面”。他（她）急得红绿灯都不看了，直接朝马路对面冲了过去。

幸运的是，马路边停着辆出租车，空的。

“小棉包子”兴奋地一握拳，撒了欢儿地往那儿跑。就在这时，他（她）看到一个撑着伞的女孩儿也快步低头走向出租车。

“小棉包子”急了，回头看看那群城管，已经分散开来去抓天桥下的其他小贩，只剩一个老头儿脸红脖子粗地坚持追着他（她），边跑边气喘吁吁地朝他（她）喊，“猫……猫猫雪你这混账丫头……你给我停喽！”

“小棉包子”——也就是猫猫雪，被老头儿堪称卓绝的毅力逼得欲哭无泪：“莫大叔，您都快退休了，还和一群年轻人来掺和什么啊……”

“我……我就算退休了一样天天堵你……你……你别跑啦！”

“那你倒是别追啊……”

眼看着那撑伞的女孩儿就要打开车门了，猫猫雪憋得脸蛋通红，急忙振臂高呼：“别啊！那车我要搭……”

冷不防脚下踩到一坨烂泥，吧唧，猫猫雪呈大字形趴在车前，然后……她的视线里出现了一双精致的皮鞋。曾经在天桥底下卖假名牌衣服的猫猫雪，出于职业习惯伸出手去戳了戳，不禁咋舌——纯手工小羊皮的……

“你没事吧？”头顶突然传来一声问候，女孩儿弯下腰来，向猫猫雪伸出了手。猫猫雪看了那只手半晌，突然跳起来，一把将女孩儿推进出租车，然后自己也跳了上去，顺手关上了车门。整个过程一气呵成，用了不到三秒。

就这样，词词和猫猫雪相遇了。

二

“师傅麻烦开车，清风街花园路北口！”上车之后，猫猫雪立刻报上地址，顺便朝司机送上一个大大的笑脸。司机被她那张脸笑得一怔，突然窗口传来咚咚的敲击声。城管莫大叔沟壑纵横的老脸趴在窗子上，在寒风中悲愤地咆哮：“猫猫雪你给我出来！逃避是没用的！”

“快开车！”词词见状急忙对司机师傅说。

“呃……”猫猫雪看看词词，又看看窗外气急败坏的莫大叔，没辙地叹了口气，略带歉意地小声问，“能不能再等一小会儿？我跟他说几句话就走……”

词词面带诧异地看了她一眼，点了点头。

猫猫雪将车窗降低了些，露出了一道缝隙，刚好容得下她一双清凌凌的大眼睛露出来，乞求地望着窗外的大叔：“莫大叔，我过两天在家做个‘义薄云天’的锦旗给您送单位去还不行吗？您别总盯着我追啊……”

“谁稀罕你做的锦旗啊？”莫大叔瞪起一双眼睛，怒气冲冲地吼，“你看看天桥底下摆小摊的那些人，除了你，哪个小过四十岁了？你才刚大学毕业，你爸妈知道得多伤心啊！”

“他们才不管我呢……”猫猫雪小声嘟囔，把身边的伞从窗口递了出去，讨好地眨巴眼睛，“莫大叔，天冷还下雨，您撑着伞别着凉……我……我走了哈……您别追，这可是真车，就是装了风火轮您也追不上……”

“那是我……（的伞啊）”

词词眼睁睁看着猫猫雪把自己的伞拿去“借花献佛”，反应过来时，猫猫雪已经决绝地转过头，沉痛地朝司机挥了挥手：“师傅，撤。”

出租车“嗖”的一声就蹿了出去，猫猫雪安下心来，终于把一直抱在怀里的东西拿了出来，本子、画册、彩色的笔……几乎都是跟绘画有关的东西。就因为怀里揣着它们，她才会看起来像个“包子”。

词词好奇地凑过去，抽出一本画册来，翻了翻：“你在卖文具？”

“嗯，有时候还兼职帮人画画。”猫猫雪抱起一个小小的画夹，得意地敲了敲。词词接过画夹打开，惊讶地说：“是漫画呀，画得真好！”

里面都是各式各样的Q版（卡通的，可爱的）小人，圆圆的眼睛，包子脸，皱起眉来活灵活现，还真跟眼前大眼睛的可爱女孩儿有些相似。

“小姑娘，花园路北口到了。”不知什么时候，司机师傅悄无声息地停下了车，两人这才发现猫猫雪已经到家了。下车前，猫猫雪眼珠转了转，突然一拍脑门：“啊，我把你的伞送人了！真对不起，明天我再买一把新的还给你好吗？”

词词摇摇头：“没关系的，也不是什么贵重的东西。”

“那是英国的一个很贵的牌子，我见过的。”猫猫雪笑着说，“别以为我是土包子啊，我会还给你的。”

“可你摆摊赚钱很辛苦啊……”词词想这样说，但看着女孩儿自信的脸，总觉得有些难以启齿。不过猫猫雪却似乎看出了词词的想法，轻灵地跳下车，关车门前对词词说：“放心吧，我家里不缺钱的。”

猫猫雪说完之后就走了，词词看着她潇洒的背影，总觉得哪里有些不太对劲儿，但又不知道问题到底出在哪里。直到出租车从花园路开到词词家小区门外，她才终于反应过来。

因为司机师傅说：“刚才那小姑娘是跟你一起的吧？她没付车钱，你得帮她付啊！”

“咦？！”词词瞬间傻眼了，好半天才反应过来，猫猫雪临走前那句“我家里不缺钱”后面其实还隐藏着一句话——

“我家里虽然不缺钱，但是我缺啊！”

三

那天因为猫猫雪拿走了自己的伞，而出租车又不能开车进小区大门，词词只得顶着雨雪一路走回家里。适逢已经为了工作连续加班半个月，她的身体本来已经出现炎症，所以第二天一早，她就华丽丽地晕倒在了公交车站。

刚刚升职不久，感觉压力很大，始终紧绷着的词词为此足足休了三天假。这三天她寝食难安，生怕工作被自己耽误下来。她甚至偶尔会想，那天要是没有出于好心，让那个摆地摊的女孩儿上车就好了。可即使这样，她还是得去见那个女孩儿一面，因为那天她离开时，落下了一张少年的素描画像。

跟她其他的Q版漫画不同，女孩儿的这张画彰显了专业美术功底，看得出是学过很多年的。让词词更诧异的是，这张画上的人，居然跟她认识的某个朋友很相似。因此，在那个朋友听闻词词生病前来探望的时候，词词便拿出了这张画像来：“莫白翎，这个画的是不是你呀？”莫白翎作为当红主持人，有个把粉丝在偷偷画他的画像也是正常的。

莫白翎坐在沙发里专心地削着苹果，闻声抬头瞄了眼那张画像，微微皱了眉：“这是谁画的？”

“一个在我们办公楼附近天桥摆摊的小姑娘画的。”词词说着把画纸翻了过来，“署名是……猫猫雪。”

莫白翎的眉头皱得更深了。词词奇怪地问：“不会是你认识的人吧？”

“不认识，听都没听过。”莫白翎斩钉截铁地说完，把削好的苹果塞进词词手里，“喏，慢慢啃吧，台里还有事，我先走了。”

“我又不是羊，什么叫慢慢啃？！”词词瞪着眼睛抗议，莫白翎却笑着穿好了外套走到门口，想了想，又回去拿起了那张画纸：“这个东西，你要还给那个摆摊的人吧？我去帮你还，你在家老老实实地歇着吧。”

词词窝在沙发里点点头，莫白翎便将画纸收进口袋走掉了。

四

三天病假后，词词又元气满满地回到了编辑部。虽然大家见到她时的喜悦让她很开心也很感动，但工作按部就班地进行着，让她也有种失落感——那种失落很微妙，好像一直以为自己是个英雄，可突然有一天，她发现即使没有自己的超能力，世界也能安全地运转下去。

那天中午，夏飞大方地提出为了庆祝词词病愈，大家一起去吃大餐，当然，聚餐的钱要由阿朱姐报销。一行人走向办公楼附近那家有名的西餐厅时，势必要经过那条天桥，词词下意识地往桥下瞄了一眼……那个瘦弱的大眼睛女孩儿正带着一如既往的阳光笑脸，兜售着一些稀奇古怪的小玩具。

“又转行卖玩具了呢。”词词有些好笑地想着，耳边传来莫小西好奇的询问：“你笑什么呢？”

词词指了指猫猫雪：“那个女孩子很有意思的，会画画，会摆摊，还会跟城管大叔吵架……”

莫小西看了看猫猫雪，脸色倏然一变：“你可别理她，这个小姑娘满嘴谎话，上次对我说她卖的包包全都是商场的尾单，结果买回家才半天，拉链就掉了，分明是假货。彭彭也曾经在她那里买到过期的面膜呢……”

听到“满嘴谎话”四个字，词词避无可避地想到猫猫雪那句“我家不缺钱”。可是紧接着她又想到了女孩儿为城管大叔送上雨伞的模样，那心疼可不是装的。“都要讨生活嘛，也不是很贵，就算了吧。”词词劝道，“她的心地还是不错的。”

莫小西无奈地叹了口气：“讨生活方式多了，也不知道为什么小小年纪非要出来摆摊……”

这个问题词词也很好奇，更让她好奇的是，她的直觉告诉她，莫白翎绝对是认识那个女孩儿的。这些疑问困扰着词词，因此午餐虽然很美味，她吃的却不多。回到编辑部经过一下午的疲劳工作，夜深下班时，她已经饥肠辘辘，走出办公楼的一路上都在思考待会儿要吃些什么。就在这迷糊的时刻，冷不防路边的花丛里跳出一道身影。

“劳模小姐，你终于下班了！”猫猫雪笑着站在词词面前。

词词整个人都吓傻了，老半天才反应过来，后退了三大步才颤巍巍地指着猫猫雪问：“你……你干吗？”

猫猫雪从怀里掏出一把雨伞塞进词词的怀里，说道：“之前不是说了要还你雨伞吗？看，这是我从朋友那边买来的，虽然有点儿瑕疵，但绝对也是专柜品质，工厂尾单，你不要嫌弃……”

夜很深，路灯昏暗，词词也看不清雨伞的模样，大概和自己的九成相似，便笑着说：“那真是谢谢你啦。”

猫猫雪嘿嘿笑着挠了挠头，然后打量了下词词：“你好像比上次见面瘦了嘛，是不是没有好好吃饭？我请你吃晚饭好不好？”

词词本想拒绝，但猫猫雪的笑容太诚恳，她又很想知道莫白翎与猫猫雪的关系，便点头同意了。词词接受邀约，猫猫雪似乎很开心，亲昵地挽住了她的手臂就带她向某个方向走去。词词其实并不习惯与陌生人快速混熟，但猫猫雪的亲和力太强，居然让她也没什么反感。

此时两个人才算是正式对彼此介绍了自己。

“对啦，我叫猫猫雪。”

“我叫词词。”

五

那天是词词头一次在街边的小摊吃三块钱一大碗的牛肉面，但跟猫猫雪聊天让词词觉得非常愉快。这个女孩儿似乎见多识广，对于全国各地，乃至一些世界知名的旅游景点都能信手拈来，说得十分详尽。

词词听着猫猫雪为她描绘的世界，忍不住感慨：“这些地方你都去过呀？真羡慕你。”

猫猫雪听后“扑哧”一笑：“那怎么可能？我叔叔以前是地理杂志的摄影师，每年都在世界各地忙碌拍摄，常常会对我说他旅行中的事。我一直也很想像他一样，只不过家里不支持……”见词词理解地点点头，猫猫雪又补充，“但是你不一样呀，你有条件去这些地方，你一定有一份不错的工作，因为你的东西都很贵！”

词词失笑：“可我没有时间呀，工作忙得要命，‘放假’两个字才是真正的奢侈品。”

“看你确实很辛苦的样子。”猫猫雪想了想，突然像变戏法似的拿出一个小本子，用铅笔在上面涂涂抹抹，很快一个愁眉苦脸、叹着气望天的Q版词词就出现在了纸上。上面还好笑地写出了词词的心事：“我想出去玩儿！”

猫猫雪把画纸撕下来塞给词词：“给你，不收钱！”

“谢谢！”词词惊喜地抱着画看了半晌，想了想又问，“对啦，上次我朋友把你丢掉的素描送给你了吧？”

猫猫雪正低头大口地吃着面，闻声呛了一下：“莫白翎是你朋友？”

“算……算是吧……”词词结巴了一下，“你画的人是莫白翎吧？”

谁知猫猫雪的眉毛居然也像莫白翎似的拧了起来：“谁会画那个阴险狡诈的家伙啊！你不觉得画像上的人比莫白翎帅多了吗？”

阴险狡诈？词词诧异地眨了眨眼，这女孩儿果然认识莫白翎，这四个字用来形容他真是太贴切了啊！

提起莫白翎，猫猫雪愤恨得要命：“你是莫白翎的朋友？我告诉你，你千万要离他远一点儿，这个人呀，最腹黑了，从小就喜欢装乖孩子，展示自己有多优秀，然后别人夸他时再摆出谦虚的样子……啧啧，都是装的！”

词词托着下巴想了想自己跟莫白翎“相识”的经历，忍不住点点头：“嗯，确实是这样啊……听起来你对他很熟悉？”

猫猫雪撇撇嘴：“是啊，我们是邻居，从小就认识了。”

那就奇怪了，莫白翎为什么不承认呢？词词心中的谜团又多了一个，可猫猫雪似乎并不打算继续说下去了。时间已经到了深夜，两人便准备各自回家，结账时，猫猫雪拦住了词词掏钱包的手：“说好了我请你的，不是说了吗？我家不缺钱的。”

词词只得收了手，看着猫猫雪从随身的小包包里掏出一张五十块递给老板，然后老板摸了摸，又把钱推了回来：“小姑娘，你这是假钞。”

猫猫雪惊呼：“什么？这是我身上最后一张五十块了！上午买玩具的阿姨骗我！”

不知道为什么，最后这顿饭是自己买单，词词却一点儿都不震惊了。

六

后来词词便跟猫猫雪熟悉起来，加班到深夜的时候，词词经常会遇到在天桥下卖各种奇怪东西的猫猫雪。两人偶尔会并肩坐在天桥下聊聊天，偶尔也会一起去猫猫雪最新发现的小餐馆。两人凑在一起的时候，最常说起的就是莫白翎。当然，基本上都是说他的坏话。

比如这家伙表面上淡定其实超爱耍帅啦，或者这家伙小时候把自己做错的事推到猫猫雪身上，拆穿后被奶奶一通狠揍，最后躲到墙上却下不来啦……知道莫白翎不为人知的一面，让词词异常开心，偶尔跟莫白翎出去吃饭，看着对方斯文帅气的脸，都会忍不住笑喷出来。

莫白翎抽出餐巾纸递给笑得呛到的词词，叹了口气：“你最近怎么这么奇怪？看到我就傻笑？”

词词佯装没事，忍住笑说：“根本就没有……”说完却又笑了起来。

莫白翎无奈地摇摇头，只得等着词词笑够了，才说：“过几天我生日，你要不要来我家吃饭？”

词词这才想起莫白翎的生日就在最近几天，有了猫猫雪这个“新任闺蜜”，她都快把莫白翎的事儿忘光了。她想也不想就点头答应：“可以啊，当天一定准时到。”

跟莫白翎吃过晚餐之后，词词便起身准备回公司加班，路过天桥时，她意外地发现猫猫雪的摊位还在，人却不见了踪影。害怕她的东西被偷，词词便干脆坐在了猫猫雪的“御用小板凳”上，顺便拿起她的画册翻了起来。

她画的Q版漫画里面，很多都是跟词词在一起的场景，词词看着，甜蜜地笑起来，可很快，她发现后面的画却不太一样。又是素描，而对象还是同一人——疑似莫白翎的神秘少年。

“咦，你来了！”猫猫雪的声音突然从头顶传来，词词抬头看着她，心里的感觉有些奇妙。猫猫雪扫了眼她手中的画夹，似乎有些不太自在，一把拿回手中合上：“刚刚城管路过，我以为他们又来逮我，来不及收摊就跑了，没想到真的只是路过……”

词词笑着点点头，两人间的气氛莫名有些不自然，好半晌，词词才突然说：“莫白翎过几天生日呢。”

猫猫雪懒洋洋地“哦”了一声：“我知道啊。”

词词看着没什么精神的猫猫雪，一个念头突然在脑中跳了出来：如果不是很重要的人，大概不会这样牢牢记得对方生日的吧？

那天之后，词词总觉得自己对猫猫雪有些抱歉，她似乎并没有看清楚猫猫雪对莫白翎的“愤恨”背后隐藏着怎样的心情，以至于等她发现的时候，之前跟猫猫雪说的一切，看上去都像是炫耀——你瞧，你只能说些他过去的事情，而我了解他现在的一切。

她甚至开始怀疑这份友情的开端，是不是根本就因为莫白翎。

莫白翎生日当天，词词下班后便飞快地跑去了莫白翎家所在的小区。然而在小区门口不远处，词词却看到了一抹熟悉的身影。

“你就让我进去吧，我真的认识莫白翎。”猫猫雪站在小区门口对保安说，“不信你打电话问问他啊！”

保安小哥也很无奈：“我问过了，对方说不认识你。”

“咦？他怎么能睁眼说瞎话……”

两人僵持了许久，猫猫雪终于放弃了。她把一个画册交到保安小哥手中，然后千叮咛万嘱咐：“你一定要交给他知道吗？交给他本人。”在得到保安的承诺之后，她才一步三回头地离开了。

她刚一离开，词词就走了过去。保安小哥是认识词词的，立刻把画册交给词词：“这是一个粉丝送给莫主持的，麻烦你进去的时候帮我转交一下。”

词词拿着画册到了莫白翎家，他的家里已经聚集了很多人，大部分都是两人的老同学，以及一些词词并不认识的，莫白翎的朋友。词词把画册交到了莫白翎手上，想到刚刚猫猫雪失落的身影，再看看眼前这个淡定如常的青年，突然就愤恨起来，瞪着他一字一顿地说：“这是你不认识的猫猫雪送给你的。”

莫白翎听到“猫猫雪”三个字就皱眉头，不太开心地低头打开画册，却一瞬间换了一张惊讶的脸。里面是同一个少年的不同姿态，足足有上百张。

“她走远了吗？”莫白翎急匆匆地问词词。

词词有些呆愣：“刚走……”

话音刚落，莫白翎便飞似的跑了出去。看着他的背影，以及自己手中精挑细选还没来得及送出的礼物，一瞬间，那种失去“超能力”的失落感，又一次回来了。

七

如果知道那是自己最后一次见到猫猫雪，莫白翎生日那天，自己一定会毫不犹豫地从街角处走出来。

这是在猫猫雪“失联”半个月后，词词在心中转了无数遍的想法。

不管莫白翎跟她是什么关系，又或者她一开始是为了什么接近自己，但朋友就是朋友，那些在一起度过的快乐时光，怎么可能是假的呢？那条天桥又不是奥斯卡的舞台。可当词词意识到这一点时，自己已经找不到猫猫雪的踪影了。而这时她才发现，自己原来连猫猫雪的联系方式都没有——这个每天把“不差钱”挂在嘴边的女孩儿，甚至没钱买一部手机。

走投无路的情况下，词词只得万般不情愿地联系了莫白翎。生日过后，莫白翎给词词打过很多通电话，但词词莫名地不想接，不想听到他的声音。潜意识里，她总觉得如果继续跟莫白翎保持友谊，猫猫雪就再也回不来了。

电话刚响一声，莫白翎就飞快地接起了电话，声音像是松了口气：“你终于肯接我电话了！我正想着如果你再不接，我就要杀到你家门口去找你……”

词词尴尬地糊弄着：“前几天工作比较忙啦，其实我是想问你，你知道猫猫雪哪里去了吗？你生日那天之后，我就再也没见过她……”

词词本以为，莫白翎怎么说也算与猫猫雪“关系匪浅”，听到“失联”的消息总会紧张一下，没想到对方却像没事似的：“她最近没有去摆摊了对吧？她爸没收了她的零花钱，我看她是没钱摆摊了。”词词被这突来的消息镇住了，好半天才问：“她现在是回家了？”莫白翎很自然地说：“是啊，你找她有事吗？我叔叔最近病了，今晚我要去探望他，猫猫雪就住在我叔叔家隔壁，你可以顺便过去。”“哦……好啊……”

事情就这么敲定下来。上班、工作、下班、与莫白翎见面、到莫白翎家门口……这一系列的动作，都让词词像梦游一样。直到莫白翎按响了叔叔家的门铃，词词才突然反应过来，转过头恶狠狠地瞪着莫白翎：“你这回怎么不骗我说你不认识她了？”

莫白翎怔了怔，随即干咳了两声：“我前几天真是巴不得不认识她，谁让她害我……”

话没说完，门打开了，一张让词词十分眼熟的大叔脸出现在她面前。

顾不上失礼，词词诧异地指着对方喊：“城管莫大叔？”

“你认识我叔叔？”莫白翎诧异地看着词词，词词的脑子已经有些短路了，眨眨眼说：“算……算是吧……认识猫猫雪的那天，她被莫大叔追，然后上了我的出租车……”

“哦，就是你啊，帮那丫头逃跑。”莫大叔闻声笑了，开门让词词跟莫白翎进屋。词词发现他的行动不是很灵活。

莫白翎看到叔叔行动不便，眉头又皱了起来："都是那天她满大街跑，害得我叔叔崴了脚，现在都还没恢复，死丫头，一点儿都不知道轻重，我叔叔也是见她爸妈每天愁眉苦脸，才想赶快把她抓回家的好吗？"

见词词还是将信将疑，莫大叔也悠悠地开了口："我是看着猫猫雪长大的，大概因为我年轻时的工作是摄影师吧，见得多，讲起故事来当然就比其他人精彩了点儿，所以那孩子从小就喜欢跟我亲近。自从开始学习美术之后，她更是没事儿就喜欢翻出我年轻时的老照片来临摹。以前我跟她要那些画她都舍不得给，扬言要等我老了的时候出一本画集给我看，没想到大学毕业之后她却跑去天桥摆摊……"

"我叔叔那段时间气得要命，她是铁了心要在外面'闯荡'，直到我叔叔崴了脚，她才知道自己错了。"莫白翎没好气地哼了声，"她爸妈就在家门口守着，她不敢直接来向我叔叔认错，就跑来找我帮忙说情，她想得倒轻松！"

"你是气她害你叔叔崴了脚，才假装不认识她呀？"词词恍然大悟，好半天又问，"所以，她那天送你的画册，画的不是你，而是……"

莫白翎何等聪明，词词还没说完，便理解了她的意思，失笑道："当然是我叔叔年轻的时候啊，她是用那本画册来讨好我叔叔，顺便赔罪的。我平时都不理她，保安又不让她进门，她只能挑我生日的时候送来了。"

"可是你那天很紧张地追出去了……"

"因为这孩子居然在画册里夹着一封告别信！"莫白翎脸色更差了，"说要离开北京去做流浪画家，如果我叔叔知道我把她放走，会打断我的腿的！"

词词结结巴巴地说："我还以为……（她喜欢你呢……）"

莫白翎白了她一眼，大言不惭地说："以为什么都是你不对，再说，我叔叔年轻时哪有我万分之一的帅气？"

"臭小子。"莫大叔闻声给了莫白翎一个暴栗，三人却都笑了起来。

八

在莫白翎不情不愿的叙述下，词词才终于弄清了前因后果。

猫猫雪的家里确实不缺钱，父母都有一份不错的工作，她算是娇生惯养长大的。但是，受了年轻时莫大叔的影响，猫猫雪觉得，人生啊，一定要到处走走看看，不能把自己禁锢在一个地方过一辈子，所以便拒绝了爸爸要安排她去学校做美术老师的提议。可惜脾气火暴的猫爸对此并不认同，父女俩大吵一架之后，猫猫雪就带着自己从小到大攒下来的压岁钱离家出走了。可惜，离家出走后的她，找工作却屡屡碰壁。大学刚毕业，没有工作经验，她只能在天桥下给路人画画，而她原本充实的钱包，却因为几次遇到骗子而日渐干瘪。那些“原单”啦、“高仿名牌”啦，都不是猫猫雪故意骗人，虽然她从小见多了名牌，但现在造假技术日益高超，她又单纯得从不怀疑那些“生意上的朋友”会居心叵测，便一次一次地受骗上当。

词词听了这些，突然觉得这个单纯的女孩儿真是可爱无比，她迫不及待地想再见到猫猫雪，对她说自己很想念她。她急忙跑去按响了莫大叔对门的门铃——这里就是猫猫雪那个“不差钱”的家。门铃响了三声，房间里由远及近地传来了“咚咚咚”心急火燎的脚步声，紧接着房门打开，一张暴跳如雷的大叔脸出现在词词面前：“死丫头，刚逃跑就回来了！没带钱是吧？！”大叔的大嗓门把词词吓得傻在原地，而当大叔看清词词的脸时，也愣了一会儿。

“您……您好，您是猫猫雪的爸爸吧？我是猫猫雪的朋友，她在家吗？”

“在家？在家倒好了！”猫爸牙齿磨得霍霍直响，“她今早又畏罪潜逃了！这里是二楼，她居然敢给我爬窗！”

“畏罪潜逃”四个字，用得可真妙啊……词词想着猫猫雪欢乐的身影，总觉得她做个“通缉犯”似乎更有趣，做老师可不太适合她。只不过，不知道这次她又要逃到哪里去摆摊画画了呢？

离开莫大叔家后，词词一边想着跟猫猫雪相处的点滴，不知不觉就又走到了那个天桥下。

雨夹雪，和她们初遇时差不多。大老远，她就看到猫猫雪坐在她的“御用小板凳”上给一个十二三岁的小女孩儿画画。小女孩儿活泼好动，为了让她安静地摆姿势，猫猫雪便编故事给她听。见词词走过来，猫猫雪眼睛一亮，丢掉画板就跳起来，扑过去抱住了词词。

“你终于出现了呀！我找了你好久呢！”

词词有些愣神：“你什么时候找过我？”

猫猫雪郁闷地说：“你没给过我你的电话呀，我只能晚上蹲在你的办公楼楼下等你，可你一直不出现……”词词这才想起，为了找猫猫雪，自己已经很久没加班了。可她却并不想说这些，失而复得的闺蜜让她太高兴了，只知道傻笑着说：“以后我再也不会让你久等啦！”

两人开心地叙了一会儿旧，约好一起去吃猫猫雪最新找到的超实惠的路边摊，这时，词词却看到那个得到猫猫雪画作的女孩儿正开心地对妈妈说：“妈妈你看，这个姐姐画得真好，故事讲得也好听……”

一瞬间，词词心中浮现出一个念头。她拉住猫猫雪的手，撑开一直放在包包里的，猫猫雪赠送的，破了一角的“尾单名牌伞”一起走进雪中，笑着对她说：“喂，有一个神奇的编辑部，超级温馨又可爱，你要不要来？”

编辑互评

Fairy：看完词词的同名小说，我了解了三件事：第一，原来猫猫雪就是害彭彭敷过期面膜过敏俩礼拜的罪魁祸首；第二，原来猫猫雪就是害莫小西半路掉钱包的罪魁祸首；第三，原来猫猫雪就是害我撑着词词的名牌伞出门结果半路被雨淋成狗的罪魁祸首……猫猫雪，你准备好以死谢罪了吗？

猫猫雪：那把伞真的是正品尾单啊F姐，上面那个洞是词词缺心眼儿把伞挂在树上钩破的！

绿茶：我只想说……难道因为我韩剧看太多了？经过如此波澜壮阔、跌宕起伏的（伪）三角恋，大家没发现词词跟某金牌主持人的感情又更进了一步吗？等到《女生时代3》的时候，他们会不会就结婚啦？

词词：咳咳，重申一遍，本故事纯属虚构，如有雷同，那个……

众编：你以为现在说这句话还有用吗？

少年，请别看镜头

文◎欧阳夏飞

一

“你确定，我爸妈不会把我活活揍死？”凌越倚着篮球架，一脸愁容。

欧阳夏飞皱了皱眉，似乎认真思考了一下：“应该不会吧。你爸不是全市十大杰出律师吗？杀人偿命这个道理我觉得他还是懂的。”

“正经点儿好吗？”凌越将手里的篮球用力砸了过来。

“不就是倒数第七嘛，至于那么害怕吗？”欧阳夏飞稳稳地将球接住，在指尖轻巧地转了起来。升入高中部之后的第一次期中考试今天放榜，中考成绩还在中上的凌越竟然直接掉到了全班倒数第七，吓得家都不敢回，欧阳夏飞只好给他做了快一个小时的心理建设。

突然想起什么似的，欧阳夏飞皱了皱眉：“对了，我今天路过二班的时候扫了一眼，你那个茵芙好像排名也挺靠后的。”

“真的假的？不会吧？”凌越就像身体里装了根弹簧，蹦了起来，“你看错了吧？”

“瞧，一提茵芙你就活过来了。”欧阳夏飞挑了挑眉，得意地笑道。凌越跨上单车，凄凉地叹了口气：“算了，我还是早点儿回去争取宽大处理吧！”

凌越前脚刚走，欧阳夏飞兜里的手机突然响了起来。

“你好，请问你是叫欧阳夏飞吗？”电话那头的女生似乎年纪很小，又或许是紧张，声音有些发颤。

“我是，请问你是……”

女生沉默了两秒，接着说道：“我捡到一部手机，里面没有电话卡，电话簿里只存了你的电话，所以……”

“你现在在哪儿？我得看看才知道。”欧阳夏飞挠了挠头。

“我在……”女生犹豫了一下，“我现在在华晨中学篮球场，你在哪儿？我给你送过去也行。”

欧阳夏飞猛地回过头，远远地，一个瘦小的身影正从篮球场旁边那栋楼里走出来，沿着最外围那块球场的边缘，低头打电话的同时慢慢往前踱着步子。

“这里！”欧阳夏飞挥手招呼道。

那个身影顿了一下，跟着加快脚步朝这边走来，一直走到跟前，借着月光，欧阳夏飞终于看清了对方的模样：皮肤白皙，即使在这样的夜里也像泛着淡淡的光泽，齐耳的短发遮住些许眉眼，衬得脸上的五官越发乖巧、可爱。双颊泛红，眼神也透着些犹疑，握着手机的右手还僵硬地停在耳边，看起来并不擅长和陌生人打交道。刹那间，欧阳夏飞有些慌神，对方也许不认识自己，他却早已对她的一切耳熟能详。

“你好，我叫茵芙。”像是努力调动起全身上下每一处关节的能量，少女白皙的脸上泛起一抹温和的笑容。

二

欧阳夏飞确定从来没见身边有人用过这部手机，可是种种迹象表明，机主跟自己绝对关系匪浅。手机型号倒是很普通，也就几百块钱的样子，但看起来非常新，机主显然非常爱惜。没有软件，没有游戏，没有短信，没有通话记录，只有电话簿里存着的自己的号码，以及静静待在相册里的自己的几十张照片。到底是什么人，悄悄地拍下了这些照片？欧阳夏飞用指尖将照片一张张划过，照片里的自己有时在球场打球，有时风驰电掣地骑着单车，有时挤在一群饥肠辘辘的学生当中咆哮着跟食堂阿姨点菜……难怪茵芙会推测自己有可能知道机主是谁，这个人，简直就像二十四小时跟在自己身后一般。

这个人到底是谁？欧阳夏飞的心里充满了好奇，也正是这股强烈的好奇驱使他傍晚离开学校之前向茵芙撒了谎，说他知道机主是谁，会代为转交。

谎都撒了，当然更要竭尽全力找到机主。第二天下了早自习，欧阳夏飞将昨晚发生的一切以及自己的分析和凌越讲了一遍，希望能听听他的意见。

“茵芙为什么也那么晚回家？在图书馆看书吗？可是女孩子家的这么晚回去多危险啊！”凌越紧张地握了握拳，“茵芙果然是个好姑娘，拾金不昧，作为感谢，我们请她吃顿饭吧！”凌越继续沉浸在自己的世界里。

“感谢？这不应该是机主的事儿吗？”欧阳夏飞开始怀疑凌越的智商。

“就这么定了，周日晚上一起吃甜品吧！还好我已经从二班的哥们儿那儿要了她的电话。”凌越夺过欧阳夏飞的手机，自作主张地给茵芙发起短信，一边打字，嘴里还一边愉悦地哼着小曲儿。虽然觉得这一切太过滑稽，欧阳夏飞还是选择理解凌越。不过是吃顿饭而已嘛，兄弟的事就是自己的事，兄弟想认识的女孩儿……嗯，无论如何也要帮他创造机会。

周日晚上，欧阳夏飞骑着单车赶往约定的甜品店，手机却突然响起，电话那头的凌越声音少有地焦急：“夏飞，你到了吗？我可能去不了了，奶奶突然晕倒送医院了，我要立刻赶过去！”

“放心吧，你快去医院吧，路上小心点儿，我跟你的茵芙打电话改期。”

挂掉电话欧阳夏飞赶紧看了看时间，还好，茵芙应该还没出门，他赶紧拨通茵芙的号码。可是……

“对不起，您拨打的电话已停机。”要不要这么巧？站在人来人往的街头，欧阳夏飞瞬间无语，难道要自己去赴约吗？

三

“凌越他……临时有事儿，急事儿，实在抽不开身，可能来不了了。”欧阳夏飞看着坐在对面的茵芙，急促地解释道。

茵芙点点头，双手握着面前的玻璃杯，似乎也不知道该说些什么，纤细的手指轻轻叩着杯壁："对了，手机的主人找到了吧？"

欧阳夏飞一愣，没想到对方会问起这个，下意识地点点头："找到了！"

换茵芙点点头，对话再次戛然而止。

虽然今晚的主角应该是凌越，自己不过是个打酱油的，但毕竟是男生，总不能比对面的少女还腼腆，更何况，茵芙本来就以腼腆著称……欧阳夏飞暗自叹了口气，只好不断狼狈地找着话题，却感觉怎么开口都无比生硬，直到凌越再次打来电话："夏飞，我奶奶没大碍了，你们还在甜品店吗？"

"在在在，你赶紧过来！"欧阳夏飞好像快要溺亡的人突然看到一个救生圈，匆匆挂了电话，冲茵芙笑道，"我去下洗手间！"

这当然只是个借口，明显到欧阳夏飞确信自己起身之前茵芙便已识破。可是，顾不了那么多了，自从茵芙刚才随口问起手机的事，欧阳夏飞便感觉心虚得厉害，一直坐立不安。医院离这里不远，凌越应该很快就到了，但愿那个正匆匆赶来的少年不要将一切搞砸。飞一般逃离甜品店的欧阳夏飞钻进了一家闪着霓虹灯的台球厅，再出来时已是两个小时以后，外面不知何时竟下起了倾盆大雨。冷清的街道上人影寥寥，欧阳夏飞冒雨赶回家里，自然少不了被老妈训斥一番。洗漱妥当，欧阳夏飞坐到写字台前，才发现手机不知道什么时候已经自动关机。刚接上充电器，一条短信便跳上屏幕：夏飞，我还是去不了，爸妈晚上有事儿，我要留下来照顾奶奶。你记得送茵芙回家，路上小心！

突如其来的暴雨还在洗涤着这座城市。这么晚了，她应该早就回家了吧？欧阳夏飞安慰着自己，心里却有种不安的情绪慢慢滋生。

四

"……李一曼、魏哲浩、茵芙。以上是今天升旗仪式缺席的人员名单，各班班长解散之后来我这儿登记，没有提前打好请假条的扣班级表现分！"

教导主任训话完毕便径直走下了升旗台，凌越一脸错愕："茵芙怎么可能缺勤？她一学期都不会迟到一回。昨晚你是亲自送她进家门的吧？"

"当然！"看着凌越一脸紧张的表情，欧阳夏飞条件反射似的撒了谎。自己虽然并非有意，但无论如何是在雨夜将一个女生独自扔下。自己回家之前为什么没想着确认一下茵芙和凌越的情况呢？不会真的出什么事儿了吧？一上午欧阳夏飞心里既懊悔又惴惴不安，中午一放学便赶去二班打听。

“茵芙今天请假了，好像是感冒了吧？怎么了？”二班班长想了想，道。

夏飞顾不得解释，跟对方要了茵芙的地址，便骑车飞驰出校园。

“你是……”敲开一栋老旧的筒子楼二楼顶西边的一扇铁门，一位身形有些佝偻的老奶奶疑惑地打量着夏飞。

“奶奶，我是茵芙的同学，听说她病了，来看看她。”欧阳夏飞目光从老人肩头越过，看到屋里陈旧、简陋的摆设，心里突然有些沉重。

老人将欧阳夏飞带到茵芙的卧室，便回到厨房继续洗菜，欧阳夏飞看着缩在毛毯下面脸色苍白，整个人显得更加瘦小的茵芙，百感交集地摇了摇头：“你……昨晚几点走的？”茵芙不但没有露出不满的表情，反倒调皮地吐了吐舌头：“九点半，本来还打算继续等的，可是手机停机了，又怕奶奶在家担心。”欧阳夏飞叹了口气，感觉无言以对。茵芙白皙的脸蛋此刻看起来似乎又苍白了许多，额头上不停往外渗着细密的汗珠，少女虽然努力挤出笑容，但不时地蹙眉和倒抽冷气表明她此刻非常痛苦。“怎么有血？”欧阳夏飞突然注意到毛毯的边缘有一处巴掌大小的血迹。

“嘘！”茵芙赶紧做了个噤声的手势，探着脑袋，紧张地望向厨房。

欧阳夏飞心头一沉，顺着血迹掀开毛毯，茵芙蜷缩在一起的小腿上竟然全都是血，只是用毛巾简单缠了一下，此刻整条毛巾几乎都要被染红。

“不要让奶奶知道，她会吓坏的！”茵芙双手合十，恳求地看着欧阳夏飞。欧阳夏飞看了看厨房，老人正坐在一只小板凳上择菜，头发花白，身形佝偻，显得虚弱又凄凉。不知道为什么，他突然有种想哭的冲动，背过身，弓着腰：“去医院吧，我背你。”

五

“踝关节扭伤。”一位身形高大的医生拿着X光片，有些不满地看着欧阳夏飞，“怎么现在才来医院？”

欧阳夏飞张口结舌，不知如何解释，踝关节扭伤？面前这个瘦瘦小小的姑娘是怎样忍着剧痛回到家里，又独自熬过一夜的？茵芙赶紧拽了拽他，笑着冲医生摆摆手：“谢谢叔叔，我们先去拿药了。”

空旷的过道里，不时有清冷的风从身旁掠过，欧阳夏飞低头坐在长椅上，许久才缓缓开口：“伤是怎么回事？”

茵芙摆了摆手，似乎不想多说：“没事儿，昨晚不小心被一辆摩托车剐了一下，当时以为没什么问题，回到家才发现……”

“为什么不去医院？为什么不告诉别人？”欧阳夏飞猛地抬起头，茵芙越是一副无关紧要的样子，他便越生气，生自己的气。

“我没想到这么严重，以为休息两天就好了。”茵芙愣了一下，双手紧紧揪着衣角，“爸妈都在外地打工，告诉他们，他们也不可能赶回来，奶奶年纪那么大了，我怕她着急……”

欧阳夏飞紧紧攥着拳头，眼前仿佛浮现大雨滂沱的夜里一个瘦小的女生淋着雨一瘸一拐走在街头的画面。

“对了，那天晚上你去哪儿了？怎么那么久都没回来？我向甜品店借电话打给你，可你的手机又关机了……”显然是想驱散此刻压抑的气息，茵芙及时岔开了话题。

欧阳夏飞愣了一下，转过头，定定地看着倚着椅背，努力朝自己挤出满脸笑容的女生。她竟然不知道？竟然不知道自己是故意溜走的？所以才傻傻地等，等到大雨倾盆，将整座城市淋湿？

“我……有点事儿，不好意思。”欧阳夏飞沮丧地低下头，第三次对这个天真的女生撒谎。

“没关系，没关系！”茵芙赶紧摆了摆手，“对了，能不能麻烦你帮我跟我们班主任请个假，刚刚医生说我这几天不能多走动……”

“不用了。”欧阳夏飞起身，长出了口气，“以后我接送你上学。”

说完这句话，欧阳夏飞的眼前仿佛浮现出一张脸，一张欧阳夏飞原本无比熟悉，此刻却突然有些想要逃避的脸，凌越。

六

凌越第一次注意到茵芙是在几个月前的校庆庆典上。

几个小时的冗长讲话和文艺会演让台下的学生们渐渐坐不住了，大家各自找起了乐子，有的三五成群地聊天八卦，有的掏出手机玩起了游戏，更有甚者竟然蹲在地上玩起了三国杀，台下的嘈杂几乎要胜过台上。一片喧闹之中，刻意坐在二班方阵最后面的茵芙安静地捧着一本书，低着头，神情专注，就像荒芜野地里一朵怡然自得的小花。

凌越原本正为一台游戏机跟欧阳夏飞抢得你死我活，抬头的瞬间，注意到了不远处的茵芙，顿时就像丢了魂儿一样，遥望良久，才回过神来。从那以后，凌越每天都会找各种理由从二班窗外经过，偶尔还会突然驻足，做沉思状。然而三个月过去了，凌越还是没能鼓起勇气和茵芙搭话，好不容易借着“手机事件”有了接近的机会，却还是没能把握住。相反，原本只是个路人的欧阳夏飞却意外当上了茵芙的司机。

欧阳夏飞不知道该怎么跟凌越解释，索性选择隐瞒。很多时候，你撒了一个谎，就很难再对这个世界保持坦诚。为了避开凌越，他每天早早去接茵芙上学，放学之后则以篮球队集训为由拖到别人都走得差不多了再去送茵芙回家，周三和周末还要送她去医院换药。坐在单车后座的茵芙也许能猜到些什么，却从不点明，只是执拗地追问医药费的金额，要还给他。

“哎呀，没多少钱啦，你就别管了，咋跟凌越一样，婆婆妈妈的！”欧阳夏飞低头踩着单车，大大咧咧地说道。

“我本来就应该婆婆妈妈呀。”茵芙突然笑了起来。

“嗯？”欧阳夏飞回头看了一眼。

“十年后我就是妈妈啦，再过二十年，也许就是婆婆啦，所以婆婆妈妈原本就是每个女生的属性。”茵芙笑盈盈地解释道，每天早晚坐在单车后座，令她逐渐对身旁的男生熟悉起来，话也渐渐多了。

“这是个笑话吗？”欧阳夏飞眨了眨眼睛，“好难笑哦！”

茵芙笑得眉眼弯弯："对呀，简直像你每天讲的那些笑话一样不好笑！"

欧阳夏飞转过头大大咧咧地笑了笑，表情却有些苦涩。每天早晚接送茵芙的途中，欧阳夏飞都会千方百计地提及凌越，然而茵芙却总是轻描淡写地将话题转走。欧阳夏飞心里叹了口气：兄弟，我只能帮你到这里了。

说曹操曹操就到，欧阳夏飞还在盘算着该怎么找机会安慰凌越，一抬头，下意识地猛地刹住单车。因为一个瘦高的身影突然气势汹汹地挡在他们前面。

"这就是你说的篮球队集训？"凌越的脸上除了嘲讽还有淡淡的悲伤。

"凌越，我……"欧阳夏飞感觉全身的血液瞬间冲上头顶。

"我不想听你解释。"凌越用力皱着眉，深深叹了口气，"我真是蠢啊，所有事都跟你说。没想到啊，从背后捅我一刀的恰恰就是你。这就是兄弟？"

"凌越！"欧阳夏飞伸手要拽住面前的少年。

"你有胆做，怎么没胆说？"凌越猛地倒退两步，像头发怒的狮子，"你为什么不告诉她那部手机的主人是谁？你为什么不告诉她其实你根本就不认识机主？你为什么不告诉她，上上周你已经把手机卖了，就为了那几百块钱？"

"他说的是真的吗？"

欧阳夏飞艰难地回过头，发现茵芙已经从单车后座跳下来，一脸难以置信地看着自己。他犹豫地开了口："我……"

"是不是真的？"茵芙皱着眉，声音里已经有了哭腔。欧阳夏飞点点头，浓浓的无力感席卷全身。茵芙愣愣地看着欧阳夏飞，嘴角微微颤动，白皙的双颊比平常更加苍白，她似乎有许多话想说，但最终什么也没说出口，转过身，一瘸一拐地跑远，笨拙而执拗，像只受伤的小鹿。

七

这场闹剧最终以凌越揍了欧阳夏飞一拳，大哭一场，再和他勾肩搭背地去篮球场上互虐整夜宣告结束。茵芙请了半个月的假，直到脚踝彻底好了才重新出现在学校。其间，欧阳夏飞去过她家几次，听到屋里有轻微的脚步声，却始终没有人开门。茵芙回校的第一天，欧阳夏飞写了一封长长的道歉信托凌越送去，傍晚，信被送了回来，原封不动。欧阳夏飞将信封揉成一团，吃力地挑了挑嘴角。这样也好，原本自己就是个打酱油的，原本就不该掺和进来。

凌越渐渐和茵芙熟悉起来，却再也没在欧阳夏飞面前提起过这个名字。两周之后的一天，大雨，凌越直到上完第二节课才出现在教室。他走到欧阳夏飞面前，沉默地坐下，眼眶通红，密密麻麻的水珠不断顺着发梢滑落到脸上。

“我去送她了。”凌越神情呆滞地说道。

“谁？”欧阳夏飞一愣，立刻意识到自己问得多余。

“她爸妈把她和她奶奶接到城里去了，上周就办了退学手续，我没有告诉你。”凌越苦笑着皱了皱眉。

不知该说些什么，欧阳夏飞点了点头。

“这是她给你的信。”凌越想了想，从衣服内兜掏出一个信封，虽然皱巴巴的，却难得地半点儿都没有湿。

“那你为什么要给我？”欧阳夏飞没有接。

“本来，不想给的。”凌越叹了口气，“但是我拆开看了，是她让我看的。所以，我觉得必须给你。”

欧阳夏飞沉默了片刻，拆开了信封，映入眼帘的娟秀字迹立刻让他想起了茵芙独自低头看书时静谧美好的样子——

“欧阳夏飞同学，收到这封信时，我已经离开了这座城市。我和奶奶花了三天的时间，提前将所有有用的东西打包寄走，又里里外外检查了几遍，可我始终觉得漏了什么。直到昨天晚上，坐在窗前看着玻璃另一边瓢泼的大雨，我才明白那件被我遗漏的事，就是给你写这封信。

你大概是因为凌越的缘故才注意到我，但你可能忘了，在开学没多久的新生晚会后台，我们就已经见过面了。当时你负责后勤，跑前跑后，把每个人逗得哈哈笑，我则是假面舞的演员之一，戴着一张紫色的面具。我因为即将上台而紧张不已，不夸张地说，我的手心全都是汗，腿抖得都快站不起来了。就在这时，你给我递来一杯温水。因为戴着面具，所有人，连老师都没有发现我的异样，你却注意到了。你告诉我，不要紧张，说看过彩排，觉得我跳得很好，我当然知道你只是安慰我而已，你甚至不知道面具后面的我长什么样子，可还是觉得心里暖暖的，好像一瞬间，浑身上下都充满了能量。

晚会结束之后，我很多次想跟你搭话，却始终无法鼓起勇气，直到后来知道爸妈计划把我接走，便打算还是把这些话全都埋在心里。我用爸妈买给我的手机，偷偷拍下了你的样子，拍下你欢笑、开朗、充满活力的样子，最后，却还是决定什么都不要带走。于是，我找了个借口，把手机留给了你，算是为这段弥足珍贵的时光画上一个句号。是的，那部手机根本就是我的。我没想到的是，你竟然把它卖了。也许，你有你的苦衷吧，但是，此刻其实一切都没那么重要了。我真的要走了，感谢你出现在我的生命里，珍重，勿念。”

“卖手机的钱，你拿去干吗了？”凌越终于问出在心里憋了许久的问题。

“给她交医药费了。”欧阳夏飞低下头，将信塞回信封，小心地折好。

“一起凑钱把茵芙的手机赎回来？”沉默许久，凌越叹了口气。

“这还差不多，够哥们儿！”夕阳西下，金色的余晖笼罩着窗边的少年，在地面投射出颀长的影子，欧阳夏飞就像一尊雕像，长久矗立着。

编辑互评

彭彭：哇塞，大彭的少女心今年再次怦然一动，美好而青涩的校园生活真是令人怀念。问题是，夏飞君，去年你奋不顾身“拯救”了任性少女沈蝶，今年又舍命陪君子地陪伴茵芙找谜底，你在学校真的有时间念书吗？

莫小西：我深深怀疑夏飞君是在利用写编辑同名小说的机会美化自己的形象，故事里阳光帅气的“男主”实在跟他本人对不上嘛！于是我利用Word软件将小说里的“欧阳夏飞”全都替换成了男神“陈伟霆”，这样读起来就觉得合理多了！

湘歌：夏飞君，读完你的故事我的心情久久难以平静，简直感动得无法自拔。我想严肃地问你一个问题：茵芙说初次见面的新生晚会，你负责后勤，所以说你是从那时候开始就树立了打扫卫生这个人生目标的吗？

唯一百花盛开的国度

文◎绿　茶

一

被骗了。

这是绿茶双脚踏上尼泊尔的土地时的第一反应。

传说中栖身于喜马拉雅山脚下的宗教国家，寺庙林立，佛光笼罩，青山与绿水泼墨如画，丹霞与鲜花相映成趣，连绵无尽的云朵背后传来孩童清脆的笑声，被誉为“世界幸福指数最高的国家”……可是，眼前的景象跟旅行手册上的介绍根本没一处对得上号！眼前的漫天尘土、横七竖八停靠的汽车，以及扯着嗓子拉活儿的尼泊尔男子，怎么看，都给人一种到了北京郊区的错觉。

站在加德满都机场，绿茶着实失望了好一阵，不过失望归失望，绿茶还是跺跺脚，强打起精神在人群中搜寻三叔的影子。毕竟是第一次出国旅行嘛，和想象中有出入是难免的。

“异国他乡”的三叔，在尼泊尔的首都加德满都经营着一家中餐饺子馆，生意红火，暑假开始就邀请绿茶去给他帮忙。她把尼泊尔之行在朋友圈里直播之后，得到了同学们的热烈回应：**尼泊尔美不美啊？尼泊尔神秘不神秘啊？尼泊尔真的到处都是鲜花吗？**可是，眼前这个灰头土脸的国家，哪里有一处能让人跟“百花盛开”联系到一起？算了，绿茶耸耸肩，跟着三叔走出了机场。

两个人来到三叔的饺子馆时正赶上吃饭的点儿，前厅里人声鼎沸，等待吃饭的客人排了一大溜儿，三叔顾不上帮绿茶把行李安顿下来，停下车就忙着跟三婶一起招呼客人去了。绿茶自己把行李提回房间，然后自告奋勇地承担起“外卖小妹”一职。三叔的饺子馆实在太忙了，游手好闲显得自己特别不懂事。

三叔的饺子馆附近华人居多，因此饺子馆面对的顾客也大部分是华人，这让绿茶觉得熟悉而惊喜。没过几天，她就进入了角色，“外卖小妹”做得有模有样，有时碰到故意赖账的客人，她还能壮着胆子和人家过两招。

第一个在绿茶面前赖账的是一个华人男生，订餐单上显示他的名字叫“杜尔”。那是个阳光明晃晃的正午，店里忙得不可开交。电话响起，是饺子馆附近的一个高档小区里有人叫外卖。绿茶赶到时，一个瘦高俊朗的男孩打开门，探出脑袋，皱着眉：“你找谁？”

绿茶奇怪地说：“不是你点的外卖吗？”可能是正午的热劲儿太足，绿茶的声音里已经蕴藏火气。对面的男孩不买账，摇摇头准备将门合上。

绿茶一个箭步上前抓住了男孩的胳膊，追问道：“你问问家里的大人，也许是你爸妈订了外卖你不知道。”男孩的眉头皱得更深了：“我家就我自己在。是你搞错了！”

气呼呼的绿茶只好拿出订餐单给他看，上面清楚地标明了他的电话、姓名，还有他的餐单：三两牛肉萝卜馅饺子。

可这名叫杜尔的男孩就是一口咬定没有打过电话，这让绿茶非常恼火：住在这个高档的小区里的人应该非富即贵，不至于为了区区三两饺子钱就赖她的账吧？莫非是面前这位公子哥闲来无聊，拿自己开涮？

绿茶的倔脾气上来了，摆出“不解释明白就休想善罢甘休”的态度来，打算和他纠缠到底。杜尔见状态度反倒缓和下来：“你还是赶快拿回去吧，趁热还能卖给别人，不然凉了就不好吃了。”说这话的时候他的眼睛一直盯着绿茶手里的饭盒，喉结似乎上下滚动了一下，只一下，非常克制。

绿茶注意到这个细节，忽然明白过来一件事：这个男生很饿。他对饺子的脉脉深情，完全是因为他太饿了！一个人在饿急了的时候是没什么自尊可言的，可是绿茶看得出这个男生的自尊在和饥饿做较量，较量得很辛苦。那辛苦劲儿一下子让绿茶心软了。

杜尔下了逐客令，准备关门赶绿茶走的时候，绿茶做了一个小小的决定。她主动把那三两牛肉萝卜馅的水饺递了过去，说：“送你吧，反正已经打好包了，拿回去也未必好卖。不过二十几块钱，当我请客了。”

杜尔愣了一下，但没接饺子：“你请客可以，但要我吃这饺子，你得坐下来听我解释一件事。”

绿茶忍不住笑了，这男孩还真是死要面子呀！她顺势在杜尔家门前的台阶上坐下来：“说吧，你要解释什么事？我洗耳恭听。”杜尔也坐下来，开始大口吞咽已经不那么热的饺子，边吃边向绿茶解释了今天的这场小误会：他确实叫了外卖，可是当他打开钱包时发现里面居然空空如也，所以才会赖账。

“我不是没钱，也不是骗子。”嘴里的饺子让杜尔的发音含糊不清，“我昨天还叫了份牛排来着，当时也没看清钱包里还剩多少钱。”

绿茶打量着这个男生，看他的样子不像在撒谎。当然，在异国还能住得起这样豪华小洋楼的人，是有资本对钱这件事漫不经心的。她在心里暗叹了一声：瞧瞧，这就是有钱人家的孩子，做错了事，不叫“坦白”，叫“解释”。

正当绿茶打算好好挖苦他几句时，小区甬路上走过来一个牙牙学语的小婴儿，那异国风情的小鼻子小眼睛一下子让绿茶“萌爱”起来，她忍不住走过去逗弄那孩子，就在她伸出手去轻抚孩子头顶柔软的毛发时……“喂！”她同时听见两声呵斥，一个来自杜尔，另一个来自不远处孩子的妈妈。

杜尔三步并作两步冲过来打掉绿茶的手：“你疯了，在这里小孩子的头是不能随便摸的。在尼泊尔，头是非常神圣而高贵的。”绿茶赶忙缩回手，不停地跟孩子妈妈说着“sorry（对不起）”。好在杜尔懂当地的语言，稍微解释了两句，人家就作罢了。面对绿茶感谢的眼神，杜尔笑得很俏皮：“我对尼泊尔的了解不比对北京少。”

“你也是从北京来的？”绿茶惊喜地问道。

“是的，来了有一段时间了，现在算得上半个‘尼泊尔通’，不信你随便考我，肯定难不住我！”

“好啊！”绿茶随口问道，“那你说说，尼泊尔的国歌叫啥？”

“《唯一百花盛开的国度》。”杜尔斩钉截铁地回答。

绿茶差点儿被自己的口水噎住，这小子果然知道。

二

和杜尔第二次见面是在一个星期天。三叔给绿茶放了一天假，让她好好去观光一下加德满都。杜尔为了报答那三两牛肉馅饺子的恩情，主动提出给绿茶充当免费向导。

从落地后就一直在三叔的饺子馆忙碌，绿茶都没有真正感受来自尼泊尔的神秘气息。待杜尔带着绿茶在几个景点转悠时，绿茶才发现，尼泊尔的天和地仿佛都变远了一些，辽阔得令人惊讶。

绿茶不知道杜尔这几天身上发生了什么变化，总之上次连二十几元饭钱都付不起的人，这一次出手突然阔绰起来，一整天的吃喝玩乐，都是他在付账。绿茶稍有抗议，杜尔就会认真地生起气来。绿茶不禁重新打量起身边的这个男生。老实说，杜尔这个人什么都好，长相帅气，知识渊博，见多识广，还特别体贴，走在加德满都的大街小巷，他随口都是一段有趣的历史故事，“绿茶，你知道吗？在杜巴广场可以看到尼泊尔的活女神，活女神是尼泊尔的保护神哦。可不是谁都当得了活女神的，她是尼泊尔的皇家祭司从幼女中严格挑选出来的女孩，三四岁时就被送去庙宇供信众朝拜，直至青春期。还有猴庙，是建在加德满都以西的山顶上，登上山顶后可俯览整个加德满都谷地，密密麻麻的建筑物比北京、上海还要壮观呢。每年佛祖诞生日时这里都会举行盛大的法会，超热闹的。还有还有，等过几天，我带你去费瓦湖边晒太阳、泛舟、等日落。”

看出绿茶喜欢尼泊尔军刀，杜尔就大方地送了两把，绿茶一推托，他就假装不高兴。不过每当涉及一些私人问题时，杜尔就会显得支支吾吾，比如他的名字：全名叫巴哈杜尔，是他给自己起的尼泊尔名字，寓意“英雄”，但问他中文名字叫什么，他死活不肯说。

前一天晚上，绿茶发了一个“朋友圈”说自己邂逅了一场美妙的异国友情，还是个大帅哥，同学们纷纷评论“求照片，求真相”。绿茶提议合张影，给朋友圈里那些翘首以待的同学们看一看，杜尔扭捏了大半天，只给了一个背影，坚决不肯露正脸。杜尔的解释是：旅行中的邂逅都是这样子的，大家萍水相逢，靠的就是一场缘分，没必要把对方的家底都打探得清清楚楚，玩得开心最重要。绿茶虽然不太同意这个论调，但也无处辩驳。

之后的几个周末，绿茶都和杜尔待在一起，两个人成了形影不离的朋友，对绿茶来说，尼泊尔之旅因为有了杜尔，变得精彩起来。她把两个人每次游玩的照片都直播到了朋友圈，让同学们艳羡不已。

放肆地游玩一阵子后，杜尔又开始连续地叫饺子吃。只是，杜尔吃饺子时的脸色越来越难看，绿茶开始觉出不对劲，那天，杜尔当着绿茶的面忍不住自言自语：“唉，都说天上的龙肉地上的驴肉，想一想，我也好久没吃驴肉蒸饺了，都快忘了它是咸是淡了。”

绿茶说：“你想吃，我们店里就有啊。”

杜尔问：“可是驴肉蒸饺是不是比水饺要贵？”

绿茶说：“那当然。”

杜尔就不再说话，继续皱着眉头吃水饺。绿茶又好气又好笑，这才明白过来，可能是他之前大手大脚地消费让他捉襟见肘了。绿茶本不想纵容杜尔，但见他苦哈哈的脸实在可怜，于是答应他，第二天中午给他带一份驴肉蒸饺来。

第二天，店里太忙，绿茶临时被叫去肉厂帮忙进货，于是嘱咐店里另外一个外卖小哥小辛哥帮她把驴肉蒸饺送到杜尔那里。

谁承想，当晚绿茶回来后，被小辛哥好一顿埋怨。他说绿茶给他的地址根本没人，他敲了十多分钟不见人来开门，问小区门卫，人家也说那个房子似乎没人住。绿茶诧异道：“不可能啊，可能是他当时不在家吧？我认识那家的人，我们还是好朋友呢。杜尔之前的外卖单也都有备份，那些都是证据啊。”

小辛哥有些急了，脸红脖子粗地辩驳道：“不对啊！我趴在窗上朝里面看过，家具上全都罩着白布单，一看就是长期没人住的样子。”说到这里，他忍不住白了一眼绿茶，挤对道，“妹妹，你别是大白天撞邪了吧？”

这时店里的伙计也凑过来，一起挤眉弄眼地吓唬绿茶：“对哦对哦，听人说，第一次出国旅行的人总会遇到些灵异事件。绿茶妹妹，你快想想，有没有什么不对的地方？”

绿茶强撑着不理他们的吓唬，可是忍不住心里怦怦直跳，说起来，不对劲的地方还真的有：送了这么多次餐，每次都是在门口和杜尔聊几句，他从没请她进屋里坐过，自己也没见过杜尔的爸妈。虽然店里有杜尔的外卖单，但是两个人一起游玩的时候从来没有第三者在场，加上杜尔从来不肯透露自己的名字，不肯露正脸……睡觉前，绿茶照例打开朋友圈，看到小辛哥在杜尔那张不肯露正脸的照片下面留言，调侃道：哎哟喂，幸亏不是正脸，不然他的脸一定会花掉。鬼片里都是这么演的！

绿茶气不打一处来，激动地回复：别侮辱我朋友，他是真实存在的！

绿茶万万没想到，正是这句回复坏了事。风言风语一下子像埃博拉病毒一样，在朋友圈里蔓延开来。很多人给绿茶留言，询问她是怎么回事，也有一些唯恐天下不乱的，趁机造谣生事，说绿茶在尼泊尔邂逅的友情根本就是假的，是她自导自演的噱头，用来吸引同学们眼球的。支持绿茶的人出来抗议，造谣者就会反问：要不然为什么绿茶的朋友圈里没有一张杜尔的正面照呢？背影是完全可以造假的！

绿茶急了。她不能忍受那些无中生有的诬蔑。

她急急向三叔请了假，去杜尔家找他。然而，好像晴天突然炸响一个焦雷，绿茶呆愣在尼泊尔灼热的艳阳底下：杜尔的家门是锁着的，按了半天门铃，没人来应；打电话，关机；给他发微信，微信一直沉默着，毫无回音。

绿茶透过窗户朝里面望去，果然像小辛哥说的那样，家具上统统罩着白布单，横竖看来都是很久没人居住的样子。绿茶沮丧地一屁股坐在地上，此刻她的心里倒没有害怕，她只是觉得难过，那些结伴游玩的时光，那张纯真无邪的笑脸，真的都不存在吗？

绿茶越想越难过，巨大的失落感吞噬着她的心，让她每天坐立不安，脑子里全是这件事，回想起杜尔那双明亮的眼睛，丝毫没有骗人的痕迹，绿茶下定决心，一定要查清楚到底是怎么回事。

但是她能怎么查呢？杜尔一天不出现，这个谜团就一天解不开。绿茶每天都怀着希望在微信上给杜尔留言，让他看到后联系自己，但从来没有回音。

就在这样的希望与失望轮番交替中，假期结束，绿茶要回国了。

三叔送绿茶到机场时问她，对尼泊尔的印象怎么样，绿茶望着天空，呆呆地说了句三叔没听懂的话："这个城市里没有繁花，有的只是喧嚣嘈杂的风。"

三

回国后，绿茶把在尼泊尔的遭遇原原本本地写出来，发在了网上。虽然仍旧有质疑声，但大多数同学开始热心地帮绿茶出谋划策，调查整件事。

经过一段时间的讨论和分析，大家得出的结论是：杜尔在和绿茶的接触中多次提到北京，所以他生活在北京应该是没错的，加上杜尔出手阔绰，看上去家庭条件优越，所以绿茶锁定了北京城区内几所名校、贵族学校。

绿茶也在一一过滤她和杜尔交往的每一个小细节。她想起杜尔说过他喜欢历史和地理，有时候放了学就会去学校附近的博物馆里逛一逛，最终经过层层排除和难以言喻的直觉，绿茶把目标锁定了S中。

那真的是一段心力交瘁的日子，每天第八节课，她都要拜托好朋友帮她想好翘课的理由，然后拿着三叔发给她的工资，打车穿越大半座城市，来到S中门口，大海捞针一样地等一个并不确定就在这里的男生。

也许是绿茶的祈祷足够虔诚感动了上天，一个星期五的黄昏，在S中门口熙熙攘攘的人群里，绿茶一眼就看见了杜尔。那一秒钟比一光年更漫长，绿茶心中一阵酸涩，她分不清自己到底是太难过还是太气愤，总之她已经完全放弃了理性思考，直接穿越人群，冲到杜尔面前，没有任何寒暄，她当着与杜尔同行的几个同学的面，大声质问他："你凭什么就那样不告而别？"

所有人都愣住了，连绿茶自己都愣住了。她发现自己问出这话后，心里竟然是喜悦的，太好了，她找到杜尔了，尼泊尔的友谊之旅也是真实存在的，他只是个不告而别的浑蛋！

杜尔最先反应过来。面前的杜尔和尼泊尔的杜尔很不一样，此刻他像绿茶见过的所有有钱人家的孩子一样，傲慢，带着自以为是的优越感，居高临下地看着她，问：“你是在跟我说话吗，美女？我们认识吗？”

绿茶怔怔地看着他。杜尔身旁的男生开始起哄，他们打量着绿茶，调侃道：“猴哥，这是谁啊？你是不是把人家的心给伤了啊，瞧把人急的。”

猴哥？这是他诸多名字里的又一个吗？绿茶暗暗冷笑，他果然像猴子一样滑头！杜尔烦躁地打断同伴们的起哄：“别闹了，烦死了。”然后他径直走过绿茶的身边，像经过一个毫无关系的陌生人一样，匆匆走了。

绿茶没有回头，所以她不知道杜尔是否也回了头。绿茶知道自己输了。输掉了很重要的东西。但很重要的东西究竟是什么，后来她想了好久，还是没想明白。

之后的绿茶一直很消沉，朋友圈里，贴吧里，QQ群里，一直少见她的踪影。她的沉默再次成为大家热议的焦点。攻击她的人更加激烈了，支持她的人却没那么坚定了。

这些绿茶都不知道。

那些日子她没有关注网上的言论，她做得最多的一件事就是翻看尼泊尔的旅行手册。她始终想不明白那个雪山脚下的国度里所发生的事，那个传说中的众神之都真的居住着很多神明吗？那些神明可曾听见了她的困惑？

四

那个道歉帖是过了很久才传到绿茶的邮箱里的。

那时候，网上关于绿茶自导自演尼泊尔之旅的话题还在热火朝天地进行，大家把绿茶的沉默当成默认，于是骂得越发难听，而在人气最高的那个帖子下面，一个神秘的道歉帖出现了。

是杜尔写的。里面详细记录了和绿茶邂逅的经过。详细到很多小细节连绿茶自己都不记得了，比如第一次和杜尔交锋时，她挽起袖口好像要和人打架的样子，和后来她把饺子送给杜尔时的温柔简直判若两人。再比如，绿茶和人逛街时总是不由自主走在外侧，总是时不时地问同伴，渴了吗？累不累？

杜尔坦言自己家里条件很好。爸妈开了一家房地产公司，赚的钱几辈子都花不完，尼泊尔他已经去过很多次了，几乎想什么时候去就什么时候去。但这年夏天，他是被强制送到那里过暑假的。后来过了很久他才知道，那根本不是避暑，而是避难。父母的公司似乎出现了很严重的问题，下属私自逃税，作为公司法人的爸爸随时可能会被牵连，不仅爸爸会入狱，更有被没收全部财产的危机，所以父母决定把他独自送到国外，起码那里还有一座房子是秘密居所，可以得到最安全的保护。到了尼泊尔后，妈妈除了反复交代他不许和外人过多接触之外什么都没说。于是杜尔就每天宅在那栋小洋楼里，深居简出，尽量不和人打交道。直到他身上的现金渐渐花光，遇到了绿茶。

杜尔说，那个夏天是他有生以来最黑暗的一个夏天。他爸妈焦头烂额，想不起在尼泊尔还有他这个儿子。他们常常忘记给他打钱，害得他捉襟见肘。

但是在异国的那个午后，有一个女孩看出了他的饥饿和困窘。区区三两牛肉馅饺子，那分量却远远超过他曾经吃过的所有山珍海味。

能和绿茶成为朋友，是他三生有幸。所以他不能容忍别人这样肆无忌惮地诋毁她。杜尔在帖子里说出了自己的学校、班级，甚至学号，以此来证明绿茶自始至终没有说一句谎。

他一直不肯透露自己的真实姓名，不肯露正脸和绿茶合照，是因为他顾忌妈妈对他的嘱咐，爸妈那边不知道在经历什么样的事，所以自己最好低调一点儿，不然网络这么发达，搞不好会节外生枝。直到后来，爸爸妈妈洗清了嫌疑，一切都解决了，他终于可以回国了。

“那你为什么现在才站出来呢？”

面对同学们的质疑，杜尔解释道：绿茶去学校找他的那次，他其实懊恼坏了。那个暑假同学们都疯传他家里出事了，他被爸妈送到尼泊尔避难。而杜尔咬紧牙关坚称自己家里没事，后来爸妈渡过难关，家里再度恢复风平浪静的时候，杜尔就很想在同学面前把这件事遮掩过去。如果被他们发觉他去过尼泊尔，他害怕自己会成为同学的笑柄。

但他后来发现，虽然没成为同学的笑柄，但他看不起自己的虚荣，为了一帮无所谓的旁人的眼光，伤害了一个真正关心过自己的人。他决定出面道歉，解决这段时间以来因为他的出现给绿茶带来的所有困扰。因为他的胆小、懦弱、自尊、虚荣，害他不能够坦坦荡荡地做绿茶的朋友。杜尔在帖子的最后对绿茶说：绿茶，我记得当我告诉你尼泊尔的国歌叫作《唯一百花盛开的国度》时，你的眼睛突然就亮了。所以我想，温暖而鲜艳的花朵应该是你最喜欢的。或许，我们每个人的心都曾被灰尘蒙蔽，就像这些含苞欲放的花朵，等待着命运的清风。现在，时光乍好，请你接受我真诚的道歉。

绿茶看到了帖子最后发的那张明媚的照片，很多个小小的花盆挤在一起，里面开满了细小的五颜六色的花朵，一团团一簇簇，很温暖的样子。杜尔说，这是他在尼泊尔就为绿茶准备好的礼物——杜鹃花，是尼泊尔的国花，象征圣洁、明朗和爱的力量。他回国时走得匆忙，都没来得及跟绿茶道别。如今他终于有勇气把真相的细枝末节坦白说出，希望绿茶能接受他的道歉。

已是夏末，薄雾微凉。

绿茶长长地出了一口气，脸上重新露出狡黠的微笑，这个道歉帖虽然到得有点儿晚，但是没关系，下次，你可要请我吃饺子喽！

编辑互评

夏飞：跨国友情？好洋气啊！不按常理出牌的绿茶会不会在《女生时代3》里去外星球和外星人做朋友？

Fairy：楼上的，我觉得你关注的重点不太对啊……

彭彭：能在霸气和温柔两种模式之间随意切换的人，应该非绿茶莫属了！前一秒还一副“不给钱我就不走”的架势，下一秒钟立刻变身温柔善良的小白兔，可以想象到杜尔的颜值（评价容貌）应该是男神级别的。不过绿茶你冷静点儿，别有了男闺蜜就忘了我好吗？正宫闺蜜在这里，这里……

青春有颗酸涩的“心”

文◎彭 彭

一

“好烦啊！”深夜，木槿坐在书桌前，托着脸颊叹气。

十六岁的木槿学习成绩中等，性格文静内向，自小到大都过得平顺安宁，并没遇到过难以排解的烦心事，可是前不久的一件事令她深深陷入了苦恼。

木槿愤愤地想：都怪班上那个叫彭彭的女生，她怎么那么喜欢管闲事呢？要不是她跑过来问东问西，自己怎么也不可能说出“我最好的朋友去世了”那句话。

不过说起来，木槿自己也有责任，因为当时秦业在场，所以她特别慌乱。

没有人知道，木槿是为了秦业才在初三那年奋发图强，考进这所重点高中的。秦业是木槿的初中同学，不在一个班，所以他并不认识木槿。在一次学校绘画展中，木槿记住了秦业的名字。他的作品并不算特别出色，却十分清淡素雅，那些云朵、碧湖、树木在他的笔下显得纯澈又美好。木槿很喜欢。

后来，木槿有天放学回家的路上，经过操场时，忽然听到有人大喊“秦业”。她循着声音望过去，而后看到了他。

是个很俊秀的男生，像他的画，干净透明。木槿看着他，怔怔地站了好久。

她开始偷偷关注他，将搜寻而来的每一项资料写进日记本里。对比他的优秀，平凡的木槿深深自卑起来。从同学口中知道秦业的志愿是重点高中后，木槿暗暗努力了一年，希望在新的学校里，以全新的面貌与他见面。

这一年有多辛苦，除了木槿没人知道，她瘦了很多，好在如愿考入了重点高中，得知自己幸运地与秦业分进了同一个班之后，她简直高兴得要跳起来。第一天报到时，木槿走进教室，发现班里竟然只有坐在最后排的秦业，她觉得时机到了。

木槿鼓起勇气走到秦业身边，轻轻拍了一下他的肩膀，原本秦业正低着头玩手机，突然反应极大地跳了起来，吼道："吓我一跳！你干吗啊？真是的，我差一点儿就能过关了。"

木槿愣住了，她暗暗向往一年的相识场景居然是这样的。她失望又羞愤，小声地说了句"对不起"就走到离他很远的座位坐了下来。可是她越想越委屈，眼泪控制不住地落了下来。

班里陆续来了一些人，木槿把头埋得低低的，唯恐别人看出自己的异样，可这仍旧没有逃过那个短发女生——彭彭的眼睛。她凑过来，然后很大声地喊了句："呀！你真的在哭啊？你怎么了啊？"

这下子，班上所有人的目光都聚集了过来，木槿的脸涨得通红，她憋了半天，只想到一个理由，于是说出了那句让自己接下来的每一天都深感后悔的话："我……我最好的朋友去世了。"

二

因为这句话，木槿在高一（3）班获得了极高的关注度，大家对她充满了同情和怜悯，比如，有人会主动替她值日，有人会帮她买早餐，甚至有人送她类似心灵鸡汤的书……这让一直平凡无奇、没什么存在感的木槿觉得诚惶诚恐。原本，木槿以为过段时间大家就会淡忘这件事了，可是那个名叫彭彭的短发女生恨不能每天帮她宣扬一次。

上周五，英语老师检查作业，木槿把作业本落在了家里，解释了半天，英语老师却说什么都不肯相信，非要罚木槿去最后排站着听讲，木槿含着眼泪往教室后面走时，就见彭彭站了起来，大声说：“老师，木槿最好的朋友去世了，她最近一直很伤心，把作业落在家里也是情有可原的啊。”

全班同学一起帮腔，木槿因此幸免罚站，在英语老师怀疑又同情的目光里坐回了座位。彭彭回头朝她安慰地笑笑，她也尴尬地扬了扬唇角。

昨天下午的体育课上，踢足球的男生们不小心将球踢到了木槿腿上，她惊呼一声摔倒在地。秦业过来拿球，扶她起来的时候随口抱怨道：“你也是，看到球飞过来，也不知道躲躲。”

木槿还没来得及接话，彭彭又冲过来了。她猛地上前推了秦业一把，喊了起来：“你怎么说话呢？木槿最好的朋友去世了，她肯定特别难过，你怎么还能这么说她呢？”

秦业尴尬地望了木槿一眼：“对不起，我忘了。”说完抱着球转身跑走了。

彭彭帮木槿拍落身上的尘土，关切地问：“没事吧？伤到哪儿了没有？”

木槿讪讪地笑着：“没事。”

其实木槿蛮喜欢彭彭的性格的，热情豁达，开朗勇敢，说起话来声音洪亮。瘦高的身形，短发圆脸，是很招人喜欢的那种女生。

可是她的热情太鲁莽了，她不懂如何用合适的方法来帮助别人，也从不在意这样的热情是否会给人带来困扰。如果不是木槿说了谎话，或许她是可以和彭彭成为很好的朋友的。

但关键是，她说谎了，那个所谓的去世的朋友其实是只小仓鼠。而且，那已经是一年前的事情了。木槿很想说出实话，但又不敢。毕竟，如果说出来，同学们不光会耻笑她，还会觉得她是故意说谎来博取大家关注的吧。最关键的是，秦业会怎么看待自己呢？

台灯的暖光将木槿清秀的面孔染成了橙色，她用圆珠笔的笔尖一下下戳向日记本上写着的“彭彭”两个字，不禁再次低声自语：“真是好烦啊！”

三

“木槿！”第二天下午放学的路上，听到身后传来的脆亮声音，木槿非但没有停下，反而加快了脚步。她真的好想摆脱彭彭，好想告诉她别再声张那件事了。可是她没勇气，她怕彭彭会反问自己“为什么”。所以，木槿能想到的办法就是避免与彭彭走得太近，可彭彭像“牛皮糖”一样，死死黏着她，怎么甩都甩不掉。

“木槿！”彭彭锲而不舍地在身后喊她，旁边的同学纷纷侧目，木槿不能再躲避了，心中暗暗叹了口气，转过了身。然后她愣住了。

木槿没想到，彭彭是和秦业一起过来的。

彭彭跑到木槿身边，气喘吁吁地说：“一起去吃甜品吧，秦业请客。”说着亲昵地挽住了木槿的胳膊。

“是啊，一起去吧。”秦业有些不好意思地挠挠后脑勺，“前天抱歉了啊，我当时真是忘了你朋友……你朋友去世的事情了。你别介意。”

木槿心虚地摆摆手：“没事没事。不用道歉。”

在去往甜品店的路上，木槿一直低着头走在彭彭和秦业的中间，这段路程因为是和秦业一起走过的，所以在木槿心中有了特别的意义。

秦业分别为彭彭和木槿点了香蕉奶昔和香草奶茶，自己则要了一杯柠檬水。他解释说：“我可不像你们小女生，我才不喜欢甜品。”

“你就装吧！”彭彭推他脑袋，“别以为我没看到，昨天早上你还抢了你同桌的巧克力呢！”

秦业当即被噎得满脸通红，木槿看他窘迫的样子，忍不住“扑哧”笑了出来。开朗幽默的彭彭很快把气氛弄得活跃了起来，三个人时不时爆发出一阵笑声，木槿望着秦业近在咫尺的笑脸，心思悄悄发生了转变。

因为第一次说话时的不愉快，木槿曾以为自己再也不可能和秦业有过多的交集了，她还暗自为此伤心了很多次。可没想到，那个谎言，居然为自己赢得了这样与他共处的机会。那就像一把钥匙，打开了隔在她与秦业之间的大门。所以在彭彭突然问出：“木槿，你朋友是怎么去世的？”这个问题时，她已经摒弃了去澄清误会、说出真相的想法。

木槿收起笑容，努力酝酿悲伤的情绪，刻意用低哑的声音说：“是车祸。”

彭彭和秦业同时发出遗憾的低呼，木槿用双手捂住脸颊，适时地哽咽起来：“我亲眼看着她被卷入一辆灰色轿车的车底，那场面真的……太可怕了，我永远也忘不掉。”

彭彭搂住她的肩安慰她，就连秦业也伸手拍了拍她的胳膊，温柔地说：“别难过了，都过去了。以后，我们都会陪着你的。”

“对！以后谁敢欺负你，我绝对不饶他！”彭彭也拍着胸脯说。

晚上，木槿失眠了。她的心像是被分割成了两半，一半装着罪恶，一半装着甜蜜。她一边后悔自己让谎言变得越发不可收拾，一边又沉浸在秦业的友好对待中。

他说了以后都会陪着自己。只要一想到这句话，木槿就会忍不住扬起唇角。所以，心中的那一半罪恶也慢慢被吞噬了。

木槿决定保守秘密，就顺势做那个“亲眼看着自己最好的朋友车祸去世”了的、需要被同情的女生。

四

渐渐地，木槿已经用谎言勾勒出了那个去世的好朋友的面貌。

“她与我同龄，拥有小巧的瓜子脸和月牙一般的眼睛，笑起来时梨窝浅浅。她乐于助人，几乎从不拒绝别人。”说到这里，木槿的眼眶红了，“她是世上最善良美好的女孩，真的太可惜了。她连十六岁的生日都没能度过，我明明都买好了礼物给她……”木槿轻轻抽泣起来，彭彭愤愤地将那帮围着木槿的女生赶走，“别惹人伤心了，你们真八卦，干吗老问人家这个？”

上课之后，老师正认真地在黑板上板书，秦业将一个小纸包丢到了木槿桌上，木槿打开一看，是一块巧克力。纸上附字：以后她们再问你，你就别回答了，总是回忆伤心事，怎么可能开心得起来？

那块巧克力木槿没舍得吃，她用一个漂亮的纸盒把它装起来放进了家里的冰箱，并再三告诉爸妈，她是在遵照化学老师的指示，做有关巧克力储存时间的实验，他们千万不能吃掉。至于秦业写的那张字条，则被木槿夹进了日记本里，每天晚上都要拿出来读一遍。

木槿并没有止步于此，因为她害怕自己如果有朝一日不被同情，秦业就不会那么关心自己了。所以当负责给校报组稿的彭彭对她说：“木槿，你的事给了我灵感，我向老师提议在校报上开设了一个‘写给天堂的信’的板块。这一期，你写你朋友吧，就当作最后的纪念。”

木槿毫不犹豫地答应了。

那篇不过几百字的小散文，木槿熬了三个晚上，经过反复修改才满意。为了显示出自己和“去世的好朋友”感情多么深厚，木槿还谎称“她”是自己初中三年的同桌。虽然过后她也有点儿后怕，但转念又自我安慰：反正秦业从不知道自己和他是初中同学，没有理由去找从前的同学求证，只要她守口如瓶，肯定不会被拆穿的。

木槿将那篇散文拿给彭彭看时，她不出所料地被感动哭了。散文登上校报之后，引起了热烈反响。语文老师是位刚刚大学毕业不久的年轻女老师，她特意把木槿叫到办公室，心理辅导了一个小时，唯恐木槿因为“亲眼见到朋友出车祸去世”留下心理阴影。直到木槿再三保证自己绝对不会抑郁之后才放她走了。

“清清，你一定是在生我的气，嫌我不小心弄丢了那张我们一起牵手拍下的毕业照，所以才不愿意让我梦见你。清清，天堂里的你交到朋友了吗？他们会知道你喜欢橙色，喜欢香芋味的冰淇淋吗？他们会陪你去滑雪，陪你去买花香味的笔芯吗……”

彭彭自作主张将那篇散文递交到了校广播站，听到广播站的同学声情并茂地读着自己编造的文章时，木槿突然害怕了。

这件事闹得这么大，如果有朝一日真相大白，她该如何收场？

五

而接下来的几天，木槿根本无暇担忧谎言被揭穿的事，因为她一直在忙着给秦业准备生日礼物。经过各种选择对比，她决定亲手折365颗幸运星送给秦业。

秦业生日的前一晚，幸运星终于全部折好了，木槿数了三遍，确定是365颗之后才装进漂亮的玻璃瓶，在瓶口系好缎带，又用包装纸包好，这才满意地去睡。

和彭彭一起去参加秦业的生日派对的路上，彭彭挤眉弄眼地问木槿：“你是不是对秦业有好感呀？”

木槿脸红起来，她追打彭彭：“叫你乱说！我只是觉得大家关系好而已啦！”

彭彭撇撇嘴，拖着长腔说：“你跟我关系也很好啊，我过生日的时候也要一罐幸运星！”

“知道啦知道啦！”木槿笑着应她。可等推开饭店包厢的木门时，木槿的笑容彻底僵在了脸上。

她完全没有想过，和她是初中同学的秦业，很有可能会在生日时请从前的同学来参加。而好巧不巧地，秦业请来的那个男生初中时与木槿同班。

“木槿？”男生惊讶地叫了一声，接着一拳捶到秦业肩上，“哥们儿，行啊你，竟然能把她请来，木槿从前在我们班的时候可胆小了，基本上都不跟男生说话的。”

木槿脸都白了，她简直不知道自己是怎么走过去坐到座位上的。

秦业笑着问她：“我们竟然是一个初中的？太不可思议了！那时我怎么一次也没见过你？”木槿连回答的声音都不自觉地抖了起来：“可能……可能因为教室离得远吧。”

吃饭期间，木槿的心一直提在嗓子眼儿里。

万一秦业问起自己同桌去世的事，她的谎言就会被揭穿。木槿不敢想象那样的后果，只能不断在心里祈求这顿饭能够赶快结束。

好在秦业一直和那男生聊游戏，没有再提及自己的事。两个小时后，大家纷纷起身准备离开，木槿终于松了一口气，打算向外走时，却见彭彭突然拉住了那男生的袖子。

木槿的心一沉，就听到彭彭说：“你可不可以把你们初中的毕业照送给木槿？她自己的那份不小心弄丢了，可那是唯一一张有许清清在的照片。你也知道的，许清清和木槿是最好的朋友，她去世之后，木槿一直很想她。”

木槿还没来得及接话，就被秦业打断了，他抬手揽住那男生的肩，大声道：“走走走，我跟你回家拿去。”说完又回头对木槿笑，“明天给你带到学校来。”

那男生挣开秦业，转身疑惑地问木槿：“咱们班以前有叫许清清的吗？还去世了？我怎么一点儿印象都没有。”

木槿埋着头，拳头攥得紧紧的。她该怎么办呢？她的脑子乱极了，她很想逃跑，可这时，彭彭挽住了她的胳膊，急急地帮她辩解：“怎么可能没有呢？是个笑起来有酒窝的女生，她的眼睛就像月牙，瓜子脸。”

秦业有些愤怒地推了男生一把：“那女生是木槿的同桌，你怎么可能不认识？我看你就是装的，不就一张照片吗？至于这么小气吗你？”

“够了！”眼看男生就要恼火了，木槿大声打断秦业，“够了！”她哭了起来，“从来就没有什么许清清，我骗了你们。我那个去世的好朋友不过是只仓鼠！”

“木槿，你说什么呢？”彭彭难以置信地问她，“你是不是发烧了？”

“都怪你！”木槿抬头直视着彭彭，愤恨地喊道，“要不是你多管闲事，要不是你到处宣扬，这件事根本不可能闹得这么大！都是你的错！”

在所有人错愕的目光里，木槿夺门而逃。

六

回家的路上，木槿淋了雨，第二天就感冒了，连发了几天高烧，痊愈之后的第一件事就是央求妈妈帮自己转学，无论妈妈怎么问她原因，她都闭口不言，只是哭。

木槿还斩钉截铁地说，转学之前她都不会去学校了。

妈妈长叹一口气，木槿从前从未这样任性过，妈妈以为她是到了重点高中后学习压力太大造成现在厌学了，怕越强求越严重，只得答应了她。

走出木槿的卧室之前，妈妈说有个叫彭彭的女生之前每天都打来电话，问木槿不去学校是不是也该给人回个电话说一声。

木槿表面应了，心里却觉得万分诧异，彭彭为什么还打电话给她？自己不是都承认骗了他们吗？难不成她是来找自己算账的吗？

猜测着班上的同学们知道真相后，议论、嘲笑、愤慨、失望的样子，木槿的眼泪又禁不住落了下来。

傍晚，彭彭竟然找到木槿家来了。

因为妈妈直接将彭彭带进了自己的卧室，木槿也不好赶人。

妈妈走出去之后，她将头别到一边，别别扭扭地问她："你还来干什么？"

"对不起。"一向开朗的彭彭竟然哭了起来，她说，"我是真心想要帮你的。读初中时，我们班有个叫桑榆的男生每周四都逃课跑去郊外的轨道边等一列火车经过，他告诉我他妈妈在那列火车上当班。听说桑榆从小跟着父亲生活后，我误以为是他父母离婚了，妈妈不愿意见他，他特别思念妈妈才这样做的。所以我自作主张跑到那列火车上去找桑榆的妈妈，因为没有找到，回来便斥责桑榆是个大骗子。可后来我才知道原来桑榆的妈妈很多年前就病逝了。"

说到这里，彭彭一边抹眼泪，一边抽泣："我非但没有帮到桑榆，还伤了他的自尊心。后来想要弥补的时候桑榆就转学了。我觉得特别遗憾，特别后悔。所以听说你好朋友去世之后，就下定决心为你做很多事，要让所有人都关心你，给你温暖，带你早点儿走出悲伤。对不起，是我太鲁莽了，我什么都做不好，但我真的不想失去你这个朋友。"

"你走吧！"木槿冷冷地说，"不管是谁的错，发生这样的事，我真的没办法再回到学校里若无其事地上课学习了。"顿了顿，她又负气地说，"我再也不想见到你们了。"见彭彭站着没动，木槿下床跑过去将她强行推出了门外。

"傻瓜！"门关上的刹那，木槿的眼泪轰然涌出眼眶，"明明是我做错了，明明是我骗了你们，你道什么歉啊！"

事情发展到现在，木槿真的好后悔。

如果一开始就澄清真相，即使不能获得秦业的关注，至少不会失去彭彭这个朋友。

只可惜，这世上从没有后悔药可寻，因此无法重新来过，许多遗憾和错误也再没机会弥补修正。

去新学校上学的前一天，木槿烧掉了有关秦业的所有日记。尽管她错得离谱，庆幸还有时间，让她能够在与他重逢之前，再次努力修炼出一个全新的自己。

那罐没有送出去的幸运星，木槿思考了很久，终于决定在一个月后的寒冬寄给那个名叫彭彭的短发女生。

她会附上一封短信。上面写着：嗨，鲁莽却可爱、单纯又善良的你，生日快乐。感谢你出生在这个世界上，感谢我们能够相遇。未来的日子里，还愿意与我同行吗？

编辑互评

绿茶：看完整篇文章后，绿茶久久不能成言。不知道小淑女们还记不记得上一季彭彭的同名小说中的桑榆君，最后他的下场和本季的木槿一样转学了！亲爱的彭彭，你实话告诉我，你之前的闺蜜是不是都被你送（坑）走了？我突然觉得自己深陷危机！

欧阳夏飞：啧啧啧，原来大彭上学的时候就已经这么不识相了……而且，这么多年都没有改嘛！上周我声称钱包掉了没办法请大家吃饭的时候，她竟然拉着我就要去派出所报案，完全搞错了重点！

词词：估计等《女生时代》出到第十季的时候，小淑女们看到的彭彭同名小说就是“看我如何送（坑）走茶妹”了！（绿茶：好可怕！彭彭求你以后离我远一点儿！）

闪亮星转盘

读编互动零距离，

作者私生活大揭秘

真心话麻辣大考问

主持人◎Fairy

闺蜜必定是世界上最了解彼此的人，不过，闺蜜之间的认知还是会存在误差的，这个误差会有多大呢？现在，贴（腹）心（黑）的小编们设计了一次“真心话麻辣大考问”游戏，并请来了两组“试验品”，闺蜜之间的默契值有多少？测测就知道啦！游戏规则：闺蜜为彼此“量身定制”一套麻辣问卷，并交给闺蜜回答，每题10分，共10题。首先，有请我们的第一组“试验品”短发夏天和薏苡薇这对作家闺蜜组上场接受考问吧！

麻辣问卷：薏苡薇篇

考场：编辑部小黑屋　考生姓名：薏苡薇　评审官：短发夏天

1. 哪部电影看三遍以上？

《人在囧途》。大学时常常往家里跑，在长途大巴上这部电影看了至少十遍。

2. 做过最后悔的一件事情是什么？

大二时在溜冰场把头摔破了，看到爸妈心疼的眼神，很后悔没有好好地爱惜自己。

3. 对自己影响最大的一位作家是谁？

东野圭吾。

4. 你对闺蜜做过的最让她感动的事情是什么？

从湖南跑到广州，辗转到偏僻的乡下去看她。

5. 觉得自己最大的缺点是什么？

不能很好地控制自己的情绪。

6. 单曲循环的一首歌是什么？

张国荣的《千千阙歌》。

7. 最期待收到男生送的什么礼物？

陪我一起去旅行。

8. 学生时代做过最叛逆的一件事？

大学经常翘课，宅在宿舍写稿子。

9. 能让你忘掉疲惫的事情是什么？

吃饭，睡觉，写稿子。

10. 最想对少女时代的自己说什么？

长大后的你怎么会那么爱吃鸡腿？

时间到，请短发夏天评委打分！

短发夏天：列出问题之后，我就想过薇子的回答应该依然不正经。第一次和薇子见面，我们相约一起喝咖啡，我提议咖啡厅，她提议麦当劳，她给我的理由是：麦当劳有鸡腿也有咖啡，咖啡厅只有咖啡和咖啡。所以，我妥协了！我问她，为什么永远也看不到她最寂寞时候的样子，她说因为我才不寂寞。那时我才发现，我们的闺蜜感情已经这么深。

《女生时代2》监察组

麻辣问卷：短发夏天篇

考场：编辑部小黑屋　　考生姓名：短发夏天　评审官：薏苡薇

1. 你最想成为电影里的哪个角色？

《龙纹身女孩》的女主角。

2. 你最难忘的旅行地是哪里？为什么？

2012-2013的跨年夜，我在大理看到了巨大的红色月亮。

3. 你在小MM上写的文章里塑造了众多不同性格的女孩，哪个女孩最像你？

她们中有很多比较像童年时期的我，因为在描写她们的时候我满脑子都是童年时期的点点滴滴。

4. 最不能忍受闺蜜对你做的什么事情？

不信任。

5. 做过最疯狂的事是什么？

有一段时间迷上健身，就只身从广州来到北京找了一份和健身相关的工作。

6. 对自己最不满意的地方是什么？

任性。

7. 最近一次哭是为什么？

大概因为看了感人的电影或书吧。

8.对什么东西最没有抵抗力？

漂亮的衣服。

9. 收到的最珍贵的一件礼物是？

小时候从来没有过过生日。有一年我的朋友们偷偷地给我准备了一次生日派对，那是我第一次拥有自己的生日蛋糕。

10.你的第一笔稿费干什么用了？

请给我买生日蛋糕的朋友吃饭了！

时间到，请薇子评委打分！

薏苡薇：其实，我先是认识了短发的作品，之后才认识了她本人。虽然我们是一对并不常常见面的闺蜜，但闺蜜就像是星星，你不一定总是能见到她们，但你知道她会一直在那里。小淑女们，你们信不信有一种感情，一辈子都不会输给时间和距离？我信。

《女生时代2》监察组

看完了短发与薇子的调查问卷，某F我还是深受感动的，这对闺蜜虽然认识时间不长，却已经情比金坚了。作者们都出来“晒幸福”了，小编们怎么能落后？接下来就请小MM编辑部著名的“腻死人闺蜜档”绿茶和彭彭出场答题！友情提示：她们的问题和评语有“喷饭功能”，看时千万不要吃东西哦！

麻辣问卷：绿茶篇

考场：编辑部小黑屋　　考生姓名：绿茶　　评审官：彭彭

1. 彭彭的初恋是什么时候？

☑幼儿园　□初中　□高中　□大学

2. 彭彭的口头禅是什么？

□为什么　☑你知道吗

□真的假的　□别闹

3. 彭彭最喜欢的饮料？

☑咖啡　□奶茶　□汽水　□果汁

4. 彭彭的哪个部位最怕痒？

☑脖子　□腰部　□脚心　□胳肢窝

5. 彭彭会因为什么事情抓狂？

□饿　□鞋子脏了

□如厕没纸　☑手机没电

6.绿茶和夏飞掉进水里，彭彭会救谁？

☑绿茶　□夏飞

□谁也不救　□也跳下去

7. 彭彭什么时候最迷人？

☑请吃饭　□换纯净水

□任性的时候　□没有

8.彭彭的拿手菜是什么？

☑泡面　□煎蛋　□炒饭　□烤地瓜

9. 彭彭每天最想见的人？

□卖煎饼的　☑卖臭豆腐的

□卖鸡蛋的　□卖包子的

10. 你最想对彭彭说的一句话是什么？

别长个子了，长点心吧！

时间到，考试结束，请彭彭评委打分！

彭彭：经过我的严格审查，绿茶的闺蜜问卷答错1道题，扣10分，总计得分：90分。纠正一下第6题的错误选项，绿茶你不要盲目自信好吗？如果你和夏飞同时掉进水里，我肯定会救夏飞啊，因为他欠我的钱啊！而其他问题，有些彭彭自己都不确定正确答案，不禁感慨，在这个世界上，比我自己更了解我的人，果然只有绿茶！茶妹谢谢你看透我，还能这么喜欢我。一直闺蜜下去吧！

《女生时代2》监察组

麻辣问卷：彭彭篇

考场：编辑部小黑屋　考生姓名：彭彭　评审官：绿茶

1. 绿茶对自己身体哪个部位最满意？

□鼻子　□眼睛　☑耳朵　□嘴巴

2. 绿茶最喜欢什么样的男生？

□霸道　□颜值高

□温柔体贴　☑幽默搞笑

3. 下面选项中，哪一项不是绿茶的奇葩怪癖？

□踩干枯树叶　□不吃蔬菜

☑睡觉夹被子　□爱闻潮湿味儿

4. 绿茶对什么事情最生气？

☑睡不醒　□吃不饱

□钱不够　□玩不爽

5. 绿茶近期内最想得到的东西是？

☑偶像抱抱　□博美狗狗

□贵的斗篷　□火车票

6. 绿茶童年的小名叫什么？

□宝宝　□小二　☑二丫　□囡囡

7. 绿茶难过时的表现？

□大哭　□唱歌

☑不说话　□狂吃东西

8. 绿茶最想去的地方是哪里？

□韩国　□日本　□台湾　☑泰国

9. 绿茶最讨厌的事情是什么？

□被骗　□被欺负

☑被误会　□被恶搞

10. 你最想对绿茶说的一句话是什么？

我一直很羡慕你，有一个世界上最好的闺蜜叫彭彭。

时间到，考试结束，请绿茶评委打分！

绿茶：本试卷的问题难度几乎为零，这么简单彭彭还能不及格的话，那么绿茶只能说：天台见吧！好在彭彭没有让我失望，在众小编公正公开的严格监督下，取得了100分的好成绩！就在我们准备颁发“最佳闺蜜奖状”给彭彭的时候，绿茶收到某小编匿名发来的举报信：彭彭作弊。经《女生时代2》监察组严格审问，彭彭坦白，绿茶小名儿那道题，是因为发了短信给我老妈才知道答案，还用按摩器作为封口费贿赂了颈椎不好的老妈！但……为啥绿茶的眼睛湿湿的，心里暖暖的？绿茶决定既往不咎，同样给彭彭满分，有个贴心闺蜜，绿茶就是这么没原则的考官！希望我的生命中，永远有彭彭。

《女生时代2》监察组

人气作家秀（卖）闺蜜

主持人◎猫猫雪

自从听说编辑部在偷偷策划一本“卖闺蜜”主题书，那群签约作者立刻坐不住了，纷纷打电话给编辑们“求出镜”。前些天说自己闪了腰的“蜗牛红”此时腰也不疼了，说电脑爆炸了的镜子此时电脑也神奇地自愈了，连说自己正在外面旅游找灵感写《巧克力2》的简蔓同学，也跟坐了宇宙飞船一样一秒钟回到了家……虽然对这帮家伙们之前总是想着法儿地拖稿很有些不爽，但猫猫我还是很大方地决定既往不咎，想出镜，只要满足我一个要求就行啦：每人快递一份新出炉的巧克力蛋糕给我。因为故事是写两个人的，所以，要双层的！

下面，就请大家一起看看，三人组为大家带来了怎样的“闺蜜秀”吧！

好闺蜜，永远在原地等你

文◎胡伟红

胡伟红，小MM独家签约作者。精明干练的双子座御姐，小MM目前唯一的BOSS（老板）级作家，也是小MM史上最能拖稿的作家（四年磨一书，因此获赠昵称“蜗牛红”）。目前正努力码字，希望早日摘掉“蜗牛”的大帽子……已出版作品：《迷藏·海之迷雾》《迷藏II·月影迷踪》。

动笔之前我思考了一会儿，究竟什么叫作闺蜜。因为做生意需要建立强大的人脉，我的朋友很多，可是，那些人都可以叫作“闺蜜”吗？这种茫然，直到高中同学娜娜发来一条短信，才终于烟消云散。短信上只有简短的一行字，却瞬间让我热泪盈眶：我知道你一直都在，这个周六，××旋转酒店，我的孩子办百日宴，你一定要来！我们都会等你！

事实上，我与娜娜这帮高中时期的好友已经很多年没有联系了。在外做生意的那些年，我周旋于不同的应酬场合，忙着认识各种各样的新朋友，并没有时间去联络老朋友。那时的我，一心想要建立全新的生活，忘掉过往的失意，因此选择了屏蔽所有与过去有关的人和事，借工作麻醉自己。这样的生活一直持续到今年，我决定回归为止。工作已经尘埃落定，我回到了熟悉的家园，却仍然不敢跟她们联系。每次看到她们在微信群里畅所欲言，我却只是默默地为她们高兴，为她们难过，为她们担心……唯独不敢站在她们面前，我怕当我出现时，她们的反应让我发现自己已经失去了这些老朋友。因此，看到娜娜的短信那一刻，我忍不住想落泪。她们仍然记得我啊，仍然愿意与我分享快乐。

周六如期而至，我在商场精心挑选了玩具，驱车前往约定的酒店。踏进酒店那一刻，我的心里开始忐忑起来。过去了这么多年，不知道大家会变成了什么样?

“就知道你会来！就知道你舍不得我们！”突然，一个欢快的声音在我的背后响起。我回头看清眼前的人后，瞬间落泪。是她们！我最好的朋友——娜娜、玥、静。她们笑呵呵地站在我的面前，触手可及。虽然多年未见，虽然大家都已经变得与过去截然不同，可她们脸上的笑容依然如初。

见我只顾着抹眼泪，娜娜一把将我搂进怀里：“傻瓜！哭什么？整天躲在群里不说话，以为我们不知道吗？”“对不起……”我嗫嚅着送上了这份迟到多年的道歉。“我们之间还需要说这样的话吗？”娜娜在我的脑门上轻轻敲了一下。玥却坏笑着说：“怎么能这么轻易地原谅她？罚她下个月给我的双胞胎儿子买份百日大礼，并且写聘书，担任干妈一职！”

“好好……”我拼命点头，“全都答应。”

静拉过我的手，我这才看到她隆起的肚子。她还是那么温柔，哽咽着说：“你总算回来了。知道我们多担心吗？以后再也不准走了！”

“不走了！再也不走了！”我郑重地答应她，接着，我们四个人抱在一起，哭着哭着，又忍不住笑了出来。在那一刻，我深刻地感受到了什么叫作闺蜜。或许我的朋友很多，但只有那些无论相隔多少年，依然会在原地等我，依然会用最温暖的笑容包容我的，才叫作闺蜜。我以为时间会让很多人相忘于江湖，可那些在岁月长河中，被精心打磨出的真挚友情，会随着时光荏苒，似陈年酒香，源远流长。

好闺蜜的形象，就是用来毁的……

文◎沧海·镜

沧海·镜，小MM独家签约作者。白羊座“元气姐”一枚，永远精力充沛，永远热情满满。最大的愿望是希望全天下的女孩都能喜欢自己的书。已出版作品：《七寻记（Ⅰ－Ⅲ）》《封印之书·九尾狐》《封印之书·独角兽》。

说到闺蜜，你都愿意为她做什么事情？一起做作业、逛街、吃饭，给她买礼物？一起追星、看电影、聊八卦，甚至帮她撒善意的谎言欺骗家人？这些都是增进闺蜜感情的好方法，不过等你长大之后，你会发现，这些还远远不够，在某些情形之下，你还需要为闺蜜自毁形象……

我有一个闺蜜，是父亲朋友的女儿。闺蜜家里条件优渥，父母的观念也比较传统，觉得女孩子就应该早早地组建家庭，所以虽然她年纪不大，但她的父母已经开始逼着她去相亲了。就像上个周末，本来我们约好要一起去逛街的，结果到了约定当天，她却说下午要相亲去，但是自己胆子小，想求我陪她一起去。闺蜜的人生大事，我当然要参与了，我拍着胸脯答应道：“这点儿小事包在我身上，我陪你去！”闺蜜和相亲对象约在一家火锅店见面。闺蜜开车来接我，我急忙套了一件T恤就出门了。我们在路上行驶了一段之后，闺蜜突然瞅着我的脚说：“镜子，虽然今天相亲的人是我，但你穿得也太随便了吧？”

我这才想起自己出门时太急，忘了换鞋，此时回家肯定是来不及了，幸好火锅店旁边有一家鞋店在促销，闺蜜急忙拉着我进去买了一双。新鞋子很磨脚，我才走了十几米，脚就疼了，于是一屁股坐在火锅店门口的台阶上，脱下鞋子揉起脚后跟来。闺蜜则透过玻璃窗朝里头看，想要找找相亲对象在哪里。我就这样旁若无人地抠啊、敲啊，不知道什么时候，旁边站了一个帅哥，正奇怪地看着我。闺蜜还在玻璃窗前寻找着，边看边碎碎念：“好像没来，我看过那人的照片，长得很帅，不会是修图修的吧？”我嘴角抽搐了一下，拉了拉闺蜜的衣摆。闺蜜不理睬我：“别拉我，我还在看呢……”我实在忍不住了，一把将她扳了过来。闺蜜终于注意到站在我身边的帅哥了，一瞬间脸色刷白：“啊……你刚到呀？”

事实证明，刚才看我抠鞋子的男生，就是我闺蜜的相亲对象。不过，他的视线停在我脚上的时间，要比停在我闺蜜脸上的时间长很多。我想……他可能是在耿耿于怀我刚才抠鞋的事情。我急忙解释：“这鞋子磨脚！我本来想把鞋跟那个地方按平点儿的……”他点点头，促狭地笑着：“进去吧。”

三个人就这么进了火锅店。吃饭的间隙，我们开始聊天了。闺蜜害羞地坐着，我便肩负起活跃气氛的责任来，开始夸奖闺蜜。从有钱、温柔、体贴，说到多才多艺还会做饭，只要是男生喜欢的形容词，我全用在了闺蜜身上。那帅哥只温柔地笑，听到有趣的地方就点点头。于是整顿饭下来的情景就是闺蜜扮羞涩，我唾沫横飞地吹牛，帅哥温柔地笑……

时间飞快过去，天色暗了下来，终于要到回家的时候了。闺蜜委婉地问帅哥要不要去别的地方坐坐，然后，朝我飞了一个眼刀过来。我立马心领神会——电灯泡该退场了，于是跳出来大喊：“我要回家写稿了，不然编辑大人要骂我的！”闺蜜立刻附和：“天这么晚了，你路上开车小心点。”

我的嘴角抽搐了一下，开车？我好像没开车出来啊？等等，闺蜜是想让我帮她制造机会，让帅哥送她回家！我瞬间明白过来，配合地把手伸进包包里取出车钥匙：“那我回去了，你们慢慢聊。”

看着我钥匙上鲜明的“马六”标志，帅哥终于忍不住开口道：“店门口的停车场好像没有一辆是马六……”我顺着他的视线望向停车场，果然，仅有的三辆车里，一辆是闺蜜的，一辆是眼前这帅哥的，还有一辆估计是火锅店老板用来装货的面包车。我努力扯出一个笑容：“那辆面包车就是我的，因为怕别人笑话，所以特意把车钥匙改成了其他牌子的。”

帅哥一脸“要扮白富美为什么不改成宝马”的不解表情，可我实在没心情继续扯下去了，在万分抑郁中踩着磨脚的鞋子远去……闺蜜，为了你的终身大事，我可是什么都豁出去了，你要是再嫁不出去，可就不关我的事了啊！

男闺蜜，我的“刷卡神器”

文◎简　蔓

简蔓，小MM独家签约作者、森林治愈系美女作者，纠结系敏感星资深居民。喜欢阅读、发呆、收拾花花草草，向往远方。已出版作品：《双子座：闯进你的孤单星球》《巧克力色微凉青春I》。

说到闺蜜，我脑中蹦出来的第一个人居然是夏飞君。众所周知，我是非常纠结的选择恐惧症患者，在写作《巧克力》的过程中，我和夏飞君成了彼此的闺蜜，而夏飞君自然也成为选择恐惧症的受害者，以及……我的“移动钱包”。

事情是这样的。因为习惯了什么事情都和夏飞君讨论，许多生活上的小事我也会不自觉地点开他的QQ对话框。而夏飞君简直就是好编辑与男闺蜜中的楷模，无论我何时找他、问出什么问题，他都耐心给予解答，这也更加助长了我的“征询”气焰，从最开始的“夏飞君，我给这个稿子取了五个标题，你看哪个最好”逐渐发展成了“夏飞君，我想买这本书，但有两种封面，请你帮我选一个”“夏飞君快出来看看这条羊毛背心裙和那件呢绒格子裙哪个更好看”……甚至后来我信用卡到期的那段时间网购都是找夏飞君代付，而后抽空再去银行转账给他。

有天，在我又一次向夏飞君征询完羽绒服的颜色并请他帮我代付后就急匆匆地去了洗手间，出来却被坐在客厅里的妈妈叫住了。“妈，有事啊？”我乖巧地凑过去问。妈妈“呵呵”一笑，看了我数十秒，又抿抿嘴唇摆了摆手，“没事，你去吧！”

呃……我在老妈诡异注视中回到了房间，之后便将这件事抛到了脑后，继续找夏飞君帮我选衣服、代付款，直到有天，夏飞君突然兴奋地给我打电话说，有个名叫陈青的人往他的支付宝里转了两千块，还附字说，那些钱是给简蔓付网购的钱的。面对夏飞君穷追不舍的追问：“是不是你哪个追求者？”我也百思不得其解，自己从没有把请夏飞君代付的事情告诉过别人啊。关键是这个陈青是谁，我都不知道。

因为这笔来历不明的钱我反而不好意思再请夏飞君代付了，毕竟他要是一直追问的话我都不知道怎么回答，为此，我只得暂时告别了网购。

这天晚上，父母卧室里忽然传来一阵争吵，正在写稿的我跑出去一听，原来是爸爸在质问妈妈买了什么居然花掉了两千块。

两千块？我觉得事有蹊跷，偷偷挪到了爸妈的房门前，就听到妈妈特别委屈地说：“还不是你那个宝贝女儿啊，一直不找男朋友，好不容易找了一个，天天让人家在网上帮她付款买东西。要不是我那天给她送牛奶，碰巧看到了她电脑上的聊天对话框，人家男生肯定要跟她吹了。你是不知道啊，我翻了四五页聊天记录，全是些‘在吗？帮我选选这些衣服哪件好看’‘在吗？支付宝账号再发我下，之前忘记存了’‘在吗？帮我把这个付款一下’。哪个男生能受得了这个啊。我看那小伙子真不错，能包容咱们女儿，所以才去找同事用网银转了两千块到人家支付宝专门给你女儿花。”

“竟然有这事？我得去教育教育她，谈恋爱就好好谈恋爱，怎么能老花人家男孩子的钱。”老爸气恼地说。

听完爸妈的对话，我简直哭笑不得。为了不让误会进一步加深，我只得赶紧进去从头到尾解释了一遍。爸妈对于夏飞君只是我的编辑兼男闺蜜的真相表示遗憾失落并且无法接受，盘问了大半天才将信将疑地把我放回去睡觉。此后更是见到QQ对话框是夏飞君的头像时就暧昧地笑笑，弄得我都不好意思跟夏飞君聊天了。

一个月后，《巧克力》上市，稿费发下来之后，我做的第一件事就是赶紧去银行办了网银，夏飞君，以前辛苦你了！

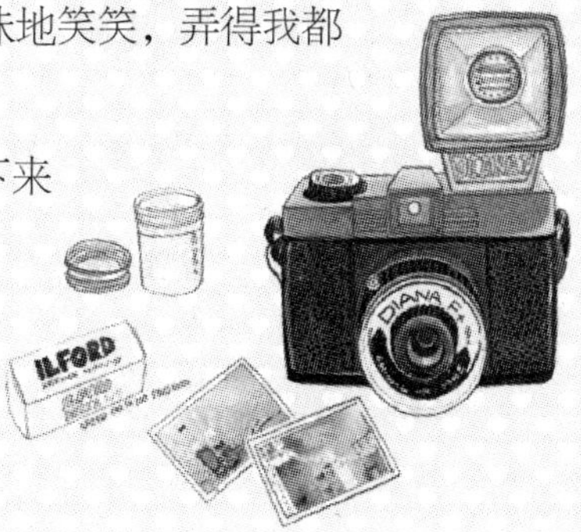

淑女们的闺蜜下午茶

主持人◎赫连湘歌

看完了编辑们和作者们的故事，接下来，我们终于到了最精彩的压轴时刻——专属于小淑女们的闺蜜时间！想当初《女生时代2》闺蜜主题征集活动一启动，小淑女们立刻嗨翻了天，一夜之间小MM投稿邮箱就被各种投稿塞满了，小编们沉浸在“稿海”中，阅读着热情洋溢的文字，时而感动、时而笑喷，但最多的莫过于心中满满当当的感激与感动了！小编们在此集体弯腰鞠躬，感谢大家的热烈支持！下面就是小编们“还愿”的时候啦！快来看看，有幸登上《女生时代2》的幸运闺蜜档们都有谁吧！

一、我们的独家记忆

几乎每个女生都会有个好闺蜜，比如绿茶有彭彭，湘歌我有猫猫雪，Fairy有词词，阿朱姐有办公桌……（阿朱姐：咳咳！）闺蜜们在一起的时间一定是除了家人之外最多的，甚至有些闺蜜比家人还要黏，那么彼此之间所经历的故事当然也就更多啦！相比于小编们这样的“大人”，小淑女们正处于人生中最纯真、最美丽的阶段，这时候的“闺蜜情”也就显得尤其珍贵和纯粹，本次小编特地筛选了不同类型的闺蜜故事展示给大家，不管是诗意、温情还是催泪，都来自小淑女们的真实记录，值得珍藏哟！

酸甜闺蜜档

果味奶茶双生花

文◎梦幻巧乐兹【来自四川成都的神秘小淑女】

“请给我一杯柠檬奶绿！”

“我要抹茶奶绿！”柜台边，两个少女点了不相同的奶茶，笑嘻嘻地走出奶茶店，然后互相喝一口对方的奶茶，笑闹着跑远。其中一个，就是我，还有一个，是我的闺蜜，我叫她姐姐。

我们从出生就认识了，十二年的友情，一路上磕磕绊绊，却还是挺了过来。你还记得那次我和你大吵了一架，其实只是因为你和你的朋友玩得开心，却忽视了我。回家的路上，我冷冷地对待你，你却一点儿异样都没有察觉，我终究是控制不住了，突然大声地对你说："我讨厌你！"然后就跑远了。我想，你当时肯定很疑惑吧。因为这件事，我们冷战了一个多月，而最终，谁能料到，打破我们的隔阂的，竟是两杯奶茶！

周末，是我的生日。

你出现了，手里提了两杯奶茶，虽然没什么表情，可我知道你一定是装的。果然，你将奶茶递给我，我还没戳穿你，你就笑了起来。等你笑够了，你才站起来，把一杯奶茶递给我，自己也拿了一杯："喝吧，没下毒。这是柠檬味的，草莓味的你喝了太久，换个口味喽。"

"嗯！"我知道从你进门的时候我们就已经和好了，就笑着接过了奶茶，柠檬味的我还真没喝过呢。我喝着奶茶，柠檬的香甜流进我的喉咙，淡淡的清香蔓延开来，酸酸甜甜，回味起来也是一阵甜香，不禁开口说："很……"

"'很不错，适合你的口味，在哪儿买的，下次我也去买。'这是你要说的，对吧？"你抬头看着我。好吧，你真的把我要说的全说了，我还没开口，你就接着说："是我不对。没考虑到你的感受，下次不会了，原谅我好不好？你看我都放弃了柠檬味，改喝超级苦的抹茶惩罚自己了。"

你可怜兮兮地看着我，我却挑了挑眉："我记得以前某人说过，抹茶是世界上最赞的味道。"哈，你用这招骗谁都行，唯独骗不了我，我好歹和你玩了十二年啊，这点都分辨不出来，还叫闺蜜吗？

后来，趁你去卫生间的工夫，我拿起你的奶茶喝了一大口，结果差点儿喷出来，居然真的蛮苦的……你出来看我这样，笑得弯了腰，然后说："抹茶要慢慢喝，刚开始是有点儿苦，但是后面才会甜啊，这就是所谓的先苦后甜。"说完你舔了舔嘴，好像在回味，好吧，老姐，我得承认，你真的是挺逗的。果味奶茶，是我们的友谊桥梁中不可缺失的一部分，姐姐，我爱你，我们永远是姐妹！

催泪闺蜜档

想念你甜甜的笑

文◎周天韵（辽宁省大连市大连理工附属学校六年（2）班）

还是校园里那棵枫树下，还是一个秋天，我还在树下，而你呢？你在哪里？在瑟瑟秋风中，脑海中闪过你的笑脸，刹那间，我觉得暖和了许多。

你那样爱笑，笑点又如此之低。别人觉得平平淡淡，你却笑作一团，乐不可支，在我家时你索性就笑倒在床上。你一笑起来，圆圆的脸蛋皱起来，眼睛眯成两条线，笑容挂在嘴边，化作银铃般的“咯咯”声，再淌到酒窝里，于是那笑就在那里汪成了小潭，醉了你自己，也醉了身边人。还记得一年级刚入学时，你不等我说话，自顾自地做起了自我介绍：“我叫王嘉锐，是一年（2）班的，我们能做朋友吗？”我也小声说：“我叫周天韵，也是一年（2）班的。”那是我第一次看见你的笑。后来我们真的成了好朋友，亲如姐妹。

在小学的五年里，和你同窗，与你为友，是我最大的快乐。偶尔我也跟你吵架，直到那一天，那难忘的一天，我才明白你对我来说多么重要。

五年级的那一天午休时，你突然告诉我：“我妈一会儿带我去办转学手续。”你沉默了一阵，又接着说：“我们一辈子都是好朋友……再见！”

这声“再见”让我呆住了，等回过神来时，我只看见你沉默的背影。不争气的眼泪顺着脸颊流下，我也不去擦，哽咽着想把眼泪忍住。你爱笑，我就陪你一起笑。明明你比我小，在五年的学校生活当中，却都是你让着我，保护着我。谁欺负我了，你帮我打抱不平；谁说我坏话了，你找谁唇枪舌剑……我会永远记得你，是你给予我面对未来、面对世界的自信。

虽然你转学了，但我总觉得你在我身边，也会不自觉地像你那样笑。你说过，只要我多笑笑，我就能有更多朋友。你让我做到的事，我都做到了，我有许多朋友，但能和我共立于那棵枫树下说悄悄话的，只有你，王嘉锐。

温情闺蜜档

繁花若梦

文◎高博（吉林省九台市三十一中）

在茫茫人海之中，是谁的笑容，让我一次次变得坚强？

最难忘，那一抹回眸的笑颜；最钦佩，那一番惊世的才情。

王一多，我最亲爱的朋友，你可曾知道，遇见你，是我这一生最快乐的事情？你像一朵葵花，每天都向着阳光，给身边的人带来无尽的温暖与幸福。看见你，我就仿佛看到了记忆里的阳光和微风，还有两个女孩，嬉笑着挽着手臂，仿佛世间一切烦恼都与她们无关。

犹记得那时，我们无忧无虑，好似两只翩跹的花蝶，游戏花丛。迎着漫天洁白的雪花，我和你郑重地许下承诺：此生，必不负。然而我们的友情却不知何时有了微不可察的裂隙，我心知，是我从前将你看得太重，所以那时竟不知如何面对。那是一种近乎麻木的痛，痛入骨髓。流年从指间流逝，是岁月将这份友谊沉淀得更为厚重。我们仿佛忽然顿悟，原来友情可以那样美好！

我们不再计较彼此的过失，反而渐渐理解对方的良苦用心。一辈子的好朋友啊，也不过这样。你说过一句话，“你赢，我陪你君临天下；你输，我待你东山再起。”千里征途，你从未停下脚步，升入初中的第一场考试，你便摘得了年级第一的桂冠。我们一起加油，一起进步！

你是王安石诗中的傲雪寒梅，你是郑板桥诗中的凌云劲竹。你是幽兰，你是墨菊，“宁可抱香枝上老，不随黄叶舞秋风”！你是我的青春中那样美丽的一道风景，温暖，明艳。喜欢你静静读书的样子，喜欢你垂眸时温婉的浅笑，喜欢你微风中飘扬的墨发，喜欢你执着的天真，喜欢你潇洒的霸气，喜欢你眼中的希望与坚强……你陪着我一起喜爱小MM，陪我一起写小说，陪我一起笑，一起哭。那些日子，有欢笑，有苦痛，有泪水。经历一场风雪后，我们只盼岁月静好，生死不离。艰难险阻又有何妨？这一路有你相伴，并不孤单。

二、鬼马姐妹淘

就像情侣在一起久了会有“夫妻相”一样，闺蜜在一起久了也会有相同的气质或者喜好。如果要用一个词来形容自己和闺蜜，湘歌和猫猫雪大概比较适合用“搞笑二人组”形容，夏飞和莫小西更像是“欢喜冤家”，至于绿茶和彭彭……对于她们俩，小编们一致认为，只能用“腻死人”来总结了！那么，可爱的小淑女们会选择什么词语呢？下面就让湘歌来秀给大家看吧！友情提示，真的很萌哦！

① 反差闺蜜

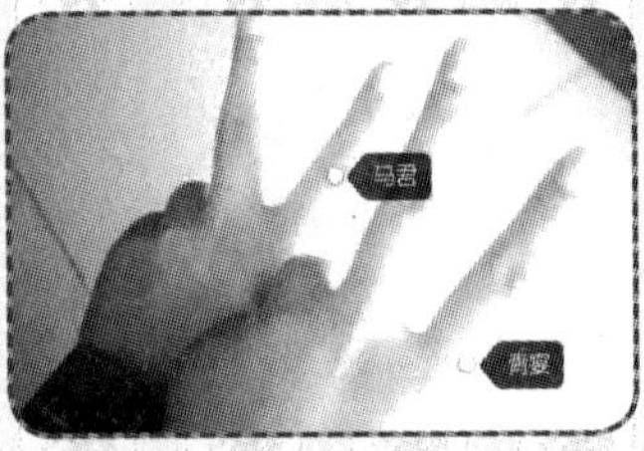

文◎微博ID：画手花月婷然粉丝后援会

我和闺蜜呢可谓天差地别，我活泼爱玩，她温柔文静，是名副其实的小淑女；我体形高大，她袖珍娇小，说得简单粗暴点，我俩就是“美女与野兽”，但就是这样不同的我们还是在一起了。

我们的关系一直很好，直到毕业。令人遗憾的是中学我们并未分到同一个班级，但这并不影响我和她的友谊，我们见面时还是会快乐地抱在一起，闪着星星眼讨论小编们的糗事。

总之，时光不老，我们不散！

② 可乐闺蜜

文◎周柔佑（湛江市霞山实验中学 初一6班）

我的好闺蜜叫黄可滢，是个爱笑的女孩，我给她起了一个外号：可乐鸡翅。原因是她名字有一个可字，而且她还喜欢喝可口可乐。

一个星期三的下午，下起了大雨，我没带伞，于是就站在楼下发呆。但是她一把就拉住我往雨里冲，边跑边大声说：“大自然多么美好！”受了她的感染，我也不再愁眉苦脸了。

于是，我们一路走，一路笑，转眼间就到家了，竟然有种意犹未尽的感觉……我的姐妹就是这样一个爱笑、爱生活的人，你有吗？

③ 二货闺蜜

文◎史青月（陕西西安西光中学初一5班）

我们是名副其实的另类闺蜜，这个纪录至今无人打破。

我们有一个代表动作——总爱抱在一起互相蹭。不论春夏秋冬，教室里总有我们乱蹭的身影。不仅如此，我们还会在课间共吃一碗麻辣粉。学校里估计也是头一次出现这样的情景——两个女孩，头对头，脸对脸，共吃一碗麻辣粉。

好吧，我承认，我们确实奇特。有我们在，连老师也快受不了了。好像是得改改了。

④ 极品闺蜜

文◎黄智祺（神秘淑女蒙面中）

她如塘中鲜嫩的藕花，清新纯真。虽不如黛玉才华横溢，却也无其尖酸刻薄；亦不如宝钗温柔敦厚，却也无其城府心计。实际上，她是个可以发火发到自己哭的倒霉孩子。这便是单纯的泪眼大妹。她爱交朋友，热情大方，可惜八卦长舌。生得一双醉人的桃花美目，可惜常翻白眼。微黑的肤色带着异域风情，可惜嗜吃如命。如此一位佳人，却被丰腴过头的身材和溜圆的脸庞给毁了。白眼二妹，待你瘦成柳腰，归来娶你可好？

由于版面有限，还有太多太多的小淑女闺蜜档们没能登上本次闺蜜专栏的舞台。小编们对此十分抱歉，但是请相信，你们写下的与闺蜜的每一个甜蜜时刻，小编们都一一见证了。而在之后的小MM杂志中，小编们也会不定期地为没能登上单行本的淑女们展示投稿照片，一定会尽可能地把你们的热情全部展现出来！

眨眼间，《女生时代》第二季已经接近尾声，接下来还有第三季、第四季……编辑部会发起更多的主题征稿活动，为淑女们创造更多展示自己的舞台，请与小编们一起期待下一季的到来吧！

现在是女生时代！

金牌策划第一弹，精彩从这里开始！

看完了《女生时代 2》，是否意犹未尽呢？不如来重温一下《女生时代 1》吧！

作为“女生时代”的开山之作，2014 年1月上市之后，它的新奇有趣使它迅速占领了图书畅销榜黄金席位，加印无数次，成为当之无愧的超级畅销书！

欧阳夏飞的“前任女闺蜜”是谁？彭彭是怎样送（坑）走第一位同学的？词词与莫白翎在此之前经历了什么？一切真相，都在《女生时代 1》！

还有各具特色的“水果女孩”短篇故事以及《小钢 4》爆笑番外等着你哦！

超值珍藏价
28.80 元

随书附赠豪华赠品，双重惊喜！
十二张明星海报，一次集齐；
文艺少女文学摘抄本，青春时代心头爱

甜心密友贴纸秀

快来秀出你与闺蜜的可爱大头贴吧！

Tianxin Miyou Jiniance

Friends who are faithful are noble at heart,
You may be afar, but we will never be apart.

Tianxin Miyou Jiniance

Friends who are faithful are noble at heart,
You may be afar, but we will never be apart.

Tianxin Miyou Jiniance

Friends who are faithful are noble at heart,
You may be afar, but we will never be apart.

Tianxin Miyou Jiniance

Friends who are faithful are noble at heart,
You may be afar, but we will never be apart.

Tianxin Meiyou Jiniance

Friends who are faithful are noble at heart,
You may be afar, but we will never be apart.

Tiunxin Miyou Jiniance

Friends who are faithful are noble at heart,
You may be afar, but we will never be apart.

Tianxin Miyou Jiniance

Friends who are faithful are noble at heart,
You may be afar, but we will never be apart.

Tianxin Miyou Jiniance

Friends who are faithful are noble at heart,

You may be afar, but we will never be apart.

Tianxin Miyou Jiniance

Friends who are faithful are noble at heart,
You may be afar, but we will never be apart.

Tianxin Miyou Jiniance

Friends who are faithful are noble at heart,
You may be afar, but we will never be apart.

Tianxin Miyou Jiniance

Friends who are faithful are noble at heart,
You may be afar, but we will never be apart.

Tianxin Miyou Jiniance

Friends who are faithful are noble at heart,
You may be afar, but we will never be apart.

Tianxin Miyou Jiniance

Friends who are faithful are noble at heart,

You may be afar, but we will never be apart.

Tianxin Miyou Jiniance

Friends who are faithful are noble at heart,
You may be afar, but we will never be apart.

Tianxin Miyou Jiniance

Friends who are faithful are noble at heart,
You may be afar, but we will never be apart.

Tianxin · Miyou Jiniance

Friends who are faithful are noble at heart,
You may be afar, but we will never be apart.

Tianxin Miyou Jiniance

Friends who are faithful are noble at heart,
You may be afar, but we will never be apart.

Tianxin Miyou Jiniance

Friends who are faithful are noble at heart,
You may be afar, but we will never be apart.

Tianxin Miyou Jiniance

Friends who are faithful are noble at heart,
You may be afar, but we will never be apart.

Tianxin Miyou Jiniance

Friends who are faithful are noble at heart,
You may be afar, but we will never be apart.

Tianxin Miyou Jiniance

Friends who are faithful are noble at heart,

You may be afar, but we will never be apart.

Tianxin Miyou Jiniance

Friends who are faithful are noble at heart,
You may be afar, but we will never be apart.

Tianxin Miyou Jiniance

Friends who are faithful are noble at heart,
You may be afar, but we will never be apart.

快来秀出你与闺蜜的可爱大头贴吧！